Les Jours d'après

Des mêmes auteurs

L'Élysée. Histoire, secrets, mystères, nouvelle édition mise à jour, enrichie et illustrée, Plon, 2017.
Jamais sans elles, Plon, 2015 ; Pocket, 2017.
Les Flingueurs. Anthologie des cruautés politiques, Plon, 2014 ; Pocket, 2015.
L'Élysée. Coulisses et secrets d'un palais, Plon, 2012 ; Pocket, 2013.

Par Patrice Duhamel

Cartes sur tables. Entretiens avec Renaud Revel, avec Alain Duhamel, Plon, 2010.

Par Jacques Santamaria

Un cœur oublié (scénario), Florent Massot, 2002.
La Reine et le Cardinal. Les amours secrètes de Mazarin et Anne d'Autriche, avec Emmanuel Haymann, Michel Lafon, 2008.

Patrice Duhamel et Jacques Santamaria

Les Jours d'après

Éditions de L'Observatoire

ISBN : 979-10-329-0003-1
Dépôt légal : 2017, octobre

170 *bis*, boulevard du Montparnasse, 75014 Paris

Il faut cesser de vouloir ce que nous avons voulu.

SÉNÈQUE

On guérit comme on se console : on n'a pas dans le cœur de quoi toujours pleurer et toujours aimer.

JEAN DE LA BRUYÈRE

Tout finit bien puisque tout finit.

JACQUES CHARDONNE

À Nathalie,
À mes parents

À la mémoire d'Arlette Lebigre

Avant-propos

Qu'est-ce que le vide ? Interrogés au sujet de personnes qui ont eu à subir l'arrêt brutal de leur activité, plusieurs spécialistes ont accepté d'évoquer pour nous les images que les patients rapportent pour traduire leurs sensations. L'image qui revient le plus régulièrement est celle du soleil couchant avant qu'il ne sombre derrière l'horizon. Ce n'est plus le jour, ce n'est pas la nuit. Les ombres sont gigantesques et immobiles, le silence est épais, le temps arrêté. Car le soleil, comme bloqué dans sa course, ne disparaît pas complètement, laissant une lueur rougeâtre qui ne s'efface pas.

Dans le grand vent de dégagisme qui a soufflé sur les élections du printemps 2017, quel citoyen s'est réellement inquiété de savoir comment les perdants allaient vivre cette rupture, s'ils allaient être poursuivis par la vision d'un soleil qui ne se couche qu'aux trois quarts, s'ils allaient ressentir une oppressante sensation de vide ?

C'est en observant, depuis un certain temps maintenant, la politique et ceux qui la font, que l'idée nous est venue de raconter les conséquences de ce moment qui bouleverse toute vie consacrée à l'action publique : celui où tout s'arrête. Et les jours d'après. Notre enquête s'est appuyée sur des témoignages parfois inédits, des souvenirs, des notes, et sur les précieux écrits que constituent Mémoires, correspondances et études. Nous avons choisi de raconter l'histoire de vingt-trois personnalités françaises, toutes représentatives d'un combat politique, mais présentant chacune un cas singulier dans son rapport au pouvoir. On découvrira ainsi ceux qui le quittent définitivement, par choix ou nécessité, ceux qui sont contraints de s'en éloigner après quelque revers mais qui s'emploient à le reconquérir, ceux qui ne comprennent pas que le pouvoir les délaisse pour un temps ou pour toujours... Les variantes sont aussi diverses que les réactions, qui vont du paradoxal soulagement à la dépression profonde. Comment vivre après ce genre d'épreuve ? Nous avons tenté de suivre les pensées, instinctives ou réfléchies, les pulsions et toutes les tempêtes intimes de ces hommes et de ces femmes soudainement confrontés à la pire des échéances : celle que, la plupart du temps, ils avaient reléguée dans des lointains confortables. Nous avons voulu voir ce que cachent les sourires forcés et les visages fermés qui, dans un cas comme dans l'autre, ne cherchent le plus souvent qu'à endiguer les larmes.

Sans indiscrétion ou irrespect, nous avons essayé de savoir comment ceux et celles, dont les fonctions avaient souvent exigé une haute maîtrise de soi, avaient réagi face au sentiment d'injustice et d'inaccompli, à la sensation d'inutilité, à la solitude soudaine, aux amis qui se détournent, à la vanité de toute entreprise, au vide.

Le défaut des hommes et femmes politiques, y compris chez les grands fauves, est peut-être de ne pas savoir, et souvent de ne pas vouloir se préparer à ce jour où le pouvoir les quittera. Mais, au fond, n'en est-il pas ainsi de toute histoire d'amour ? En politique, il est vrai, il faut une rayonnante sagesse pour admettre que ce moment viendra quand on a longtemps combattu pour parvenir au but. Il est si facile, même dévoré par une noble tâche au service de la République, de se laisser griser par ses ors et d'oublier que tout a une fin. Tous comptes faits, à l'heure de l'amertume et des chagrins, il est rassurant de voir que les princes qui nous gouvernent nous ressemblent.

Patrice DUHAMEL,
Jacques SANTAMARIA,
octobre 2017

Charles de Gaulle

Le haut chagrin

Vendredi 25 avril 1969, fin de matinée au palais de l'Élysée. Charles de Gaulle pénètre dans le salon des Ambassadeurs, où l'attendent les techniciens de l'ORTF. Le président de la République les salue courtoisement ; il les connaît tous. Ce sont toujours les mêmes collaborateurs que l'on délègue pour enregistrer ses discours, allocutions ou entretiens. Le Général prend place. Sur l'ardoise du clap, on a, comme à l'habitude, indiqué simplement *ÉLYSÉE*. De Gaulle fixe la caméra : « Françaises, Français, Vous à qui si souvent j'ai parlé de la France, sachez que votre réponse dimanche va engager son destin. »

C'est à peine perceptible, mais la voix n'a pas la fermeté habituelle. Ce qui, surtout, se lit sur le visage de cet homme de 79 ans, ce n'est pas tant la lassitude que la tristesse. De Gaulle a-t-il le trac ? Personne ne peut s'en prémunir. Les orateurs et les artistes, en particulier quand ils débutent, le savent bien. Le Général, lui, ne débute pas. C'est même tout le contraire. Cette allocution télévisée sera sa dernière. Il en est persuadé. D'où cette tension et cette tristesse que tout le monde ressent. « Une atmosphère de gravité jamais atteinte, presque du recueillement[1]. » L'allocution touche à sa fin. De Gaulle en arrive à ce qu'il veut bien faire comprendre aux Français. Il leur a déjà dit, deux semaines auparavant, au cours de l'entretien télévisé avec Michel Droit, dans ce même salon des Ambassadeurs : « De la réponse que le pays fera à ce que je lui demande va dépendre, ÉVIDEMMENT, soit la continuation de mon mandat, soit AUSSITÔT mon départ. »

C'était le 10 avril 1969. Et chacun se souvient de cette façon de détacher l'adverbe. « Évidemment. » La voix avait légèrement enflé, l'articulation du mot avait quelque chose de scolaire. La gestuelle, la mimique – buste penché, yeux écarquillés – avaient souligné l'intention, la clarté du message, l'évidence. Et voilà que, ce 25 avril, comme s'il craignait que quelque ambiguïté subsistât, de Gaulle s'en va comme au fond de lui-même puiser les deux mêmes mots, en les détachant, nettement, dans une mise en exergue parfaite : « Si je suis désavoué par une majorité d'entre vous [...], ma tâche actuelle de chef de l'État deviendra ÉVIDEMMENT impossible, et je cesserai AUSSITÔT d'exercer mes fonctions. »

C'est dit. C'est fait. C'est fini. Le résultat du référendum qui aura lieu deux jours plus tard, le dimanche 27 avril, est dès lors superflu. Le général de Gaulle a compris depuis des semaines que la partie était perdue. Accompagné de son aide de camp, François Flohic, il regagne son bureau au premier étage du palais. Dans l'ascenseur, il rompt le silence. La question est cruelle. D'abord pour lui-même : « Ça ira, comme sortie ? » À cet instant, il voit s'ouvrir un temps qui lui est à la fois familier et inconnu.

1. François Flohic, *Souvenirs d'outre-Gaulle*, Paris, Plon, 1979.

Le découragement, l'envie d'abandonner, la tentation de la solitude, il les a éprouvés à bien des reprises depuis 1940. Mais, cette fois, parce qu'il sait que c'est la vraie, il en redoute l'intensité. L'ultime combat, quand il est perdu, distille un étrange poison. Pas celui de la fin du pouvoir, de Gaulle n'en est plus là. La grande souffrance, ce sont les trahisons, c'est l'ingratitude du peuple, c'est l'avenir qu'il voit sombre. Le Général sait ce qui va l'habiter désormais. Avec les mots de sa propre légende, cela s'appelle le chagrin.

Un personnage aussi rebelle que Charles de Gaulle, aussi romanesque, extravagant si l'on veut, mais à coup sûr sensible, et bien plus qu'on ne l'imagine, pouvait-il subir la fin de sa vie publique comme un autre politique ? Il est permis d'en douter. Les destins exceptionnels se façonnent par les reliefs et les aspérités. Le terrain plat ne leur convient pas. D'où des blessures à la hauteur. Toujours profondes, toujours muettes. Ce genre d'individu, qui se révèle dans les tempêtes et abhorre les climats émollients, n'est guère à l'aise que dans la tragédie.

Ce qui suppose un sens du théâtre. De Gaulle l'a depuis toujours. Ses entrées, tout comme ses sorties, appartiennent au grand répertoire. En septembre 1968, quatre mois après les événements du printemps et le succès des gaullistes aux législatives, Georges Pompidou, qui n'était plus Premier ministre, avait dit à Alain Peyrefitte sa conviction que, le 29 mai, le Général s'en était allé à Baden-Baden avec l'intention de ne plus revenir. Peyrefitte avait fait remarquer que, depuis 1940, de Gaulle avait « fait semblant de partir dix fois ! », ajoutant : « Il n'est parti qu'une fois, en 1946, et il a vu ce qu'il lui en coûtait. » En mai, c'était donc, une fois de plus, « Retenez-moi ou je fais un malheur[1] ! » De fait, plusieurs fois au cours de sa vie publique, le général de Gaulle a été tenté de laisser tomber et de s'en retourner chez lui. « Tout jeter par la fenêtre et soi-même avec, plutôt qu'admettre les circonvolutions[2]. » Découragement, lassitude... ou tactique. L'inventaire a de quoi impressionner, et de Gaulle lui-même l'a dressé. Cette idée de tout arrêter lui vient déjà au début de la guerre avant que, le 13 juin 1940, Georges Mandel, ministre de l'Intérieur, le retienne de démissionner ; puis en août 1940, lorsque, à Dakar, les forces françaises tirent sur les Français libres ; en mars 1942, quand la France libre est déchirée par des dissidences qui la font courir à sa perte ; en janvier 1946, face aux partis coalisés en faveur de son départ ; en 1953, quand le RPF se délite ; le 28 mai 1958, lorsque les socialistes lui refusent les pleins pouvoirs et dénoncent un coup d'État ; en 1961, lors du référendum sur le principe d'autodétermination de l'Algérie, où il annonce à son aide de camp : « Si je n'ai pas la majorité, je resterai à Colombey [...]. Et je me remettrai à fumer[3] ! » ; en 1965, après avoir été mis en ballottage au premier tour de l'élection présidentielle ; en 1968, dans la tourmente de mai ; jusqu'à 1969, où il ne fut plus question de faire semblant. Chaque fois, la tentation du renoncement coulée dans la déprime, mais avec cette particularité : chez de Gaulle, « l'épuisement précède toujours l'action[4] », ont noté très justement Anne et

1. Alain Peyrefitte, *C'était de Gaulle*, t. 3, Paris, de Fallois/Fayard, 2000.

2. Anne et Pierre Rouanet, *L'Inquiétude outre-mort du général de Gaulle*, Paris, Grasset, 1985.

3. François Flohic, *op. cit.*

4. Anne et Pierre Rouanet, *op. cit.*

Pierre Rouanet. Autrement dit, le sursaut a besoin du terreau de la dépression pour émerger. Au travers de quatre dates emblématiques choisies dans ce catalogue des sorties annoncées, essayons de comprendre les sentiments qui ont agité le général de Gaulle à chacun de ces moments clés.

Le 13 novembre 1945, le Général est élu à l'unanimité président du gouvernement provisoire de la République française, le GPRF. Deux mois plus tard, il en démissionne avec éclat. Depuis la Libération, de Gaulle a clairement affiché ses intentions : donner la parole au peuple pour restaurer l'État, jeter les bases du redressement, et travailler à l'unité nationale. Mais, en ce 22 janvier 1946, quand le président de l'Assemblée nationale constituante, Félix Gouin, lit en séance la lettre de démission du président du GPRF, on comprend que l'unité nationale devra encore attendre. L'esprit de la Résistance s'est vite émoussé contre les parois de la politique à l'ancienne, des appétits particuliers et des rancœurs recuites. Trois semaines plus tôt, au soir du 1er janvier 1946, alors qu'à l'Assemblée les socialistes viennent de demander une réduction de 20 % du budget de l'armée, de Gaulle arrête son choix. « Ce soir-là, sondant les cœurs et les reins, je reconnais que, décidément, la cause était entendue ; qu'il serait vain, et même indigne, d'affecter de gouverner, dès lors que les partis, ayant recouvré leurs moyens, reprenaient leurs jeux d'antan, bref que je devais maintenant régler mon propre départ[1]. » Mais le Général ne dit rien encore de sa décision, préférant se donner le temps de la réflexion et ne pas troubler le mariage de sa fille

1. Charles de Gaulle, *Mémoires de guerre*, t. 3, *Le salut*, Paris, Plon, 1959.

Élisabeth avec Alain de Boissieu, prévu le 3 janvier. Il choisit de prendre un peu de repos loin de Paris. C'est la bonne solution. Pour lui... et pour les autres. Son souci : ne pas laisser croire à ceux qui désormais se dressent contre lui que son départ serait le fruit d'« une colère irréfléchie ou d'une dépression causée par la fatigue[1] ». Ces quelques jours de tranquillité, de Gaulle ne va pas les passer à La Boisserie, sa maison de Colombey-les-Deux-Églises, que les dommages causés par la guerre ont rendue pour le moment inhabitable. Le voici donc à Antibes, où il aime à marcher le long de la mer. Comme un officier dispose ses troupes sur le terrain, il organise les éléments de sa réflexion. Sa conviction est maintenant solide. Ceux-là mêmes qui s'opposent à ses vues aujourd'hui, et parmi eux certains qui l'ont rallié en 1940, se rendront compte que les jeux politiques partisans ne peuvent que desservir le pays, et que la sagesse commande de faire amende honorable en rappelant de Gaulle. De retour à Paris, encore président du GPRF, le Général réunit les ministres le 20 janvier. Contrairement à ce que l'on pourrait croire, ce qu'il leur dit ne les surprend pas, même si beaucoup d'entre eux ne cachent pas leur tristesse, voire leur colère[2] : « Le régime exclusif des partis a reparu. Je le réprouve. Mais, à moins d'établir par la force une dictature dont je ne veux pas, et qui sans doute tournerait mal, je n'ai pas les moyens d'empêcher cette expérience. Il me faut donc me retirer[3]. »

1. *Ibid.*

2. René Pleven, ministre des Finances, lancera à ses collègues après l'annonce par de Gaulle de son départ : « Voyez à quoi vos groupes ont abouti ! »

3. Charles de Gaulle, *Mémoires de guerre*, t. 3, *op.cit.*

Ainsi, de Gaulle s'en va. Dans son esprit, l'éloignement sera de courte durée. Les circonstances, pense-t-il, joueront en sa faveur. Yvonne de Gaulle, elle, ne cache pas sa satisfaction à l'annonce de la décision. Son mari a 56 ans, et, le moins que l'on puisse dire, c'est qu'il a déjà fait beaucoup, et au-delà, pour le pays. « Après vingt-cinq années de vie commune marquées par au moins treize déménagements et d'innombrables péripéties, Mme de Gaulle espère tenir enfin ce dont elle a toujours rêvé : une existence paisible avec son mari à La Boisserie[1]. » Le Général n'entend pas rester dans la villa de Bagatelle, à Neuilly, où il réside en tant que président du GPRF. La Boisserie n'étant pas disponible, il loue aux Domaines – sur ses propres deniers – une petite maison, ancien pavillon de chasse, à Marly-le-Roi. L'inconfort le dispute à l'exiguïté, mais Charles et Yvonne de Gaulle s'attachent d'ores et déjà au principe immuable qui sera leur marque : la stricte séparation de la vie publique et de la vie familiale. Assortie de ce corollaire : ne dépendre en rien de l'État pour les dépenses personnelles. Bientôt, les travaux de réparation à La Boisserie seront terminés, et le Général pourra s'y installer. Ce sera chose faite à la fin du mois de mai 1946. De Marly à Colombey, dans quel état d'esprit se trouve-t-il ? L'idée d'apparaître comme le recours le moment venu ne prendra tout son sens que douze ans plus tard, en 1958. Pour l'instant, de Gaulle pense encore que les partis politiques vont reconnaître leur erreur, et, au fond, qu'il lui suffit d'attendre. Combien de temps ? Quelques semaines ? Plusieurs mois ? Il n'éprouve pas de réelle tristesse, car, quoi que souhaite Yvonne, il sait que sa tâche n'est pas

1. Frédérique Neau-Dufour, *Yvonne de Gaulle*, Paris, Fayard, 2010.

terminée. L'écriture l'attend. Il doit à la France le récit de sa propre histoire, et donc de l'Histoire. Mais il ne rédigera que quelques pages. Il faudra attendre huit ans pour qu'il reprenne la plume. « Dans le tumulte des hommes et des événements, la solitude était ma tentation. Maintenant, elle est mon amie », écrit-il dans ses *Mémoires de guerre*. Mais, quand il ajoute : « Aucune illusion n'adoucit mon amère sérénité », on sent bien que le dernier mot n'est pas le plus important. L'adjectif le domine. Le général de Gaulle est plus amer que serein, malgré sa volonté et sa nature de se tenir « au-dessus des contingences ». Dans les premiers mois qui suivent son départ, il combat cette amertume par l'action. Des rencontres, des discours, où il étrille les politiciens, ces « polis-petits-chiens », selon l'expression qu'il emploie devant Louis Vallon. Il dénonce la mainmise des partis sur la conduite du pays, et cette « confusion qui avait mené la France au gouffre et risquerait de l'y rejeter[1] ». De cette époque date son aversion profonde et irréversible envers les partis politiques. Elle ne s'interrompra jamais.

Passent les saisons, et peu à peu de Gaulle se rend à l'évidence. On ne le rappellera pas. « Le régime d'antan va reparaître[2]. » De fait, la IVe République peut se mettre en place, il n'y a plus pour l'entraver cet « homme des tempêtes » qui ne se plaît que dans l'exigence et la hauteur. Pour Charles de Gaulle, le mieux est donc de préparer l'avenir. Alors, autant frapper fort. Le discours prononcé à Bayeux le 16 juin 1946 donne le ton. De Gaulle y expose ce que devront être, inévitablement, un jour ou l'autre, les institutions de

1. Charles de Gaulle, *Mémoires de guerre*, t. 3, *op. cit.*
2. *Ibid.*

la République française, dès lors que les Français auront refusé le régime des partis. Il est toujours dans l'action. Dans la foulée, il fonde le Rassemblement du Peuple Français, démontrant par là qu'il n'est pas décidé à cesser le combat. Amer, lui ? Allons donc ! Le 5 octobre 1947 à l'hippodrome de Vincennes, il stigmatise encore une fois ceux qui ne conçoivent l'intérêt du pays qu'en cuisant « leur petite soupe, à petit feu, dans leur petit coin ». Mais l'aventure du RPF tourne court. Dans son désir de prouver qu'il faudrait encore compter avec lui, de Gaulle s'est-il fait des illusions sur la nature humaine ? En 1952, il confie à Olivier Guichard : « Ils entrent au RPF pour avoir des voix, ils en sortent pour avoir des places. » Nous sommes au creux des douze années qui séparent ce départ de 1946 du « retour aux affaires » en 1958. C'est là véritablement que commence sa « traversée du désert », là que l'épreuve se fait douloureuse[1]. Il mesure, sans doute pour la première fois, l'ingratitude et la faiblesse des hommes. Comment concevoir en effet que de Gaulle, au mitan des années 1950, dans la solitude de Colombey, ne se soit jamais dit que, cette fois, le chemin était trop long ? Il est parti en « homme moralement intact[2] », mais à quoi lui servent maintenant cette probité, cette honnêteté d'un autre temps, cette « certaine idée de la France[3] » ? Dans ces

1. Le chagrin le plus terrible n'a rien à voir avec la politique. Quand sa fille Anne, la petite infirme, meurt le 6 février 1948 à l'âge de 20 ans, le Général s'avoue « anéanti ». Pourtant, quelle force supérieure et mystérieuse ne trouvera-t-il pas dans le souvenir d'Anne ? « Cette enfant était aussi une grâce. Elle m'a aidé à dépasser tous les échecs et tous les hommes, à voir toujours plus haut. »

2. Charles de Gaulle, *Mémoires de guerre*, t. 3, *op. cit.*

3. *Ibid.*, t. 1, *L'appel*, Paris, Plon, 1959.

moments de doute, où domine la conviction que le devoir a été accompli, où une voix intérieure murmure qu'il est bien tard, que faire ? Se résigner et finalement disparaître ? Sa réponse : pas de Gaulle. Pas maintenant. Il entreprend la rédaction de ses *Mémoires de guerre*. C'est un signe. François Flohic en donnera une forme d'explication des années plus tard. À la question qui lui est posée en juin 1968 de savoir si, lorsqu'il se sera définitivement retiré, le Général achèvera ses *Mémoires*, il répond : « Je crains que non. Car lorsqu'il ne sera plus aux affaires, il faut redouter qu'un ressort ne se brise en lui, le rendant incapable de lutter contre le désœuvrement par le travail ardent qui consisterait à tout reprendre et tout raconter[1]. » Or, en cette fin d'année 1953, de Gaulle se remet à l'écriture. Ce qui signifie que l'espoir n'est pas mort. Dans cette activité, il sait pouvoir puiser une énergie nouvelle. Au cours de ses promenades dans la forêt des Dhuits, au plus sombre de l'hiver, il a écouté le message de la nature : « Immobile au fond des ténèbres, je pressens le merveilleux retour de la lumière et de la vie. » Les événements d'Algérie ramèneront de Gaulle au pouvoir. Il le pressent et l'annonce à son beau-frère Jacques Vendroux en 1957, au cours d'un voyage en Bretagne : « Le drame de l'Algérie sera sans doute la cause d'un sursaut des Français. Il ne se passera pas longtemps avant qu'ils ne soient obligés de revenir me chercher[2]. » Dans le secret de son cœur, il sait que, entre la France et lui, l'histoire ne s'est pas terminée un jour de janvier 1946. Au fond, la seule chose dont il n'ait jamais douté, c'est de son destin.

1. Michel Droit, *Les Feux du crépuscule*, Paris, Plon, 1977.
2. Jacques Vendroux, *Cette chance que j'ai eue*, Paris, Plon, 1974.

En cette année 1965, Charles de Gaulle y croit plus que jamais. Installé à l'Élysée depuis 1958, il attend en toute confiance l'élection présidentielle qui aura lieu en décembre. Certes, pour la première fois le président de la République sera élu au suffrage universel direct, mais parce que c'est lui qui a voulu cette réforme essentielle de la Constitution, parce que les Français l'ont approuvée par 62,25 % de « oui » au référendum du 28 octobre 1962, de Gaulle considère comme une formalité ce passage devant les électeurs. Le peuple ne va pas le désavouer à trois ans d'intervalle. Sauf qu'il attend le dernier moment pour annoncer sa candidature, le 4 novembre, le premier tour ayant lieu le 5 décembre. Pourquoi ce délai ? A-t-il hésité ? A-t-il pensé à se retirer en choisissant lui-même la date de son départ, estimant que sa tâche au service de la France était accomplie ? Mme de Gaulle n'a pas ménagé sa peine pour convaincre son mari qu'il était temps, à 75 ans, après une vie si exceptionnellement remplie, de prendre sa retraite. Elle a même dépêché des proches du Général, chargés de la délicate mission de lui faire entendre raison. De Gaulle se serait peut-être laissé fléchir si la France n'avait pas traversé une période hautement délicate, marquée notamment par les difficiles négociations agricoles à l'échelon européen. Et surtout si n'était apparu un candidat à l'élection présidentielle que lui-même, Charles de Gaulle, n'attendait pas : François Mitterrand. Un adversaire soutenu par l'ensemble de la gauche, communistes compris, et adoubé par Pierre Mendès-France. Cet adversaire en cache un autre, dans la mesure où, dans ce dispositif politique, les centristes peuvent faire entendre leur voix. Jean Lecanuet, jusqu'alors inconnu des Français, est donc lui aussi sur la ligne de départ. Dès lors, comment de Gaulle pourrait-il se dérober ?

Qui d'autre que lui ferait le poids ? Ce n'est pas maintenant qu'il va se désigner un successeur ! Le fera-t-il même un jour ? Ceux qui le connaissent en doutent depuis longtemps. Georges Pompidou se consolera de cette occasion manquée en déclarant, juste avant l'échec du référendum de 1969, que « le Général n'aurait jamais dû se représenter en 65[1] ».

À la mi-novembre 1965, les prévisions qui donnaient de Gaulle vainqueur au premier tour avec 70 % des voix se tassent nettement. Le 25, les sondages n'indiquent plus qu'une victoire à 51 %. Le Général s'agace, mais demeure certain de l'emporter le 5 décembre. Si certain qu'il néglige le temps d'expression qui lui est ouvert, comme à tous les candidats, à la radio et à la télévision dans le cadre de la campagne électorale. « Parlez, mon général ! », le supplie Alain Peyrefitte, ministre de l'Information, qui lui donne en exemple les interventions de Lecanuet. « Vous voulez vraiment que je vienne me planter devant les caméras et que je dise : je m'appelle Charles de Gaulle et j'ai 75 ans ! Ça les ferait plutôt rigoler[2] ! »[3] Les sondages du 30 novembre sont implacables : 43 % pour le Général, 27 % pour François Mitterrand, 20 % pour Jean Lecanuet, et 7,5 % pour Jean-Louis Tixier-Vignancour[4].

1. Jean-Raymond Tournoux, *Le Feu et la Cendre*, Paris, Plon, 1979.
2. Jean Lacouture, *De Gaulle*, t. 3, *Le souverain*, Paris, Seuil, 1986.
3. Il acceptera finalement d'intervenir à deux reprises, les 30 novembre et 3 décembre, dans la campagne radio-télévisée d'avant premier tour.
4. Alain Peyrefitte rapporte une scène qui se déroule le 24 novembre 1965, à deux semaines du premier tour. Au ministre de l'Intérieur Roger Frey, qui propose au Général de publier une photo de François Mitterrand serrant la main du maréchal Pétain à Vichy, de Gaulle oppose un refus catégorique. Il dit qu'il est sans illusions sur Mitterrand, mais qu'« il ne faut pas porter atteinte à la fonction, pour le cas où il viendrait à l'occuper ».

Le 5 décembre au soir, le coup de tonnerre s'en trouve assourdi. Depuis une semaine on s'attendait à ce ballottage. De Gaulle recueille 43,7 % des suffrages. Le Général est chez lui, à Colombey, où il a voté dans la matinée. Il vient de regarder l'annonce des résultats à la télévision. Le téléphone sonne. De Gaulle avait pourtant demandé qu'on ne le dérange pas au cours de cette soirée. Le secrétaire général de l'Élysée, Étienne Burin des Roziers, est au bout du fil. Le Général se contente de dire qu'il ne rentrera pas à Paris le lendemain et qu'il a besoin de réfléchir. Commence alors une période de presque vingt-quatre heures marquée par cette évidence : de Gaulle est prêt à se retirer. Ballottage ? Autant dire camouflet. Il songe à son intervention du 30 novembre à la télévision, et à cette phrase où il dévoilait la véritable intention des cinq candidats qui se présentaient contre lui : « Le seul point sur lequel s'accordent leurs passions, c'est mon départ ! » Alors, pourquoi ne pas leur donner satisfaction, là, maintenant ? Quatre ans plus tard, à quelques jours du référendum de 1969, il confiera à Michel Droit au cours d'une conversation privée : « Si je suis battu le 27, croyez bien que je ne regretterai rien. Je m'en irai. Comme en 1946. Comme j'ai été tenté de le faire en décembre 1965 et en mai dernier [la "disparition" à Baden-Baden le 29 mai 1968, voir plus loin, *NdA*]. Il faut savoir partir[1]. » Ce 5 décembre 1965, celui qui a compris que de Gaulle risquait de céder à la tentation du départ, c'est le Premier ministre Georges Pompidou. Pour lui, le Général s'apprête à refaire le coup du 20 janvier 1946[2]. Enfreignant la consigne, Pompidou, entouré

1. Michel Droit, *op.cit.*
2. Jean Lacouture, *De Gaulle*, t. 3, *op. cit.*

de Louis Joxe, ministre de la Réforme administrative, et d'Alain Peyrefitte, appelle Colombey-les-Deux-Églises. Le Premier ministre tente de démontrer que les résultats ne sont pas mauvais, compte tenu des circonstances, et que, pour inattendu et désagréable qu'il soit, il ne faut pas s'arrêter à considérer le phénomène de ballottage. En homme qui n'y croit plus, de Gaulle grommelle plus qu'il ne répond. À Louis Joxe il dira même : « Je me retire [...]. Ils ne veulent plus de moi. » À son tour, Alain Peyrefitte argumente au téléphone sur le thème : le général de Gaulle connaît mieux que quiconque les Français et leur besoin de manifester de l'humeur, mais le second tour est largement acquis. Pour toute réponse, Peyrefitte recueille un « Tout est foutu ». Le lendemain, de Gaulle ne reçoit qu'un seul visiteur à Colombey : Jacques Vendroux, son beau-frère, député-maire de Calais. « Et maintenant ? Que feriez-vous à ma place ? » Alors que tourbillonnent en lui les idées les plus contradictoires, de Gaulle pense-t-il à l'après ? À ce qu'il fera, à ce que seront ses journées s'il s'en va ? Il y a ses 75 ans, et le fantôme de Pétain, qui s'était agrippé au pouvoir quand son grand âge aurait dû l'y faire renoncer. Il y a aussi, et peut-être avant tout, Yvonne. « Elle voudrait bien que je me dégage de tout cela », avoue-t-il à Jacques Vendroux. Comment ne pas penser que, au cours de ces heures où tout remue, de Gaulle n'a pas entrevu le vide, n'a pas craint ce néant soudain qu'une retraite forcée lui imposerait ? Évoquant cette période trois ans plus tard, il dira : « Le soir du premier tour de la présidentielle, une vague de tristesse a failli m'entraîner au loin[1]. »

1. Entretien à la radio et à la télévision avec Michel Droit, le 7 juin 1968.

Quand il monte dans l'hélicoptère pour regagner Paris au matin du mardi 7 décembre, il se sait fort de la réponse qu'à lui-même il s'est donnée la veille au soir, face au doute, aux questions, à la tentation du désert. Cette réponse, il se l'est déjà faite après l'échec du RPF et l'absence d'horizon. Elle est celle du grand soldat, de l'éternel combattant, de l'homme qui ne se place qu'au sommet. Partir ? Autant dire déserter ! Alors non. Pas de Gaulle. Et pas maintenant[1]. C'est un Général requinqué qui ouvre le Conseil des ministres du mercredi 8 décembre 1965. Il reconnaît s'être trompé, avoir confondu « élection et référendum ». Il ajoute : « Je mentirais si je disais que je n'ai pas été atteint. » Confirmation en creux qu'il a bien envisagé de partir. Mais quand, terminant son intervention, il lance : « Bien entendu, je me maintiens ! », chacun comprend que de Gaulle vient d'écarter pour cette fois le spectre de sa propre absence.

Mardi 28 mai 1968. Dans la confusion où les événements ont plongé le pays depuis le début du mois, allant jusqu'à le paralyser presque complètement, des voix se font entendre, ou plutôt des appétits se réveillent. Le secrétaire général du Parti communiste, Waldeck Rochet, appelle à la formation d'un gouvernement populaire. François Mitterrand annonce sa candidature à la présidence de la République et réclame

1. La décision finale de De Gaulle de ne pas renoncer s'est aussi appuyée sur une note de François Goguel, alors secrétaire général du Sénat et l'un des plus brillants constitutionnalistes français. Cette note, due à l'initiative d'Alain Peyrefitte, qui l'avait fait porter dès le lundi à Colombey, expliquait en quoi le ballottage était un phénomène mécaniquement inévitable dans l'élection du Président au suffrage universel, le premier tour constituant l'équivalent des primaires telles qu'elles existent aux États-Unis. Cette note a été déterminante dans la décision du Général de se maintenir.

la mise en place immédiate d'un gouvernement provisoire dont Mendès-France prendrait la tête. De Gaulle semble ne pas comprendre ces mouvements qui agitent et désorganisent la France. Terrible impression de flottement, accentuée par les différences d'appréciation, bien réelles mais encore peu perceptibles par l'opinion, entre le Général et son Premier ministre Georges Pompidou. Ainsi les manifestants, les grévistes, les étudiants, soutenus par une opposition qui découvre une occasion inespérée de s'installer au pouvoir, exigent-ils encore une fois le départ de De Gaulle. La clarté du slogan dispense du commentaire : « Dix ans, ça suffit ! » De son côté, le Général estime que les institutions de la Ve République peuvent être ébranlées, et que le sort d'un pays peut basculer quand l'État, par crainte, pusillanimité ou simple lâcheté, hésite à affirmer son autorité. La sempiternelle question est là, devant lui. Doit-il partir ? Entre les deux tours de l'élection présidentielle de 1965, il a fait savoir à son entourage qu'il avait l'intention de se retirer lorsqu'il atteindrait ses 80 ans. Soit en 1970, deux ans avant la fin du septennat. Peut-être voulait-il alors rassurer Yvonne ? Mais qu'importe, puisque nous ne sommes qu'en 1968. Alors, départ ou non ? Il est tenté, une nouvelle fois. Auprès de son gendre le général de Boissieu, qu'il reçoit au matin du 29 mai, il déplore que le gouvernement ne réagisse pas au désordre. « Dans ces conditions, le peuple français n'a pas besoin de De Gaulle à sa tête. Je ferais mieux de rentrer chez moi et d'écrire mes Mémoires[1]. » On a compris que Charles de Gaulle pouvait être sujet à ce que l'on appelle familièrement – et on imagine à quel point il

1. Alain de Boissieu, *Pour servir le Général*, Paris, Plon, 1982.

aurait détesté l'expression – des « coups de blues ». Même déprime, même question : à quoi bon ? Pendant les quelques jours précédant le 29 mai, le Général s'est approché du vide de l'« après ». Mais est-il totalement convaincu lui-même quand il dit à son gendre : « Je ferais mieux de rentrer chez moi » ?

Le coup de maître de De Gaulle va consister à combiner son état momentanément dépressif et ses qualités de stratège et de tacticien. Certains se sont souvenus plus tard que le Général avait étudié avec intérêt une des stratégies d'Alexandre : le retrait brusque du chef, pour créer la stupeur et le vide, avant que d'être rappelé pour mettre fin au désarroi et au chaos qui menace. Dans *Le Fil de l'épée*, publié en 1932, n'écrivait-il pas qu'il fallait « garder par-devers soi quelque secret de surprise qui risque à toute heure d'intervenir » ? Et aussi que « la ruse doit être utilisée pour faire croire que l'on est où l'on n'est pas, que l'on veut ce que l'on ne veut pas » ? Ainsi de Gaulle échafaude-t-il, dans le plus grand secret, le plan de ce qu'il est convenu d'appeler le « voyage à Baden-Baden », dont les péripéties, des préparatifs jusqu'à l'arrivée, se caractérisent par une incroyable extravagance[1]. Qui est au courant de la manœuvre ? En partie le général de Boissieu, son gendre, en partie François Flohic, son aide de camp. Ils sont fermement priés de « ne dire quoi que ce soit à qui que ce soit[2] ». Le Premier ministre

1. Le départ du général de Gaulle était aussi motivé par le danger que représentait à ses yeux la manifestation organisée le 29 mai par le Parti communiste, de la Bastille à la gare Saint-Lazare. La proximité de l'Élysée pouvait faire craindre des débordements plus ou moins contrôlés. « On n'attaque pas un palais vide », avait dit de Gaulle à son gendre Alain de Boissieu.

2. Alain de Boissieu, *op. cit.*

Georges Pompidou devra se contenter d'un coup de téléphone. À 10 h 30 le mercredi 29 mai, Pompidou entend de Gaulle au bout du fil. Le président de la République explique qu'il veut « prendre du recul » et qu'il a besoin de « dormir au calme ». Il annonce son départ pour Colombey et son retour le lendemain, où il y aura Conseil des ministres. Georges Pompidou marque un temps d'hésitation, comme s'il ne croyait pas à ce que lui dit le Général. Ce dernier s'en rend probablement compte, puisqu'il ajoute : « Je vous répète : à demain. Allez ! Je vous embrasse. » Le Premier ministre n'a pas fini de méditer sur cet inhabituel : « Je vous embrasse. » En novembre, Pompidou confiera à Claude Mauriac : « M'embrasser ! Ce n'était pas son genre. Je me suis dit : ça va mal. Il ne reviendra pas[1]. »

Au cœur du voyage, l'idée de parler au général Massu, commandant en chef des Forces françaises d'Allemagne. La rencontre est prévue en Alsace, elle se déroulera finalement à Baden-Baden, à la résidence même du commandant en chef. Pendant ce temps, à Paris, les plus naïfs pensent le Général en pleine réflexion à Colombey, les plus lucides, dont Georges Pompidou, ne dissimulent plus leur exaspération et leur colère. Le Premier ministre va jusqu'à engueuler le secrétaire général de la présidence, Bernard Tricot, le soupçonnant de savoir où se trouve de Gaulle et de se taire. « J'ai passé des heures épouvantables, quatre ou cinq heures sans aucune nouvelle. Aucune[2]. » On voit par là que celui que le Général veut éprouver en premier, c'est Pompidou. À Baden-Baden, de Gaulle ne pose

1. Claude Mauriac, *Le Temps immobile*, t. 2, *Les espaces imaginaires*, Paris, Grasset, 1975.
2. *Ibid.*

pas à Massu la question de savoir si le soutien de l'armée lui est acquis au cas où il faudrait y avoir recours pour ramener l'ordre. Sur ce point, il a déjà été rassuré par son gendre de Boissieu, qui lui a transmis les garanties de loyauté et de fidélité de l'état-major. De Gaulle n'est pas venu pour ça. À peine descendu de l'hélicoptère, il donne le ton : « Bonjour, Massu. Cette fois, c'est foutu. » Quelques minutes plus tard, le Général se restaure dans le bureau même du commandant en chef. On examine les conséquences d'une absence prolongée du chef de l'État. Le Conseil constitutionnel risque de prononcer la déchéance. Hypothèse d'autant plus vite écartée que de Gaulle a déjà tranché : « L'État sera là où je serai. » La légitimité, c'est lui. Alors, justement, que doit faire le général de Gaulle, président de la République ? Il dit à Massu que le voici encore « seul face à l'océan ». Au fond, rien qu'on n'ait déjà entendu. « Si la France veut se coucher, je ne peux pas l'en empêcher. On n'a pas besoin de De Gaulle pour la chienlit[1]. » Quant à cette manœuvre, à laquelle il a beaucoup réfléchi, de provoquer le vide de manière brusque, rien ne dit qu'elle réussisse. En d'autres temps, de Gaulle se serait donné à lui-même la réponse – la dernière fois qu'il l'a fait, c'était en 1965. Mais là, il a besoin de l'entendre d'une autre voix. Et celle-ci ne peut venir de l'entourage immédiat – on imagine quel eût été l'avis de Mme de Gaulle ! –, encore moins du gouvernement, qui « s'incline devant la rue[2] », et certainement pas de Pompidou ! Cette voix, il l'a choisie. C'est celle de Massu. Le loyal. Le fidèle. Il leur est arrivé par le passé d'être en froid, mais rien qui

1. Jean-Raymond Tournoux, *op. cit.*
2. Alain de Boissieu, *op. cit.*

remît en cause l'essentiel. Le général Jacques Massu sert – et admire – de Gaulle depuis 1940. Et la réponse espérée vient. Les mots sont les mêmes que ceux qui ont résonné dans la tête du Général en 1946, en 1953, en 1961, en 1965… Abandonner ? Pas de Gaulle. Pas maintenant. Il l'entend aussi de la bouche de Flohic : « Le général de Gaulle ne peut descendre de la scène sans combattre jusqu'au bout[1]. »

Alors de Gaulle redevient de Gaulle. La tentation du vide, le nuage noir de la dépression, il les écarte. « Je vous ai à peine vu, de loin, quitter le bureau de Massu et repartir pour Colombey, le visage déterminé, la démarche légère », écrira son petit-fils Yves, présent à Baden-Baden, où le Général avait demandé que la famille de son fils Philippe le rejoigne, à l'abri des menaces[2]. Rentré à Colombey, le Général téléphone à Pompidou – ébahi, qui reconnaîtra plus tard un coup de maître –, confirme son retour pour le lendemain, maintient le Conseil des ministres et commence à rédiger son allocution du 30 mai à la radio. Les contingences au service du symbole. « J'ai envisagé depuis vingt-quatre heures toutes les éventualités sans exception […]. Dans les circonstances présentes, je ne me retirerai pas. J'ai un mandat du peuple. Je le remplirai. Je ne changerai pas le Premier ministre. » Et, alors qu'il fait savoir aux Français qu'ils seront appelés aux urnes puisque voici dissoute l'Assemblée nationale[3], sur les Champs-Élysées se rassemble une foule énorme, qui va clamer

1. François Flohic, *op. cit.*

2. Yves de Gaulle, *Un autre regard sur mon grand-père Charles de Gaulle*, Paris, Plon, 2016.

3. C'est sur la demande expresse de Georges Pompidou que de Gaulle consent à dissoudre l'Assemblée nationale.

son soutien à de Gaulle. Au cours d'un entretien privé avec Michel Droit le 1er juin, à la question « Avez-vous réellement songé à partir ? », il répond : « Bien sûr. Quand j'ai dit "avoir envisagé toutes les éventualités", c'en était une. Ce n'aurait d'ailleurs pas été mon premier départ. Mais celui-là eût été définitif. Pourtant, il va de soi que je pensais également à rester, à me battre [...]. Dans ce cas, il me fallait échapper aux possibles emprises, et demeurer libre d'agir. Bref mettre ma personne et mon autorité en lieu sûr pour commander. Or l'Élysée était éminemment vulnérable. J'ai donc pris de la distance. Vous noterez que cet éloignement était, d'ailleurs, valable dans les deux hypothèses, celle de mon départ et celle de mon maintien[1]. » À son petit-fils Yves, de Gaulle confiera : « Je n'avais plus prise sur rien. La situation était totalement bloquée, et plus aucun échelon de l'État ne m'obéissait. J'ai voulu créer un vide pour voir s'il se passerait quelque chose. Ça a marché ; le contraire aurait été possible. Dans ce cas je serais parti définitivement. »

En novembre 1968, de Gaulle reçoit à l'Élysée le général et Mme Massu. À cette dernière, il affirme : « C'est la Providence qui a placé votre mari sur ma route le 29 mai, ce qui a eu des conséquences considérables sur-le-champ et peut-être incalculables pour l'avenir. Il m'a dit : Vous ne pouvez pas vous en aller[2]. »

Le 30 mai, de la Concorde à l'Arc de triomphe, une vague humaine chante *La Marseillaise*. Depuis son bureau de l'Élysée, le Général entend la foule enthousiaste. Pourtant, l'aide de camp (Jean d'Escrienne)

1. Michel Droit, *op. cit.*
2. François Flohic, *op. cit.*

remarque comme une ombre sur le visage du président de la République. Il en aura l'explication plus tard par le Général lui-même : « Sur les Champs-Élysées le 30 mai, on a crié "Vive de Gaulle !" parce qu'on avait peur. Mais on ne me demandait pas autre chose que de ramener la tranquillité. Moi, il me semblait que ces événements étaient l'occasion de s'attaquer à des réformes [...]. Ce fut le dernier malentendu entre les Français et moi[1]. » Le malentendu mettra moins d'un an à mûrir. Il prendra la forme du référendum d'avril 1969, portant sur la régionalisation et la réforme du Sénat. De Gaulle n'ignore pas que ce sera difficile, et peut-être, en son secret, se doute-t-il que le « départ définitif » auquel il a songé tant de fois se profile avec l'année à venir.

Nous y sommes. Vendredi 25 avril 1969, dans l'après-midi. Le chef de l'État et Mme de Gaulle sortent de l'Élysée par le Salon d'argent, que pourtant le Général n'aime pas. On n'en saisira l'intention que plus tard. La voiture descend l'allée de droite, alors qu'à l'habitude elle traversait le parc par le chemin de gauche, bien plus commode pour la sortie du véhicule. Deuxième signe de l'intention. Arrivé à la porte donnant sur l'avenue de Marigny, le véhicule s'arrête, à la grande surprise du colonel Laurent, commandant militaire du palais, qui salue le Président selon l'usage. De Gaulle baisse la vitre, le colonel Laurent s'approche. Poignée de main et mot aimable. La voiture quitte le parc, on referme le portail. Le colonel Laurent a les larmes aux yeux. Il a compris. Cette rupture dans les habitudes, cette poignée de main... Le Général

1. Jean d'Escrienne, *Le Général m'a dit... 1966-1970*, Paris, Plon, 1973.

ne reviendra pas[1]. Le référendum du 27 est perdu, tout le monde le pressent, mais de Gaulle, lui, le sait. Un peu plus tôt dans la journée, après l'enregistrement de l'ultime intervention dans le salon des Ambassadeurs, ne s'est-il pas retourné vers Joël Le Theule, le secrétaire d'État à l'Information, pour lui dire : « Je crois bien que c'est foutu » ? Expression de prédilection, on l'a vu. Celle qui dit le mieux qu'on assiste, lucide et impuissant, à l'effondrement, et qu'on ne peut plus y répondre que par la lassitude et le dégoût. Mais, aussi, pourquoi s'est-il acharné à vouloir ce référendum ? Pour se venger de n'avoir pu organiser l'autre – le vrai –, le référendum sur la participation, auquel il tenait tant, et que mai 1968 l'a contraint à rengainer ? « La régionalisation, c'est une idée de technocrates, soutenue par quelques amateurs de fromages », a commenté en privé Georges Pompidou. Il n'avait été guère plus tendre un an auparavant, en confiant en *off* à un journaliste : « Avec sa participation, le Général rêve complètement[2]. » À cette époque, Pompidou était toujours à Matignon, et cette « participation » des salariés à la marche des entreprises exhalait un parfum de gauche trop entêtant. Mais, depuis le 10 juillet 1968, Couve de Murville est Premier ministre. Georges Pompidou aurait sans doute apprécié que l'on cherche à le retenir, mais le Général ne lui en voulait-il pas d'apparaître, aux yeux des Français, comme le vrai vainqueur de mai 1968 ? Pompidou a été en outre profondément

1. Le 22 juin 1815, après avoir signé son acte d'abdication dans le Salon d'argent (où il est toujours exposé), Napoléon avait quitté le palais par le parc, dans la voiture du général Bertrand, laquelle avait emprunté l'allée de droite pour gagner la sortie. À 154 ans de distance, de Gaulle avait choisi la même manière de quitter à jamais l'Élysée.

2. Michel Droit, *op. cit.*

blessé par l'absence de soutien visible et sans ambiguïté de la part de De Gaulle, lorsque a éclaté l'abjecte « affaire Markovic », en octobre 1968. C'est assez dire que les liens avec le chef de l'État s'étaient distendus, au point que l'ancien locataire de Matignon n'a pas hésité, à Rome le 17 janvier 1969, puis à Genève le 13 février, à faire savoir qu'en cas de vacance du pouvoir il briguerait la succession du général de Gaulle. On imagine de quelle manière ces déclarations ont été reçues à l'Élysée, et quelles en ont été les conséquences sur le moral du Général. Mais, pour les Français, et c'est ce qui change tout, cette situation n'a rien de dramatique : pourquoi s'alarmeraient-ils d'un départ de De Gaulle, alors que Pompidou est prêt à assurer la continuité ? Le Général a 79 ans. A-t-il besoin, à cet âge, de lancer le pays dans une réforme à laquelle les électeurs ne comprennent pas grand-chose ? Bien sûr, Pompidou appelle à voter « oui », mais n'est-ce pas du bout des lèvres ? Quant à Giscard, « La France est devant le référendum comme quelqu'un à qui on a mis un oursin dans la main », qui ne voit que la formule signifie que le général de Gaulle a fait son temps ?

Quand il arrive à Colombey le vendredi après-midi, le Général lance à l'employée de maison, Charlotte Marchal : « Cette fois-ci nous rentrons définitivement[1]. » Il ne reste plus qu'à attendre le dimanche soir confirmation de l'échec annoncé. Pendant ces quarante-huit heures, à quoi pense de Gaulle ? Il a voulu ce référendum « comme un nouveau sacre[2] ». C'est sa marque, sa manière : dans

1. Sebastian Danchin et François Jenny, *De Gaulle à Colombey. Refuge d'un romantique*, Nancy/Metz, Presses universitaires de Nancy/ Éditions Serpenoise, 1990.
2. Jean Lacouture, *De Gaulle*, t. 3, *op. cit.*

les grandes circonstances, demander au peuple de lui confirmer sa légitimité. Mais tant de choses sont venues bouleverser la marche du pays depuis un an… Pense-t-il au poids des années ? Assurément. Essaie-t-il de se convaincre lui-même qu'à son âge on peut encore être dans l'action ? Relisons le témoignage d'un de ses aides de camp, Jean d'Escrienne : « C'était à l'Élysée. Le Général avait alors 78 ans. À la fin de la journée, j'entrai dans son bureau. Il était encore assis et tenait à la main, devant lui, une feuille de papier à lettres. Comme je m'étais approché pour le saluer, il me montra cette feuille, sans me la donner. Je ne vis qu'une liste de noms, avec quelques chiffres en face de chacun […]. Alors il me dit : “Saviez-vous que Sophocle avait écrit *Œdipe à Colone* quand il avait 90 ans ? […] Le Titien peignait *La Bataille de Lépante* à 95 ans et *La Descente de Croix* à 97 ans […]. Goethe terminait son second *Faust* à 83 ans […]. À 82 ans, Victor Hugo écrivait *Torquemada*, à 83 la seconde *Légende des siècles* !”[1] » Rumine-t-il sur l'impatience de Pompidou à occuper la place ? Fait-il déjà le compte des trahisons ? Ressent-il du mépris pour certains, et de la colère à l'égard de Giscard, qui a clairement dit qu'« avec regret mais avec certitude [il] ne pourrait voter oui » ? Et, surtout, a-t-il bien vu que les temps avaient changé ? Sans doute toutes ces pensées se bousculent-elles en lui, tournant autour de cette évidence qu'il a fini par accepter : les Français ne veulent plus de lui. Il a en tête le déluge des critiques, qui ne proviennent pas que de ses adversaires : personnalisation orgueilleuse du pouvoir, référendum aux allures de plébiscite, etc. Bien sûr, rien ne l'oblige à se démettre en cas d'échec, mais, chez de Gaulle, il est une question qui ne fait pas débat : l'honneur. « Quel homme

1. Jean d'Escrienne, *De Gaulle de loin et de près*, Paris, Plon, 1978.

serais-je si je ne tirais pas sans délai la conséquence d'une aussi profonde rupture[1] ? » En fait, la seule phrase qui tourne dans sa tête est de sa plume : « Quant au pouvoir, je saurais, en tous cas, quitter les choses avant qu'elles ne me quittent[2]. » C'était en 1946, quand il avait claqué la porte du gouvernement provisoire. Mais là, ce sont « les choses » qui le quittent. C'est le peuple – celui-là même qui avait eu tant besoin de lui par le passé – qui se détourne. « Lorsque les Français ont la trouille, ils se serrent autour de moi comme des moutons qui ont peur du loup. Après ils s'égaillent[3]. »

Les résultats sont sans appel : 12 007 102 « non », opposés à 10 901 753 « oui ». Le 28 avril à 0 h 10, l'AFP publie un bref communiqué du général de Gaulle : « Je cesse d'exercer mes fonctions de président de la République. Cette décision prend effet aujourd'hui à midi. »

Il n'a voulu aucun appel téléphonique, tout comme le lundi il demandera qu'« on lui laisse la paix », écartant toute visite, à l'exception de celles de son aide de camp François Flohic et de Jacques Vendroux, son beau-frère, auquel il dit : « J'ai fait ce que j'ai pu pour mon pays. Je ne regrette rien. » Pompidou se heurte à une fin de non-recevoir. Ils ne se reverront plus. Les jours d'après qui s'annoncent, de Gaulle sait comment, dans un premier temps du moins, les occuper. Il en avait parlé à Flohic un an auparavant, au cas où il aurait décidé d'abandonner en mai 1968 : « J'aimerais faire un tour en Irlande où se trouve le berceau d'une partie de mes ancêtres maternels, les Mc Cartan,

1. Entretien à la radio et à la télévision avec Michel Droit, le 10 avril 1969.

2. Charles de Gaulle, *Mémoires de guerre*, t. 3, *op. cit.*

3. Jean-Raymond Tournoux, *op. cit.*

qui sont originaires de Killarney. » Les préparatifs du voyage seront aussi rapides que discrets. Personne ne doit se douter de ce départ. De Gaulle reçoit chez lui les membres les plus fidèles de son cabinet – le secrétaire général de l'Élysée Bernard Tricot ; le général Lalande, son chef d'état-major particulier ; ou encore Jacques Foccart. À tous, il répète qu'il ne se mêlera en aucune manière des affaires publiques, et surtout pas de sa succession. Le « grenouillage effréné qui règne à Paris » ne le concerne plus.

À son retour de Colombey, Bernard Tricot confirme : « C'est aussi triste que vous pouvez imaginer, aussi serein que vous pouvez imaginer, aussi noble que vous pouvez imaginer[1]. » On imagine bien, en effet. Pensait-on que de Gaulle allait se comporter comme ces « polis-petits-chiens » qu'il dénonçait jadis ? Il est de Gaulle, et s'est depuis longtemps préparé à la fin. Ce qui ne veut pas dire qu'il ne souffre pas. Il n'a pas assez apprivoisé cette solitude qu'il évoquait dans ses *Mémoires* pour ne pas ressentir la douleur que sa soudaineté provoque. Quant à cette vue plongeante sur le vide, il n'en éprouve pas trop le vertige, un sentiment diffus de soulagement venant le tempérer. « Au fond je ne suis pas mécontent que cela se termine ainsi, confie-t-il à Flohic. Car quelles perspectives avais-je devant moi ? Des difficultés qui ne pouvaient que réduire le personnage que l'Histoire a fait de moi et m'user sans bénéfice pour la France[2]. » Il laisse à Yvonne le commentaire sur l'ingratitude des hommes ; il sait trop que ce genre de propos cache la satisfaction qu'elle éprouve d'avoir enfin son mari pour elle, chez eux. Il

1. Michel Droit, *op. cit.*
2. François Flohic, *op. cit.*

n'ignore pas non plus que, comme beaucoup d'autres, elle pense qu'il n'aurait pas dû se représenter en 1965.

De Gaulle souffre, envahi par un pessimisme qu'il réprime à grand-peine lorsqu'il songe à l'avenir. Ce qui lui vrille le cœur, c'est d'abord l'inachèvement de son grand œuvre. Mais, au-delà, et même s'il a confiance dans les institutions, qu'il sait solides, sa principale inquiétude ce sont les hommes. Qui saisira l'importance de la tâche et saura s'en faire une mission ? Qui aimera suffisamment la France ? « Le grand risque, à présent, c'est que la France ait à sa tête des hommes, certes habiles, intelligents, cultivés et même parfois honnêtes, mais qui ne croient plus assez en elle. [...] Autrement dit, si les hommes qui gouvernent la France pensent que les circonstances obligent à certains renoncements de souveraineté et d'indépendance, c'en sera bientôt fait[1] », confie-t-il en décembre 1969 à Jean d'Escrienne. Voilà bien la grande crainte, pas nouvelle chez de Gaulle, puisqu'elle sous-tend le combat de sa vie, qui n'a jamais porté que sur le destin de la France, sa place, son rôle. Un horizon de ténèbres lui fait envisager le jour où la France, sa liberté entamée, voire perdue, sera réduite au rang de supplétif, et que l'on décidera pour elle. Mais, parce que le général de Gaulle est animé d'une réelle foi chrétienne, les pensées douloureuses qui l'assaillent s'accompagnent parfois d'éclairs salvateurs. L'espoir n'est pas vain. « Vieil homme, recru d'épreuves, détaché des entreprises, sentant venir le froid éternel, mais jamais las de guetter dans l'ombre la lueur de l'espérance », écrivait-il à la fin des années 1950 en conclusion de ses *Mémoires de guerre*. Dix ans plus tard, même au plus

1. Jean d'Escrienne, *Le Général m'a dit...*, *op. cit.*

sombre de ses journées, pour apaiser momentanément ses tourments, Charles de Gaulle veut se souvenir des paroles de Georges Bernanos : « La plus haute forme de l'espérance, c'est le désespoir surmonté. »

La France découvre le 10 mai que le Général et Mme de Gaulle se sont envolés pour l'Irlande, et par là même qu'ils seront absents de Colombey pour l'élection présidentielle. Comprenne qui voudra. Ils ont confié leurs procurations à leur employée Charlotte Marchal. Il ne se passe que quelques jours avant que le monde entier découvre l'image dont le symbole s'impose : la haute silhouette de De Gaulle sur la lande irlandaise, face à l'Océan. Le vieil homme et la mer. Non seulement au moment de l'élection présidentielle, mais aussi le 18 juin, le Général se trouve sur cette terre d'Irlande aussi romanesque et tourmentée que lui. Les amateurs de symboles sont comblés. Politiquement, le message passe aussi. Depuis la soirée du 27 avril, de Gaulle répète que la France va s'enfoncer peu à peu dans la médiocrité. En apprenant l'élection de Georges Pompidou, même commentaire sévère. Dans l'avion du retour, le 21 juin, Flohic glisse au Général que Pompidou serait bien inspiré de venir le saluer à sa descente de l'avion. De Gaulle laisse tomber un simple : « Il n'oserait pas. » Il y aura encore un voyage, cette fois en Espagne[1]. Et surtout la rédaction

1. De Gaulle, a noté Jean Lacouture, voulait voir l'Espagne de ses souvenirs et admirations littéraires, de Corneille à Victor Hugo. Le voyage, qui se déroula du 3 au 27 juin 1970, souleva la polémique en raison de la rencontre, le 8 juin, entre le général Franco, chef de l'État espagnol, et le général de Gaulle. André Malraux et François Mauriac en furent terriblement choqués. De Gaulle justifia la rencontre par le désir qu'en avait exprimé Franco, et que par courtoisie il ne pouvait décliner. À noter toutefois que de Gaulle, qui visita de nombreux lieux historiques au cours

des *Mémoires d'espoir*, qu'il laissera inachevés. Il sait n'avoir pas besoin de ce témoignage pour consolider sa propre statue, mais il y a l'Histoire. Pour le reste, il compte que le temps lui rendra justice. Dans vingt, trente, cinquante ans, on reconnaîtra son œuvre. « Il est possible qu'un jour l'époque terminée le 28 avril apparaisse comme préférable à celle qui la suit, et cela aux yeux même de ceux qui ne supportent pas l'altitude », écrit-il depuis l'Irlande, le 10 juin 1969, à l'écrivain Françoise Parturier, avant d'ajouter : « En attendant, ne plaignez plus Sisyphe qui ne roule plus son rocher[1]. » Le 11 décembre 1969, Malraux lui rend visite. Lorsque de Gaulle le raccompagne à la porte alors que la nuit vient de tomber, Malraux parle comme lui seul peut parler : « Avoir eu l'honneur de vous aider était la fierté de ma vie, et l'est davantage face au néant. » Ce n'est pas quitter ce monde qui les inquiète l'un comme l'autre. Pour le grand départ comme pour tout, des hommes comme de Gaulle et Malraux ne se soucient que de dignité. Ils sont des personnages de tragédie.

La mort frappe le Général au soir du 9 novembre 1970. Le jour des obsèques, Yvonne de Gaulle dira à Alain Peyrefitte : « Vous n'imaginez pas à quel point il a souffert depuis deux ans. Il a été miné par le chagrin[2]. » Deux ans. C'est-à-dire 1968 : la France au bord de l'abîme ; Pompidou qui s'émancipe,

de son séjour, refusa de se rendre à l'Alcazar de Tolède, « haut lieu du franquisme combattant », comme le rappelle Jean Lacouture. Quant au commentaire que fit plus tard le Général sur le chef de l'État espagnol, on en goûtera la cruelle ironie, Franco ayant deux ans de moins que de Gaulle : « Je l'ai trouvé lucide [...]. Mais c'est un grand vieillard. »

1. Françoise Parturier, *La Lettre d'Irlande*, Paris, Albin Michel, 1979.

2. Alain Peyrefitte, *op. cit.*

impardonnable coup de poignard ; et son « cher et vieux pays » prêt à lui signifier son congé. Écoutons Charles de Gaulle en mai 1958, quand il se sent découragé par les obstacles dressés contre lui, « empêché de tirer encore une fois la République d'affaire ». Le mot est déjà là : « Quant à moi, je n'aurai plus jusqu'à la mort qu'à rester dans mon chagrin[1]. » La douleur que l'on tait, la tristesse que l'on cache. Physiologiquement, le général de Gaulle est mort de la rupture d'un anévrisme qui avait été diagnostiqué quinze ans plus tôt. Mais il convient de s'élever jusqu'à la légende : de quoi de Gaulle pouvait-il mourir sinon de chagrin ? Le seul sentiment à sa mesure. Le grand homme a laissé aux autres les rancœurs et les rancunes. Lui, c'était le chagrin. Le haut chagrin.

1. « Lettre à Vincent Auriol, 28 mai 1958 », *Lettres, notes et carnets*, Paris, Plon, 1982.

Georges Pompidou

La grande douleur de juillet 1968

Vendredi 6 juillet 1968, 42, quai de Béthune, île Saint-Louis. Ce soir-là, Georges Pompidou est rentré chez lui d'assez bonne humeur. Une forme de soulagement. Sa décision est prise. Il l'a mûrie. Et il va en informer ses proches pendant le dîner. Il se prépare à quitter Matignon et son poste de Premier ministre. Les jours d'après vont pouvoir commencer dans la sérénité. Depuis le triomphe électoral du dimanche qui a précédé, depuis le véritable raz de marée de la droite gaulliste au second tour des élections législatives provoquées par la dissolution du 30 mai, il a envie de se reposer, de prendre du champ, de profiter de sa famille, de Claude, sa femme, d'Alain, son fils, et de ses amis. Les événements de mai l'ont épuisé, les négociations de Grenelle ont été difficiles et harassantes, mais il est sorti renforcé de cette « chienlit », du chaos des dernières semaines. Il a pris et repris les choses en main quand c'était nécessaire. Lorsque le général de Gaulle flanchait, il était là, solide au poste. Quand le Président a littéralement disparu pendant quelques heures, le 29 mai, avant que l'on n'apprenne qu'il s'était rendu à Baden-Baden, au QG de l'armée française en Allemagne, pour voir son ami Massu et se rassurer auprès de lui, Pompidou a tenu bon. La classe politique était en ébullition, les gaullistes effondrés, l'opposition prête à l'offensive, les étudiants plus mobilisés que jamais, les syndicats disposés à en découdre. Claquemuré dans son bureau de l'hôtel Matignon, le Premier ministre est resté à la manœuvre. Il a rassuré les inquiets, calmé les ardeurs des ambitieux, répliqué à l'opposition. Bref, il est devenu à la fois indiscutable et incontournable. Et c'est précisément pour cette raison qu'il a choisi, outre la fatigue, de prendre du recul. Pour préparer la suite. Mais ce dîner familial du 6 juillet va tout changer…

Rien ne se passe jamais comme prévu dans cette France du général de Gaulle. Il avait disparu plusieurs heures le 29 mai précédent. Cette fois, cinq semaines plus tard, il apparaît lointain. Quand Pompidou lui parle, le lundi 1er juillet, au lendemain du succès électoral, de son souhait de se retirer, le Général ne réagit pas, comme s'il n'entendait pas. Les jours suivants sont confus. Des journées de dupes, entre le non-dit et les silences embarrassés. Une semaine pas comme les autres ; le vrai début des jours d'après pour Pompidou. Des jours sans fin. De Gaulle est-il prêt à laisser partir son chef de gouvernement ? Il commence donc par ne rien dire.

Le lendemain, mardi 2 juillet, le Général invite le couple Pompidou à dîner au palais. Ils sont tous les quatre. Un dîner étrange. De Gaulle sait-il déjà qu'il va changer de Premier ministre ? Sans doute. « Madame, je puis vous dire que votre mari a tenu[1] », glisse le Général à Claude Pompidou, en référence évidente aux

1. Georges Pompidou, *Pour rétablir une vérité*, Paris, Flammarion, 1982.

récents événements de mai. Un témoignage sûrement sincère, mais aussi l'hommage précédant la séparation. Le lendemain matin, lors du traditionnel tête-à-tête avant le Conseil des ministres, de Gaulle entretient la confusion : « Pompidou, êtes-vous décidé à faire, avec moi, la participation[1] ? » demande-t-il. Le Premier ministre ne répond pas précisément, ne parvenant pas à savoir ce que recouvre exactement le projet du Général. Ils n'en reparleront jamais. Dans les quarante-huit heures qui suivent, finalement, il est convenu au palais et acté dans l'esprit de Pompidou qu'il est libre de partir. Vendredi 6 juillet : c'est, racontera le futur Président, « un long défilé de personnalités venues me supplier de rester[2] ». Pompidou commence à s'interroger. C'est à ce moment qu'intervient, pendant le dîner, le débat familial. Récit de l'intéressé : « Toute ma famille réunie me dit que je ne pouvais pas aller contre ce qui paraissait être l'intérêt du pays. Cette nuit-là, je ne dormis pas. Je tournai et retournai dans ma tête les données du problème[3]. »

Le matin du samedi 7 juillet, Georges Pompidou a changé d'avis. Il est finalement résolu à rester Premier ministre et le fait immédiatement savoir à l'Élysée. Réponse du secrétaire général de la présidence, Bernard Tricot, un gaulliste hostile à Pompidou : « Le Général s'est écrié : "C'est trop bête. Il est trop tard. J'ai proposé le poste à M. Couve de Murville."[4] » Fin d'un épisode douloureux pour le Premier ministre sortant. Il comprend que, derrière ce sentiment de

1. *Ibid.*
2. *Ibid.*
3. *Ibid.*
4. *Ibid.*

confusion, il y avait une réalité : de Gaulle voulait évidemment changer de chef du gouvernement. Sur le coup, Pompidou chancelle. « Je me sentis tout à coup blessé. Quelque chose en moi était ébranlé. Nos rapports étaient donc des rapports de fonctions et de circonstances et non pas des rapports privilégiés entre un grand homme et quelqu'un qui lui était tout dévoué et mettait à son service toutes ses capacités et sa fidélité [...]. Tout cela me laissait, dans la bouche, un goût de cendre[1]. » C'est donc dans un climat de défiance que les deux hommes vont prendre congé. Pompidou démissionne. De Gaulle lui adresse une lettre manuscrite de deux pages qui ne réglera pas le contentieux. Certes, le Général n'est pas avare de louanges quant à sa gestion des événements de mai et juin. Et il lui ouvre la voie pour la suite. « Je souhaite, écrit-il, que vous vous teniez prêt à accomplir toute mission et à assumer tout mandat qui pourraient vous être un jour confiés par la nation. » Mais la manière dont de Gaulle résume les derniers jours semble pour le moins ambiguë : « Je crois devoir accéder à votre demande de n'être pas, de nouveau, nommé Premier ministre. » Singulier raccourci ! Tout au long de ces jours d'après, Georges Pompidou regrettera l'absence de clarté dans la décision. Ainsi, l'amertume l'emportera sur le soulagement de ne plus être en première ligne au quotidien à Matignon après des mois éprouvants. Et le futur Président aura désormais les yeux tournés vers la succession du Général. Le 10 juillet, Pompidou laisse la place au nouveau Premier ministre, Maurice Couve de Murville, après avoir déjeuné avec les membres de son gouvernement. Dans les quelques jours qui suivent, il organise ses

1. *Ibid.*

affaires, voit ses amis les plus proches et se rend à l'Opéra avec Claude pour la première d'une œuvre de leur ami Olivier Messiaen. Sa tête est déjà ailleurs. En vacances. Et bien au-delà.

Carnac, été 1968. Claude a pris les choses en main. Grâce à des amis, elle trouve une grande maison à louer en Bretagne, face à l'Océan. Pendant trois semaines, la famille est réunie. Autour du couple, on retrouve les plus intimes : Alain, le fils unique, qui termine ses études de médecine ; Léon, le père de Georges ; Jacqueline Castex, la sœur de Claude, et son mari François, qui était chargé de l'éducation à Matignon. Georges n'a qu'une idée en tête : se reposer, décompresser, prendre un peu de recul. Comme ils ont l'habitude de le faire afin de préserver leur intimité par la suite, les Pompidou acceptent le premier jour de poser pour les photographes. A priori, ce sont des vacances normales. Pêche à la crevette et aux coquillages à marée basse, longues promenades sur la plage, visites culturelles dans les églises romanes des environs et aux célèbres alignements de Carnac. Les repas sont plutôt joyeux. Pompidou lui-même imagine les menus, souvent à base de fruits de mer. Il joue à la pétanque avec son père, au gin-rami avec sa femme et son beau-frère. Il lit beaucoup, des classiques, mais aussi le philosophe et sociologue américain d'origine allemande Herbert Marcuse, dont les travaux ont inspiré les étudiants en colère aux États-Unis, à Nanterre, à Paris puis à travers tout le pays. Il regarde un peu la télévision, mais écoute rarement la radio et lit de loin les journaux. Quasiment pas de sorties. Le grand calme après la tempête de mai et juin. Et un motif d'inquiétude, révélé beaucoup plus tard par son fils Alain : « Mon père s'aperçoit d'une fragilité anormale de ses gencives. Par réflexe médical, je propose un bilan sanguin, qui montre une chute des plaquettes. Ma mère m'autorise à contacter mon maître hématologue, le professeur Jean Bernard, qui prescrit un traitement à base de cortisone : tout rentre dans l'ordre[1]. » Sur le moment, ce n'est donc qu'une petite alerte, mais peut-être le premier signe, médicalement impossible à détecter, de la maladie qui l'emportera cinq ans et demi plus tard. L'information aurait dû rester confidentielle. Elle ne le demeurera pas, le pharmacien local, responsable du laboratoire d'analyses, ayant évoqué le sujet devant un élu important de cette circonscription du Morbihan, le ministre de l'Intérieur de l'époque, Raymond Marcellin. Apparemment, ce problème médical ne trouble pas démesurément Georges Pompidou. Ses vacances se poursuivent, loin de l'agitation parisienne et des premiers pas, peu convaincants, du nouveau Premier ministre Maurice Couve de Murville et de son gouvernement. Qu'éprouve Pompidou au cours de ces semaines qui suivent son remplacement ? Un mélange de soulagement, de détermination et de déception. Soulagement d'avoir quitté l'enfer de Matignon, cette lessiveuse qui fonctionne 24 heures sur 24, après plus de soixante-quinze mois exaltants mais épuisants. Détermination à poursuivre un parcours qui pourrait, se dit le futur Président, le conduire à l'Élysée. Déception, on l'a vu, car l'estime et l'admiration qu'il ressent toujours pour le général de Gaulle sont teintées de tristesse et d'amertume après les lourdes divergences dans la gestion et la compréhension des événements de mai, et après les conditions de son départ houleux de la tête du gouvernement. C'est dans cet état d'esprit qu'il va rejoindre la maison de Cajarc, propriété acquise en 1962 sur le conseil de leur

1. Alain Pompidou, *Claude*, Paris, Flammarion, 2016.

amie Françoise Sagan, ce causse du Lot étant le berceau de la famille de la jeune romancière.

Cajarc fait aujourd'hui partie de la légende pompidolienne. Cette vieille ferme restaurée par le couple était tout à la fois un témoignage et un refuge. Le témoignage de l'histoire du couple Pompidou, car elle fut achetée après la nomination de Georges à Matignon, en 1962. Méfiante et inquiète à l'idée de se voir enfermer dans le rôle ingrat et protocolaire d'épouse de Premier ministre, Claude avait alors demandé à son mari, comme une sorte de compensation, de lui trouver un lieu de vacances tranquille, sauvage, éloigné des bruits de la ville. Ce fut Cajarc, ses moutons, ses chevaux, sa piscine, sa table de ping-pong. À une heure de voiture, Conques, haut lieu historique avec son église abbatiale et son sanctuaire, où avait été retrouvé le trésor de sainte Foy, les reliques du crâne d'une jeune martyre décapitée pour avoir refusé, au IVe siècle, de renier sa foi. Les Pompidou adorent cette étape historique et religieuse sur la route de Saint-Jacques-de-Compostelle. Ils s'y rendent très souvent et la font découvrir à leurs proches. Cajarc, c'est aussi un refuge. Une région peu accessible, très froide l'hiver, très chaude l'été, mais permettant de recevoir la famille et les amis en toute sérénité. Un havre de paix. Tout ce que Claude adore. À Cajarc, en ce mois d'août étouffant de 1968, Georges Pompidou peut réfléchir à loisir à la suite. Il repense aux pénibles mois du printemps où le pouvoir a vacillé. Et il termine la lecture des œuvres de Marcuse avant de prendre la plume. Pour ce normalien, rien ne vaut l'écriture pour faire passer des idées. Ce sera aussi une sorte de thérapie. Il a besoin de mettre sur le papier ce qu'il a vécu pendant les événements de Mai 68, d'en tirer les enseignements, d'en expliquer le sens. Ce sera *Le Nœud gordien*, ce livre politique, sociologique et personnel qui sera publié en 1974, après sa disparition. Toute la philosophie de cet ouvrage des jours d'après apparaît dès les premières lignes : « Tout succès remporté, tout échec subi, comporte des leçons. La crise de Mai 68, en me jetant dans le combat, en m'imposant de prendre davantage de responsabilités et de plus graves que dans la vie gouvernementale habituelle, a achevé de me marquer. Personne n'est le même avant et après l'épreuve. Mais il y a plus. L'aspect absurde, parfois enfantin, de cette tragédie manquée ne m'en a pas dissimulé les ressorts profonds. Bien au contraire, j'ai eu l'intuition immédiate et comme aveuglante que nul ne pouvait désormais imaginer de gouverner la France sans procéder à une sorte d'examen de conscience politique ni sans se redéfinir clairement à soi-même, non pas un programme, non pas une tactique en vue de parvenir ou de se maintenir au pouvoir, mais une conception et je dirai une morale de l'action[1]. » Dans le calme de ce Cajarc d'août 1968, Pompidou, c'est clair à travers ces quelques phrases, a déjà dans la tête la future élection présidentielle. Mais bien sûr, il ne sait pas alors qu'elle aura lieu ausssi vite, et contre toute attente, neuf petits mois plus tard, au lendemain de la démission du général de Gaulle.

De Gaulle ! Georges Pompidou a vu le Général pour la première fois avec Claude, au milieu de la foule, le 26 août 1944, sur les Champs-Élysées. Il n'imaginait pas, alors, qu'il l'accompagnerait au plus près pendant toutes ces années. Et il ne pense qu'à lui au cours des semaines de 1968 qui suivent son départ de Matignon.

1. Georges Pompidou, *Le Nœud gordien*, Paris, Plon, 1974.

Il est partagé. Des moments de bonheur lorsqu'il se rappelle ses débuts auprès de l'homme du 18 juin, en octobre 1944, grâce à l'introduction de l'un de ses plus proches amis de Normale Sup, René Brouillet. Il se souvient de ses années comme chef de cabinet du Général, de 1948 à 1953, puis, après un premier passage par la banque Rothschild, de son retour en 1958 comme directeur de cabinet du nouveau président du Conseil. Il repense à la journée d'investiture du 8 janvier 1959 et à cet honneur aussi inestimable qu'imprévu que lui fit Charles de Gaulle : à la surprise générale, Pompidou fut invité à prendre place aux côtés du nouveau Président dans la prestigieuse limousine décapotable qui descendrait les Champs-Élysées après la cérémonie de l'Arc de triomphe, pour rejoindre le palais de l'Élysée. Un peu plus de quatre ans plus tard, après avoir accompli quelques missions délicates et confidentielles pour de Gaulle, notamment une négociation secrète en Suisse avec le FLN algérien, Georges devenait Premier ministre malgré les fortes réserves de Claude. Ce serait le véritable début de sa carrière politique.

Mais si, à l'été 1968, Pompidou est partagé, si ses sentiments sont pour le moins mitigés, c'est que les relations avec le Général se sont progressivement tendues, puis détériorées. Dès 1962 est survenu un premier et sérieux désaccord sur le sort à réserver à l'un des quatre meneurs du putsch d'Alger en avril 1961, le général Jouhaud, condamné à mort par le haut tribunal militaire, alors que Salan, l'initiateur de l'opération, avait sauvé sa tête. De Gaulle était favorable à cette exécution quand Pompidou menaçait de démissionner si Jouhaud était fusillé. Il avait obtenu satisfaction, et la peine avait été commuée en détention criminelle à perpétuité. De ce jour date l'émancipation de Georges Pompidou.

De Gaulle s'y résoudra, sans pour autant l'accepter réellement. En 1965, le Général n'associe pas le Premier ministre à sa réflexion sur sa candidature, et, dès 1967, il envisage de le remplacer à Matignon. En 1968, les divergences seront notoires. Sur le sens et la signification des événements, sur les enseignements politiques et sociologiques, la nature de la réponse à apporter, la riposte face aux manifestations d'étudiants, la stratégie pour les négociations de Grenelle. Globalement, là où de Gaulle veut la fermeté, Pompidou préfère le dialogue et la souplesse : il fait rouvrir la Sorbonne ; il se laisse d'importantes marges de manœuvre pour boucler les accords de Grenelle. L'équipée de Baden-Baden, le 29 mai 1968, va creuser encore le contentieux. Incroyable journée ! À Matignon, au moment où Pompidou apprend que le Général est parti sans laisser d'adresse, il reçoit la belle-famille de son fils Alain en vue de finaliser son mariage. Pompidou s'étonne que le Président ne le mette pas dans la confidence, disparaisse à un moment si crucial et laisse, des heures durant, le Premier ministre et son gouvernement dans une telle situation. Le 30 mai, le tête-à-tête entre les deux hommes au retour du Général prendra la forme d'un véritable bras de fer. Pompidou menace de démissionner si l'Assemblée nationale n'est pas dissoute. De Gaulle, qui ne souhaitait pas le faire, finit par s'y résoudre. Mais le triomphe électoral qui suivra ne résoudra pas les difficultés relationnelles. Ainsi donc, le Général a d'abord cédé à Pompidou avant de comprendre que son Premier ministre avait raison ! Difficile à admettre pour de Gaulle qui, selon nombre d'observateurs et d'acteurs de cette période, y compris parmi les plus proches, n'a pas vraiment compris les ressorts et les effets de cette révolte étudiante. En cet été de 1968, Pompidou a donc tous ces éléments en tête. Il prend sa décision. Désormais, il entend tenir les rênes, maîtriser seul son avenir, prendre son destin en main et acter définitivement sa totale indépendance. Il considère avoir servi, et bien servi, l'homme du 18 juin dont il admire toujours la stature. Mais il veut tourner une page. Claude, bien sûr, n'est pas étrangère à cette réflexion. Méfiante à l'égard du monde politique, elle comprend et partage l'ambition de son mari. Ces jours d'après, ce sont ceux qui débouchent sur une résolution irrévocable : Georges Pompidou est décidé à se présenter à la magistrature suprême, à succéder au Général, à passer du rôle de second à celui de dauphin incontournable.

Au sortir de l'été, tout s'enclenche. Georges s'installe dans de nouveaux bureaux, boulevard de La Tour-Maubourg, près des Invalides, à quelques encablures de l'Assemblée nationale. Ses fidèles l'y retrouvent presque quotidiennement. Parmi eux, Olivier Guichard, Édouard Balladur, Pierre Juillet, Marie-France Garaud et un certain Jacques Chirac, qui s'était déjà fait remarquer pendant les événements de mai en amorçant les négociations de Grenelle avec l'un des patrons de la CGT, Henri Krasucki, qu'il était allé retrouver dans une petite chambre de Pigalle secrètement armé d'un revolver et accompagné à distance par deux officiers de sécurité. Moins de deux mois après son départ de Matignon, l'ancien Premier ministre s'organise. Élu député du Cantal le 23 juin, dès le premier tour des législatives anticipées, avec plus de 80 % des voix, il fait une entrée triomphale à l'Assemblée nationale. Nommé président d'honneur du groupe parlementaire gaulliste, il est ovationné debout par les députés le jour de la rentrée. Il est déjà considéré comme le successeur d'un

Général fatigué. Pompidou sort renforcé et grandi de cette double épreuve, les événements de mai puis son remplacement à la tête du gouvernement. Moins d'un an après son départ de Matignon, il s'installera à l'Élysée. Pour Georges Pompidou, les jours d'après seront ceux de la conquête.

Jacques Chaban-Delmas

Les blessures du prince d'Aquitaine

« Tout ce que je vivrai désormais, ce sera du rab. » Combien de fois, dans sa famille et parmi ses proches, a-t-on entendu Jacques Chaban-Delmas évoquer ainsi, la voix tremblante d'émotion, ce petit matin du 24 août 1944. Chaban, l'un des grands gaullistes historiques, futur Premier ministre de Georges Pompidou de 1969 à 1972, qui sera seize ans durant président de l'Assemblée nationale sous la Ve République, a été nommé trois mois plus tôt par le général de Gaulle délégué militaire national puis, dans la foulée, général de brigade. À 29 ans, c'est le plus jeune général en exercice. Ce matin-là, vers 5 heures, après avoir passé la nuit à diriger l'installation d'un central téléphonique, il franchit à pied les quelques centaines de mètres qui le séparent de la préfecture de police. « Le soleil se levait. La journée s'annonçait somptueuse[1]. » Chaban est euphorique. Il sait, et il le racontera à l'envi toute sa vie durant, qu'il ne connaîtra plus jamais un tel enthousiasme, un tel bonheur. Pour lui, les premiers jours d'après commencent là, sur les quais de la Seine,

1. Jacques Chaban-Delmas, *L'Ardeur*, Paris, Stock, 1975.

ce 24 août. D'autant qu'à 16 heures, ce même jour, il rencontre pour la première fois le général de Gaulle. Un souvenir inoubliable. « J'eus droit à une poignée de main forte – deux fois forte – tandis que la voix prononçait ces trois mots auprès desquels pâliraient honneurs et distinctions : "C'est bien, Chaban." Tout était dit[1]. »

5 juillet 1972. Près de trente ans ont passé. Chaban est devenu l'un des animateurs essentiels de la vie politique. Compagnon de la Libération, maire de Bordeaux et « prince d'Aquitaine » depuis 1947, député dès novembre 1946 et président de l'Assemblée nationale de 1958 à 1969, date à laquelle il est devenu Premier ministre. Le nouveau Président, Georges Pompidou, élu après la démission du Général, l'a choisi pour son style, moderne et dynamique, sa fidélité à de Gaulle, son réformisme, son expérience et sa connaissance des arcanes parlementaires. Les deux hommes se complètent, mais leurs relations vont vite se tendre, puis se durcir vraiment. La séparation restera longtemps secrète. Le 24 juin 1972, lorsque le Premier ministre marie son fils Jean-Jacques, il n'est encore question de rien. Dix jours plus tard, le 5 juillet 1972, c'est pourtant la fin. Quelques jours auparavant, Pompidou et Chaban ont eu une explication serrée. À fleurets mouchetés. Le Premier ministre est affaibli. Les deux éminences grises toutes-puissantes du Président, Pierre Juillet et Marie-France Garaud, le combattent depuis des mois, et de plus en plus vigoureusement. Ces deux personnalités, aussi pugnaces que redoutables, lui reprochent pêle-mêle sa politique sociale, trop progressiste, son indépendance, trop assumée, sa réforme

1. *Ibid.*

de la télévision publique, trop libérale. Et Pompidou lui-même ne partage ni les principes, ni les contours, ni le contenu de cette « nouvelle société » chère à Chaban-Delmas et à ses plus proches conseillers à Matignon, dont Jacques Delors. « Il m'embête avec sa nouvelle société, j'ai déjà suffisamment de mal avec l'ancienne », a glissé dès 1970 le chef de l'État à un petit groupe d'éditorialistes. La phrase, terrible et lourde de sens, a été rapportée par un journaliste à un Premier ministre d'abord incrédule, puis conscient de sa gravité. Les deux hommes, en ce début de l'été 1972, n'ont donc plus grand-chose en commun, excepté leur attachement à l'action et à la mémoire du général de Gaulle, disparu un an et demi plus tôt. Ils actent leur désaccord tout en veillant à rester en bons termes, car ils savent qu'ils auront besoin l'un de l'autre.

Récit de Chaban-Delmas qui, profondément blessé au moment de quitter Matignon, se souvient des mots de Pompidou : « Reposez-vous, retournez à Bordeaux et dans votre Aquitaine. Les élections passées [les législatives de 1973, *NdA*], vous pourrez entreprendre quelques voyages à l'étranger pour affirmer devant l'opinion votre dimension internationale[1]. » Mais, malgré ces encouragements, Chaban doute. Peut-être ne croit-il pas vraiment à la sincérité du Président ? Et il se pose la question : saura-t-il et pourra-t-il rebondir ?

En ce mois de juillet 1972, l'ancien Premier ministre prend donc un peu de champ. Il part pour sa maison d'Ascain, dans ce Pays basque qu'il a toujours adoré. Il joue au golf, au tennis. Il marche. Et il repense à ses trois dernières années à Matignon. Trois années passionnantes mais douloureuses. Qui a réellement

1. *Ibid.*

voulu lui nuire, s'interroge-t-il en privé, repensant au moment où, en janvier 1972, *Le Canard enchaîné* a publié sa feuille d'impôts, révélant ainsi que, grâce au système de l'avoir fiscal, il n'avait rien payé au fisc ? « La calomnie se déchaîna, sachant se faire insinuante, pour cracher son venin au bon moment. Les conjurés l'entretenaient avec art et souvent à l'insu des échotiers habilement manipulés[1] ! » Chaban a compris que, figurant en bonne place parmi les successeurs possibles de Georges Pompidou, il devrait affronter nombre d'adversaires, et autant d'ennemis. Pudique et respectueux de la fonction présidentielle, il ne s'en prend jamais personnellement à Georges Pompidou. En revanche, il cible volontiers l'entourage élyséen, le « cabinet noir » animé par Pierre Juillet et Marie-France Garaud. Tout au long de cet été 1972, au-delà de la frustration de n'être plus aux manettes, s'efforçant de laisser de côté son amertume, il décide de se concentrer sur la suite. De se préparer, d'organiser ses équipes dès la rentrée de septembre. Il ignore que, pendant cette période, la grave maladie du Président progresse inexorablement et que les éminences grises du chef de l'État préparent dans l'ombre la mise sur orbite d'un certain Jacques Chirac. Malgré l'extraordinaire courage présidentiel face à la souffrance, la maladie abattra Georges Pompidou vingt et un mois plus tard.

5 mai 1974. C'est la fin de l'après-midi en ce jour de premier tour de l'élection présidentielle. L'humeur et l'ambiance sont moroses dans le QG de Chaban, au 25 de l'avenue Charles-Floquet, à Paris, près de la tour Eiffel. Les premiers chiffres confirment les derniers sondages. Avec 15 % des suffrages, Chaban

1. *Ibid.*

est largement distancé par Mitterrand, en tête avec plus de 40 % des voix, et par son concurrent dans la majorité sortante, VGE, qui approche les 33 %. Le maire de Bordeaux n'a pas su créer la dynamique nécessaire. Où était le fringant Premier ministre, le sémillant président de l'Assemblée nationale, celui qui grimpait les marches quatre à quatre, souriant, affable, joyeux ? Celui qui lançait « À cheval ! » dix fois par jour avant de s'engouffrer dans sa voiture, de monter au perchoir de l'Assemblée ou d'entrer en courant au petit matin sur un court de tennis du Racing Club de France, à la Croix-Catelan, à la Villa Primerose, dans sa bonne ville de Bordeaux ou à Chantaco, au cœur du Pays basque ?

Le candidat gaulliste a changé de style dès le début de la campagne. Intoxiqué par de fausses rumeurs, il a annoncé sa candidature trop tôt, le jour même des obsèques du Président Pompidou, et l'a d'ailleurs vite regretté. Puis, presque d'un coup, pour se « présidentialiser », il est devenu sérieux, sombre, un peu renfermé. Il a ralenti ses pas et son allure. Il n'a pas vu venir assez tôt la défection de Chirac, qui détestait la « nouvelle société » et qui, sous l'influence de Juillet et Garaud, a entraîné quarante-trois parlementaires et ministres gaullistes derrière Giscard. Blessé une nouvelle fois, Chaban n'oubliera jamais ce qu'il considère comme une lourde trahison. Mais il sait aussi que sa campagne a été décevante. Ses prestations télévisées, dont celle avec un André Malraux sinistre et incompréhensible, ont ainsi manqué leur cible. Il est donc sèchement éliminé au soir du premier tour. Il ne sera jamais Président. Au QG, les plus jeunes sont en larmes. Parmi eux, deux responsables des Jeunes pour Chaban : Michel Vauzelle, qui deviendra le garde des Sceaux de

François Mitterrand en 1992, et Pierre Charon, le futur et très fidèle sénateur sarkozyste, qui aidera activement, en 1978, Chaban à redevenir président de l'Assemblée. Ce soir-là, c'est Chaban lui-même qui console les inconsolables. Avec dignité, avec classe, après réflexion mais sans état d'âme, il apporte son soutien à Giscard dès le dimanche soir. Et il se retire dans ses terres d'Aquitaine. Malheureux et mélancolique, ce qui ne lui ressemble vraiment pas.

« Des pentes d'Ascain où s'adosse ma maison le regard embrasse un paysage de vallons d'un vert intense, qui doucement se déploie jusqu'à la baie de Saint-Jean-de-Luz et la montagne de Bayonne [...]. Le soleil dissipe la brume, qui s'écoule et se perd dans les fonds [...]. Ici tout est bonheur parce que tout n'est qu'amour[1]. » Peu à peu, après un vrai coup de blues, Chaban, fort d'un optimisme légendaire et d'une bonne humeur retrouvée, redresse la tête. Il n'oublie pas, loin de là, les coups qu'il a encaissés. Il en veut surtout à Chirac, contre lequel il ne cessera de batailler. Il repense aussi à ses erreurs, nombreuses. Mais, au contact de sa famille, il se ressource. Ces jours d'après sont ceux d'un combattant qui a perdu la dernière grande bataille de sa vie politique mais qui veut rebondir, là où il peut encore être utile : dans son donjon de Bordeaux, où il passera le témoin à Alain Juppé en 1995, à la présidence de l'Assemblée, qu'il retrouvera à deux reprises, et au sein du mouvement gaulliste. Il accepte le verdict des urnes sans barguigner : « La France de Giscard d'Estaing ne saurait être la France de Chaban. Mais c'est Giscard d'Estaing qui a été élu[2]. » Il jouera le

1. *Ibid.*
2. *Ibid.*

jeu loyalement, comme le grand sportif qu'il a été. Au tennis et au rugby, dans ces années 1970, le *fair play* est la règle. Il la respectera sans la moindre hésitation. Et, depuis ses bureaux de la rue de Bellechasse, près du Palais-Bourbon, il continuera d'agir. Il le fera tant que ses forces le lui permettront, et malgré ses blessures. « Je reste cet homme en mission qui ne se retire pas du jeu de la France. Il en sera ainsi, je le sais, aussi longtemps qu'à l'aurore renaîtra mon ardeur[1]. »

1. *Ibid.*

Valéry Giscard d'Estaing

La morsure

Le mont Athos. Au nord de la Grèce, voici la Sainte Montagne, ou la montagne sacrée. Spectacle sublime vu de la mer Égée, où les touristes se pressent pour admirer, en bateau, ce panorama exceptionnel, mélange de majesté, de spiritualité et de sobre beauté. Sur les flancs de cette montagne se dressent vingt monastères orthodoxes. C'est là, dans l'un de ces monastères édifiés au xe siècle, que Giscard vient trouver refuge à la fin du mois de juin 1981, un mois et demi après sa défaite. Il est arrivé en Grèce le 28 juin, une semaine après les élections législatives qui ont suivi la dissolution décidée par le nouveau Président, François Mitterrand. VGE est donc absent de Paris lorsqu'il apprend, au lendemain de la victoire de la gauche qui a obtenu la majorité absolue à l'Assemblée nationale, l'arrivée de quatre ministres communistes dans le gouvernement. Sur le coup, et sous le coup, l'ancien Président a imaginé, un instant, revenir dans la capitale. Ses conseillers le lui ont vivement déconseillé. À quoi bon ? Il décide donc de prendre vraiment du champ, et de se rendre dans ce site inspiré, dans ces monastères pour y trouver le calme, la sérénité et le recueillement. Un lieu décidément étonnant, ce mont Athos. Chacun de ces vingt monastères, chacune de ces communautés religieuses dispose de « son clergé, ses popes, sa liturgie, sa gastronomie également parce qu'on est nourris par les moines[1] ». Les déjeuners et dîners s'y déroulent dans le silence le plus complet. Silence également au petit déjeuner, où l'on sert du pain et des olives. Interdits depuis toujours aux femmes, autonomes dans leur gestion comme dans leur fonctionnement, les monastères du mont Athos sont si admirés, si recherchés qu'il faut s'inscrire sur une liste d'attente afin de pouvoir espérer y séjourner. L'endroit idéal pour tout oublier, l'espace de quelques jours. C'est ce que cherche le jeune ancien Président. Élu à 48 ans, écarté à 55 ans. Trop tôt pour renoncer. Mais d'abord, il veut se retirer pour essayer de comprendre ce qui s'est passé le 10 mai.

Giscard a fait entrer la Grèce dans l'Europe. Il a contribué au processus politique qui a permis, après la dictature militaire des colonels, le retour à la démocratie. C'est même à bord de l'avion présidentiel français que Constantin Caramanlis a atterri à Athènes le 21 juillet 1974, deux mois après l'arrivée de VGE à l'Élysée, pour prendre à Athènes ses fonctions de Premier ministre. Fin juin 1981, c'est Caramanlis lui-même qui recommande à son ami Valéry de venir en Grèce. Après un court séjour à Thessalonique, ce dernier va donc passer quelques jours de réflexion dans l'un des vingt monastères du mont Athos. « C'était très beau parce que c'était vraiment la sortie complète du marécage politique[2]. » VGE aura un véritable coup de

1. Valéry Giscard d'Estaing dans le documentaire « Giscard, de vous à moi. Les confidences d'un Président », France 3, 3 avril 2017.

2. *Ibid.*

foudre pour ce site, son éclat, sa lumière, son mysticisme. De quoi effacer, un temps, le souvenir des jours sombres de la défaite.

9 mai 1981. À la veille du second tour de la présidentielle la plus serrée, la plus décisive, la plus importante depuis le début de la Vᵉ République, Giscard est en Auvergne, dans le manoir familial de Varvasse, à Chanonat, près de Clermont-Ferrand. Il fait beau. Le Président est en famille avec ses parents et sa femme Anne-Aymone. « Une atmosphère qui rappelle les vacances d'autrefois[1]. » Lecture, promenades dans le parc, sieste. Le rituel d'un samedi à la campagne. Un coup de fil à la permanence de l'Élysée pour vérifier qu'il n'y a rien de particulier. Et, en fin d'après-midi, une surprise, réellement inattendue : entendant le bruit d'un hélicoptère, Giscard sort, regarde le ciel et voit un appareil civil se poser à quelques kilomètres de là. Étonné, il s'informe auprès de la gendarmerie et apprend que l'hélicoptère a atterri dans la propriété de la famille Pingeot, chez les parents d'Anne, la mère de Mazarine. VGE comprend alors que c'est Mitterrand qui vient de se poser. Ainsi donc, à la veille du 10 mai 1981, les deux adversaires se trouvaient à quelques encablures l'un de l'autre. Une étrange et très romanesque coïncidence.

À quoi songe Valéry Giscard d'Estaing au soir du 9 mai 1981 ? Intuitivement, il sait que la défaite est probable. Mais il n'exclut pas un revirement de dernière minute, le fameux « sursaut » qu'espèrent toujours, avant les élections, les grands fauves politiques. Giscard connaît les derniers sondages. Son retard est

1. Valéry Giscard d'Estaing, *Le Pouvoir et la Vie*, Paris, Compagnie 12, 1994.

estimé à un ou deux points et s'est creusé depuis le face-à-face du mercredi 5 mai, au cours duquel Giscard n'a pas pris l'avantage et a vu fuser cette pique efficace de François Mitterrand sur un VGE « homme du passif », référence à celle que lui-même avait lancée à Mitterrand lors du face-à-face de 1974 : « Vous êtes un homme du passé. » Dans ses Mémoires, après avoir évoqué, à propos de son adversaire, la « méchanceté vipérine qu'il réussit le plus souvent à dissimuler[1] », Giscard ajoutera : « J'ai pu mesurer son incontestable talent, et j'ai vu qu'il avait l'envergure et les moyens d'être président de la République [...]. Je n'ai pas réussi à marquer de point décisif[2]. » Ce 9 mai, Giscard pense aussi au dernier meeting de la campagne, la veille au soir, sur les terres bordelaises du gaulliste Jacques Chaban-Delmas. Beaucoup de monde, des jeunes en particulier, et un accueil favorable sans pour autant être enthousiaste. Un succès populaire, mais insuffisant pour espérer retourner la situation ?

10 mai 1981. La France est suspendue au résultat de ce second tour. Ce sera le premier des jours d'après pour le troisième président de la Ve République. En compagnie de sa femme, VGE se rend à la mairie en fin de matinée, après la messe, dans ce bourg de Chanonat. Une coupe de champagne partagée avec le conseil municipal, les flashes des photographes, les traditionnelles images de l'isoloir et du vote du Président candidat sur les chaînes de télévision, et c'est le retour au manoir de Varvasse pour un déjeuner familial. Ambiance provinciale. « Un petit poste de radio fait entendre le bulletin de nouvelles diffusé à une heure, coupé par des

1. *Ibid.*
2. *Ibid.*

grésillements[1]. » Giscard va s'étendre. Avant de somnoler, il apprend que la participation est encore plus importante que prévu. Ce dégel des abstentionnistes sera-t-il favorable à Mitterrand, comme il le craint, ou à lui-même ? La réponse viendra progressivement. Par le secrétaire général de l'Élysée, Jacques Wahl, il sait dès 16 heures que Mitterrand serait en tête. « Les Français ont choisi le déclin[2] », réagit-il. Giscard apprend un peu plus tard que, dans ce village de Chanonat qui lui est traditionnellement acquis, la gauche progresse. Et, très vite, au téléphone, il comprend que l'échec est consommé : 51,76 % pour François Mitterrand, 48,24 % pour Valéry Giscard d'Estaing. 1 065 956 voix sépareront finalement les deux hommes. Une victoire nette, sans être écrasante. Et une participation record de près de 86 % des inscrits. Giscard appelle ses plus proches amis, Michel Poniatowski et Michel d'Ornano notamment. Il semble tout à la fois touché, furieux et désabusé. Il ne décolère pas contre Chirac, coupable à ses yeux d'avoir joué presque ouvertement la défaite de son camp, d'avoir notamment appelé à voter pour lui du bout des lèvres et « à titre personnel », d'avoir accepté que soit envoyé aux militants du RPR un appel à choisir Mitterrand. Il téléphone également à ses quatre enfants, et évoquera l'« humiliation infligée à leur père, et l'isolement qu'ils auront à subir parmi leurs camarades[3] ». En fin de journée, il décide de ne pas rentrer à Paris. Pas de déclaration télévisée. Il se contentera de faire savoir par un communiqué qu'il félicite le vainqueur et qu'il « continuera bien entendu à

1. *Ibid.*
2. Renaud Revel, *Les Cardinaux de la République*, Paris, First, 2016.
3. Valéry Giscard d'Estaing, *Le Pouvoir et la Vie*, *op.cit.*

défendre les intérêts essentiels du pays ». Que ressent-il au moment de s'endormir « paisiblement » ? « Le couple de la déception et de la délivrance[1] », affirmera-t-il.

Dans la nuit du 10 au 11 mai, vers minuit et demi, il est réveillé, au cœur de sa campagne auvergnate, par un concert de bruits divers. Des manifestants venus « non pour crier leur joie de la victoire, mais pour conspuer le vaincu[2] ». Un concert de cymbales, de grelots et de battements de tambour. Giscard fait l'apprentissage de ces lendemains qui déchantent. « Ça m'a donné une idée très sombre de la démocratie française [...]. Un ancien président n'est pas réélu, mais on ne va pas chez lui pour le conspuer[3]. »

« Quoi de neuf[4] ? » aurait-il lancé le 11 mai au matin en rejoignant le palais de l'Élysée. Ironie amère ? Détachement forcé ? Pendant dix jours, entre le 10 et le 21 mai, jour de la passation de pouvoirs, alors que la période de deuil commence, VGE va s'efforcer d'organiser la transition dans les meilleures conditions. Il s'entretient avec ses amis politiques et comprend immédiatement, sans surprise, que Jacques Chirac a pris les choses en main pour la préparation des élections législatives de juin. En fin d'après-midi, le 11 mai, le chef de l'État vaincu publie un texte vengeur, dans lequel il fustige les « trahisons préméditées ». Il se sent abandonné, blessé. Encore acerbe des années plus tard, il écrira : « Les affamés de décorations, et de subventions pour les comités qu'ils président [...] doivent consulter

1. *Ibid.*
2. *Ibid.*
3. Valéry Giscard d'Estaing, « Giscard, de vous à moi... », *op. cit.*
4. Pierre Favier, Michel Martin-Roland, *La Décennie Mitterrand*, t. 4, *Les déchirements*, Paris, Seuil, 1999.

fébrilement leurs annuaires, depuis la rue de Bièvre [le domicile de François Mitterrand, *NdA*] jusqu'à la rue de Solférino [le siège du PS, *NdA*], pour trouver où acheminer désormais leurs suppliques. La rapidité de leur changement de cap force l'admiration[1]. » Dans son bureau présidentiel, Giscard commence à déprimer. Témoignage de son secrétaire général, Jacques Wahl : « Dans ce climat de fin de règne, je sentais chez Giscard une extrême souffrance, le sentiment d'une grande injustice et dans son regard de l'incompréhension. C'est la première fois de sa vie qu'il se trouvait confronté à un échec d'une telle envergure. Or il avait beau afficher dans les couloirs de la dignité, nous le savions tous intérieurement dévasté[2]. » Il passe par des phases de révolte et des moments d'autoflagellation. Du persiflage doux-amer à des phrases mordantes et cruelles sur ceux qui lui ont manqué. Son seul réconfort : la fidélité de rares amis et la préparation de son départ.

Mercredi 13 mai. J + 3. VGE s'entretient avec son Premier ministre Raymond Barre, triste et morose lui aussi. Puis il reçoit la visite du général Alain de Boissieu, le gendre du général de Gaulle, venu lui annoncer, très solennellement et en grand uniforme, qu'il démissionne de ses fonctions de grand chancelier de la Légion d'honneur afin de ne pas avoir à remettre les insignes de grand maître de l'Ordre à François Mitterrand. Ce, en raison du jugement que portait son beau-père sur le nouveau Président : « Il le méprisait, dit Boissieu à Giscard, et m'avait mis en garde à plusieurs reprises contre lui. Il le considérait comme un aventurier[3]. » Cette décision

1. Valéry Giscard d'Estaing, *Le Pouvoir et la Vie*, *op. cit.*
2. Renaud Revel, *Les Cardinaux de la République*, *op. cit.*
3. Valéry Giscard d'Estaing, *Le Pouvoir et la Vie*, *op. cit.*

provoquera une vive polémique. Les jours passent. Un véritable compte à rebours avant le départ, organisé pour le 21 mai.

Durant ces premiers jours d'après, dans son bureau d'angle au premier étage du palais, VGE, accablé, s'occupe pourtant avec frénésie. Dans un message télévisé, il remercie de leur vote les habitants des DOM-TOM ; il reçoit le patron du Mobilier national pour décider de la destination de certains meubles ou tableaux qui repartiront dans des musées nationaux ou au château de Versailles ; puis il décore un huissier de l'Élysée, Fürling, un « géant souriant[1] » présent au palais depuis René Coty et qu'il connaît bien. Il tient un dernier Conseil des ministres, le 340e de son septennat, avec un seul point à l'ordre du jour : un rapport sur l'état économique et social de la France à la date du 30 avril 1981. « Nous avons fait ce que nous avions à faire. Nous l'avons fait aussi bien que nous pouvions le faire. C'est la réponse que notre conscience apporte à la question : Ai-je bien servi la France ? Un jour comme celui-ci, la voix de la conscience est plus forte que celle de la faveur du moment », déclare-t-il aux membres du gouvernement. Émotion retenue dans le salon Murat. Le 20 mai en fin d'après-midi, à la veille de la passation de pouvoirs, il se rend une dernière fois en sa qualité de Président en exercice déposer une gerbe sur la tombe du Soldat inconnu, sous l'Arc de triomphe. Une sorte d'adieu aux armées. Salut au drapeau de la garde républicaine ; *Marseillaise* au rythme lent, celui de Rouget de Lisle, qu'il avait souhaité sept années plus tôt ; sonnerie aux morts ; signature du livre d'or ; et, pour terminer, ce *Chant du départ* qui

1. *Ibid.*

avait accompagné ses meetings de la campagne de 1974 et avait retenti à son arrivée au palais présidentiel, le 27 mai 1974. Une petite foule s'est rassemblée. Récit nostalgique de l'ancien Président : « J'aperçois des paupières rougies [...]. Je ralentis le pas pour échanger un regard avec le plus grand nombre possible de personnes présentes [...]. La lumière de fin de journée caresse les façades des immeubles ravalés de frais [...]. Moment fort qui s'incruste dans mon souvenir[1]. » VGE est-il à cette heure déjà ailleurs, loin de ce pouvoir qu'il avait tant voulu exercer et qui, d'un coup, s'échappe et lui échappe ? De retour à l'Élysée, avant de recevoir le Premier ministre et les présidents des deux assemblées pour un dîner d'adieu, Giscard, encore chef des armées pour quelques heures, passe une dernière fois en revue, dans la Cour d'honneur du palais, le détachement élyséen de la garde républicaine. Il attend désormais l'échéance du lendemain matin, et cette passation de pouvoirs avec son successeur. À l'extérieur de l'Élysée, les Français se passionnent à l'avance pour ce rendez-vous historique. Du VGE vaincu, ils retiennent surtout à ce moment l'étonnant au revoir diffusé la veille au soir, le mardi 19 mai à 20 heures, sur toutes les chaînes de télévision.

Giscard en a étudié les moindres détails : « Un bureau plat, une chaise, et derrière moi une porte de bois gris. Sur le bureau j'apporte mon fétiche, la pendule de mon arrière-grand-père à son ministère de l'Instruction publique [sous la IIIe République, *NdA*]. [...] Lorsque j'aurai terminé mon texte, j'attendrai un instant, avant de dire "au revoir" en regardant la caméra, c'est-à-dire les téléspectateurs, puis je me lèverai et me dirigerai vers la porte. Je sortirai et fermerai

1. *Ibid.*

la porte derrière moi. Pendant ce temps, quelques secondes tout au plus, j'aimerais que la caméra me suive, sans changer de plan, jusqu'à ce que la porte soit refermée[1]. » Le réalisateur suivra ces instructions à la lettre. Mais Giscard n'a pas intégré, dans sa mise en scène, la distance à parcourir. Du coup, ce qu'il appellera plus tard ironiquement ce « petit trajet[2] » deviendra un objet télévisuel culte. Cette sortie au son de *La Marseillaise* sera interminable. Et il jugera lui-même cette séquence « un peu trop théâtrale[3] ». L'image de la chaise vide restera dans les mémoires. Et le fond de cette ultime allocution élyséenne en sera totalement occulté.

« Je souhaite que la providence veille sur la France. » C'est ainsi que VGE prend congé des Français. La matinée du 21 mai, le lendemain, est celle de l'investiture de François Mitterrand. Celle de l'alternance politique. On en connaît tous les épisodes : l'accueil sur le perron devant une véritable forêt de micros et de caméras ; les 47 minutes de passation de pouvoirs, avec la transmission du code nucléaire et, sur un papier blanc plié en deux, les éléments essentiels nécessaires à la prise de connaissance de trois secrets d'État : une opération d'initiative égyptienne visant à renverser le Libyen Kadhafi, un projet de coopération nucléaire avec les États-Unis et le dossier d'un condamné à mort, qui fera l'objet d'une grâce partielle par le nouveau chef de l'État quelques jours plus tard. Mitterrand raccompagne Giscard sur le perron. Le troisième président de la Ve République quitte le palais.

1. *Ibid.*
2. Valéry Giscard d'Estaing, « Giscard, de vous à moi... », *op. cit.*
3. *Ibid.*

De ces dernières heures, on retiendra aussi la manifestation hostile qui attend VGE à l'extérieur de l'Élysée. Giscard a voulu partir comme il était entré sept ans plus tôt : à pied. La préfecture de police, après quelques discussions un peu rudes, l'a accepté et s'est engagée à gérer au mieux cet épisode. Mais dès qu'il a franchi le portail du 55, faubourg Saint-Honoré, des cris, des sifflets et des slogans hostiles fusent. Giscard est à la fois surpris et imperturbable. « J'ai trouvé cela profondément antirépublicain et très choquant ; mais en même temps, au fond de moi, cela m'était indifférent, car tout m'était égal[1]. » Il ne s'y attendait pas. Et il mettra en cause le Parti socialiste et l'entourage de François Mitterrand : « Un spectacle grotesque [...]. Des hommes, et pas une seule femme [...]. Ils me font penser à la brigade d'acclamations du Président Ceausescu en Roumanie, à ceci près qu'ils sont chargés de huer au lieu d'applaudir [...]. Cette pantalonnade est un déni de démocratie : ce sont les gagnants qui dégradent l'image de l'alternance ! Mauvais signal donné par le nouveau régime[2] ! » Plus tard, Mitterrand regrettera cet incident, ainsi que plusieurs proches, dont Hubert Védrine et Michel Charasse.

Celui qui est désormais l'ancien Président rejoint son fils Henri, qui l'attend dans une Peugeot 505 verte. Il prend le volant, son fils à ses côtés et son fidèle officier de police, Jacques Gence, à l'arrière. Direction le domicile familial de la rue Bénouville, dans le 16e arrondissement. Là, c'est une manifestation de soutien qui l'attend. Une grosse poignée de supporters que VGE salue rapidement, car il ne souhaite pas « que

1. *Ibid.*
2. Valéry Giscard d'Estaing, *Le Pouvoir et la Vie*, *op. cit.*

cette matinée éprouvante se prolonge davantage[1] ». Il retrouve sa famille, puis rejoint son bureau, une petite pièce de service dans l'hôtel particulier. « C'est fini[2] ! »

Les semaines qui suivent et le veuvage imposé par le suffrage universel seront particulièrement difficiles pour cet homme qui n'est alors âgé que de 55 ans. Giscard n'est pas franchement étonné par le spectacle politique. Mais ce qu'il observe d'assez loin l'attriste. Les ralliements, les abandons, les retournements, les trahisons... Classique, presque traditionnel, mais toujours affligeant. Il se renferme dans sa coquille. Il ne lit plus la presse française, mais seulement, de temps à autre, un journal britannique ou un quotidien américain. Il n'écoute plus la radio. Il ne regarde pas la télévision et ne va que chez ceux de ses amis qui acceptent d'éteindre leur téléviseur à l'heure des JT. En réalité, il voit peu de monde, à l'exception de quelques fidèles grognards. Il enrage. Quels sont réellement ses sentiments ? Il se sent « tout écorché à l'intérieur[3] ». « Ce que je ressens, dira-t-il, n'est pas de l'humiliation, mais quelque chose de plus sévère : la frustration de l'œuvre inachevée. Disons la vérité, je n'avais jamais imaginé ma défaite [...]. J'en garderai une morsure [...] la morsure d'une inguérissable nostalgie[4]. »

VGE est l'un des rares anciens Présidents à le reconnaître : le retour à une vie civile normale est particulièrement difficile. Il sort d'une situation « où vous êtes le centre de tout, où tout le monde vous regarde, vous observe ; où tout vous est facilité, où le moindre geste de

1. Valéry Giscard d'Estaing, *Entretien*, Paris, Flammarion, 2001.
2. *Ibid.*
3. *Ibid.*
4. Valéry Giscard d'Estaing, *Le Pouvoir et la Vie*, *op. cit.*

la vie quotidienne est accompli par d'autres[1] ». Il doit retrouver certains de ces gestes, même si les dispositions prévues pour les anciens Présidents constituent toujours une solide logistique matérielle. Il réapprend à passer les péages en se rendant de Paris à Authon, la résidence familiale du Loir-et-Cher. Il part souvent en Auvergne. En juin, on l'a vu, c'est ce parcours initiatique au mont Athos. Et, un temps, dans ses rêves d'évasion, il repense à cette maison coloniale qu'il avait découverte au cours d'une chasse en Afrique, plus précisément dans l'est de la Centrafrique, près du Zaïre d'un côté et du Soudan de l'autre. Un paysage semblable à celui du film *Out of Africa*, de Sydney Pollack, adapté du roman culte de Karen Blixen. Une superbe maison isolée, au milieu d'une forêt, une grande allée bordée de palmiers, sans âme qui vive à moins de cinquante kilomètres : Giscard s'est-il vraiment imaginé y vivre quelque temps après sa défaite avec sa femme, n'emportant avec lui qu'une bibliothèque composée d'une majorité d'auteurs classiques, un piano et son fusil ? Peut-être. Mais son choix s'est reporté sur un autre lieu, tout aussi discret, perdu au milieu de la nature, sauvage et retiré. Loin de Paris, dans l'ouest du Canada, à des milliers de kilomètres du *maelstrom* politique.

Ce ranch, au cœur des montagnes Rocheuses, appartient à un ami récent, Jean Frydman. Une vraie personnalité, attachante et courageuse. Ancien résistant, créateur et patron de nombreuses entreprises dans l'univers des médias, Jean Frydman est l'ami de Yitzhak Rabin, Shimon Pérès et Dominique Strauss-Kahn. Il vit entre Paris, New York et Israël et a rencontré VGE pour la première fois quelques semaines avant

1. Valéry Giscard d'Estaing, *Entretien*, *op. cit.*

le choc de 1981. Son ami Shimon Pérès, alors patron des travaillistes israéliens, lui avait demandé de l'aider à resserrer les liens avec la France. Il voit Giscard deux fois à l'Élysée, un thé d'abord, un dîner en tête à tête ensuite[1]. Le courant passe très bien. Jean Frydman lui parle alors de son ranch au Canada, de son attachement à ces grands espaces, de ses rêves de cow-boy. Giscard est séduit, et les deux hommes évoquent un séjour sur place au cas où le Président serait battu. Le 11 mai, au lendemain de sa défaite, VGE téléphone à Frydman et lui demande si l'invitation tient toujours. Accord conclu.

L'ancien Président veut passer le 14 Juillet en France. C'est donc le surlendemain, 16 juillet, qu'en compagnie de sa femme et de trois de leurs enfants, Henri, Louis et Jacinte, il rejoint le ranch proche de Calgary, près de la frontière du Montana. Le secret est bien gardé. La famille a voyagé sous un nom d'emprunt. Seul le Premier ministre canadien, Pierre-Eliott Trudeau, un ami personnel de Giscard, est mis dans la confidence. Dans cette grande maison en bois, très isolée, au milieu d'un paysage d'une beauté sauvage, l'ancien Président va se ressourcer. Il est à l'abri des regards et de la curiosité. Il devait y rester trois semaines ; le séjour en durera finalement sept. Au programme : longues promenades à cheval, lecture, marche à pied, parties familiales de gin-rami. La vie quotidienne est à la fois saine, sportive et sobre, parfois même joyeuse. Déjeuners et dîners familiaux. Chacun participe aux tâches ménagères. Frydman est avec sa compagne et trois de ses enfants, dont deux ont voté Mitterrand. Pas de coups de téléphone. Ni journaux, ni radio, ni télévision. C'est une

1. Entretien avec les auteurs, 13 mars 2017.

retraite à ciel ouvert, au grand air. Et, chaque jour, deux heures durant, Giscard essaie de comprendre, en dialoguant, seul avec Jean Frydman, très bon connaisseur, fin, sensible et expérimenté de la vie politique, pourquoi et comment il a perdu le 10 mai cette élection qui, en février encore, lui paraissait gagnée[1], « Jean, expliquez-moi ce qui est arrivé » lance régulièrement Giscard à son hôte. Très marqué par cet incident, il reparle des sifflets qui ont accompagné sa sortie mouvementée du palais, le 21 mai, après la passation de pouvoirs. Son ami liste les erreurs, notamment une excessive distance vis-à-vis des Français et une défense insuffisante du bilan du septennat. Giscard explique qu'il est trop jeune pour se retirer définitivement. Cette introspection semble lui faire du bien. L'amertume et la blessure, comme une « morsure », sont toujours là. Mais, peu à peu, il reprend pied. VGE a beaucoup aimé ces vacances. Au point qu'il reviendra dans ce ranch les années suivantes.

De retour en France, il recommence progressivement à s'intéresser de près à la vie politique. Cent jours se sont écoulés depuis la passation de pouvoirs et le départ mouvementé de l'Élysée. Il va bientôt s'installer dans ses bureaux d'ancien Président, rue François-Ier, en face d'Europe 1, près des Champs-Élysées. Il y reçoit des amis, des élus, des journalistes. Il comprend que François Mitterrand est toujours dans la période d'état de grâce. Il estime donc inutile d'intervenir publiquement et refuse de participer aux travaux du Conseil constitutionnel, dont il est membre de droit. Mais, par petites touches, il fait savoir que son retour se prépare. Toujours amer, désabusé, caustique, il joue

1. *Ibid.*

fréquemment de l'autodérision. Traumatisé par sa relative inactivité forcée, il ironise sur cette période d'inutilité, sur ce statut de « plus jeune ancien Président ». Face à Chirac et au RPR, il n'a pas encore jeté la rancune à la rivière et, lorsqu'on lui parle de son échec, il répond qu'il s'agit plutôt d'une « non-victoire ». Et déjà, il pense à la suite, au rebond par la base. Ce sera dans son fief de Chamalières, en mars 1982, avec la victoire à plus de 70 % des suffrages à l'élection cantonale. Les jours d'après, pour Valéry Giscard d'Estaing, ce sont des journées contrastées où se mêlent la mélancolie, la déception, la tristesse et l'espoir de reconquête. Avec, souvent, un fort désir de fugue, d'escapade, loin de ce milieu politique qu'il déteste réellement.

François Mitterrand

Le résilient

« Je crois aux forces de l'esprit et je ne vous quitterai pas. » Chacun s'en souvient. Le 31 décembre 1994, le Président Mitterrand présente ainsi ses ultimes vœux officiels et solennels aux Français. Des vœux à dimension philosophique, religieuse, presque mystique. C'est aussitôt après ces vœux que commencent les derniers jours d'après du premier Président socialiste de la Ve République. Car des périodes politiquement et personnellement douloureuses, Mitterrand en a déjà connu depuis le début de sa longue carrière. Des hauts et des bas, de beaux succès et de lourds échecs, des victoires et des traversées du désert : l'élu de la Nièvre n'a jamais cessé de rebondir. Et, pourtant, certaines de ses défaites semblaient particulièrement graves, et donc sans doute définitives. De novembre 1946, au début de sa vie publique, à mai 1995, il a souvent été blessé politiquement, jamais tué. Il s'est redressé à sa manière, en donnant du temps au temps, en prenant du recul avant de repartir au combat. Jamais découragé, rarement vraiment atteint, souvent même plus combatif encore, revigoré, presque réconforté par l'adversité et l'idée de prendre sa revanche. Un cas à part dans l'histoire contemporaine. Comme si les vents contraires lui avaient donné davantage de force. Un exemple étonnant de résilience politique.

1959 : l'affaire de l'Observatoire.
1968 : la secousse de mai.
1974 : la seconde défaite à la présidentielle.
1978 : l'échec des législatives.
1995 : le départ.

À chacune de ces dates correspond une période particulièrement difficile pour François Mitterrand. Dans la nuit du 15 au 16 octobre 1959, alors qu'il rentre chez lui, rue Guynemer, près du Luxembourg, sa voiture est criblée de balles. Alors sénateur de la Nièvre, le parlementaire socialiste a réussi à sortir de la voiture et à plonger au sol pour éviter d'être touché. C'est l'« attentat de l'Observatoire », en référence à l'avenue de l'Observatoire, où a eu lieu cette fusillade. Très vite, cet épisode deviendra l'« affaire de l'Observatoire ». Car l'auteur de cette attaque, Robert Pesquet, une personnalité sulfureuse, ancien député gaulliste puis poujadiste et partisan de l'Algérie française, affirme avoir rencontré peu avant l'attentat François Mitterrand et l'avoir informé que des menaces pesaient sur lui. La confusion est totale, et des soupçons de manipulation sont véhiculés par les adversaires de Mitterrand. Attentat simulé pour permettre au sénateur, ainsi victimisé, de revenir au premier plan ? Provocation délibérée pour abattre l'ancien ministre ? Vaste complot ? Manœuvre d'intoxication ? Vengeance de quelques-uns ? Difficile, dans un premier temps, de démêler le vrai du faux. L'affaire dérape et s'aggrave. L'immunité parlementaire de Mitterrand est levée au Sénat, malgré un plaidoyer talentueux et convaincant du futur Président. « La vie publique de François Mitterrand vacille alors comme jamais elle ne le fera en un demi-siècle de politique, et l'homme de Latché se retrouve bien seul [...]. Cette affaire l'a bouleversé, meurtri, scandalisé, marqué au fer rouge[1]. » Mitterrand s'est fait piéger comme un enfant. « Ébranlé, accusé, injurié, il surmonte l'adversité comme toujours, comme si la pire épreuve qu'il ait subie devait être le coup de fouet nécessaire[2]. » Finalement, des années plus tard, il bénéficiera d'une loi générale d'amnistie. Mais les lendemains de cette affaire seront particulièrement rudes pour François Mitterrand. Il se redressera en s'appuyant sur un tout petit noyau, fidèle et dévoué, d'amis loyaux. Même scénario qu'en 1954. Car, dans une moindre mesure, Mitterrand a déjà connu, un peu plus de cinq ans auparavant, une telle alerte : c'est l'« affaire des fuites ».

Juillet 1954. Pierre Mendès France est président du Conseil. Il apprend qu'au cours des mois précédents des éléments d'information détenus par le Comité supérieur de la Défense nationale ont fuité et atterri sur le bureau d'un certain nombre de dirigeants communistes. Le scandale est énorme. Mendès France déclenche une enquête, qui sera menée par les services de la DST. François Mitterrand, alors ministre de l'Intérieur, n'en est pas informé. Certains le soupçonnent d'avoir participé à ces fuites. Il sera blanchi, et les responsables seront identifiés. Mais l'affaire, qui traumatisera Mitterrand, laissera des traces. Et compromettra pour longtemps ses relations avec Mendès.

1. Alain Duhamel, *François Mitterrand. Portrait d'un artiste*, Paris, Flammarion, 1997.

2. Michel Winock, *François Mitterrand*, Paris, Gallimard, 2015.

1954/1959 : les fuites et l'Observatoire. Ces deux affaires abîment gravement l'image et le profil du futur Président. Au moment où la Ve République remplace une IVe exsangue et finissante, Mitterrand connaît sa première traversée du désert. Mais il reste combatif, sûr de son étoile, déterminé à rebondir, et cherchera dans une sorte de duel singulier avec de Gaulle un positionnement d'opposant privilégié, ardent et pugnace. Il lui faudra six ans, la publication en 1964 du *Coup d'État permanent*, ce brillant pamphlet antigaulliste, et la mise en ballottage du Général, en décembre 1965, pour faire la différence avec ses nombreux concurrents socialistes et communistes. Moins de trois ans plus tard, survient une nouvelle épreuve politique.

28 mai 1968. La France est paralysée. Les mouvements d'étudiants et la grève générale fragilisent un exécutif, de Gaulle à l'Élysée et Pompidou à Matignon, au bout du rouleau. La veille, le grand rassemblement du stade Charléty a mobilisé des foules impressionnantes. François Mitterrand estime que le moment est venu d'intervenir et pense que le pouvoir est à prendre, à portée de main. La veille, il a longuement rencontré les dirigeants communistes. Ce contact n'a débouché sur rien de concret. Il décide pourtant, malgré les nombreux conseils de prudence, de jouer son va-tout. Dans une conférence de presse restée célèbre, il annonce sa candidature à une éventuelle élection présidentielle qu'il juge inéluctable. Et propose que son ami-ennemi Mendès France dirige un gouvernement provisoire. Mais il est allé trop vite et trop loin, brûlant les étapes, espérant un soutien massif qui ne viendra pas. Son légendaire sens tactique l'a trompé ; il se retrouve d'autant plus isolé que, dès le lendemain, de Gaulle disparaît, s'en va voir Massu à Baden-Baden, puis réapparaît à Colombey avant de rentrer à Paris, où

l'effervescence et la confusion atteignent des sommets. On connaît la suite : l'allocution présidentielle radiodiffusée, très gaullienne, dans l'après-midi du 30 mai, comme un appel du 18 Juin vingt-huit années après ; la dissolution de l'Assemblée imposée par Pompidou ; le gigantesque défilé d'un million de gaullistes sur les Champs-Élysées ; la large victoire aux législatives. Mitterrand a joué. Il a perdu. « Surpris, dépassé, déphasé, il a vu sa stratégie d'union de la gauche voler en éclats[1]. » C'est encore une authentique descente aux enfers. Il doit affronter de nouveaux jours d'après, sinistres et lugubres. S'il fait face et encaisse, il compte aussi ses innombrables adversaires, à droite comme à gauche, puis prend du champ. Six ans de plus à attendre. Six ans pour reconstruire.

19 mai 1974. Jusqu'au dernier moment, il a espéré. Un peu moins, certes, depuis le 10 mai et le face-à-face télévisé de l'entre-deux tours, au cours duquel Valéry Giscard d'Estaing a sorti l'arme fatale avec son célèbre : « Vous n'avez pas le monopole du cœur. » Malgré cela, le 19 au matin, François Mitterrand croyait encore en son étoile, espérant un sursaut de dernière minute de la part du peuple de gauche qu'il avait su mobiliser pendant la campagne. Car les rapports remontés par les préfets lui donnaient un léger avantage dans les tout derniers jours. Vers 18 h 30, le dimanche du second tour, les premières estimations tombent : 50/50, avec un léger avantage en faveur de Giscard. La différence se creusera tout au long de la soirée. Le candidat se trouve, comme toujours les jours d'élection, dans sa ville de Château-Chinon. Il musarde, rend visite à des amis, prolonge volontairement ces rencontres qu'il affectionne. À 19 h 30, il a compris. Les chiffres

1. *Ibid.*

restent serrés, mais il ne peut plus remonter. À l'arrivée, 424 599 voix sépareront finalement les deux candidats. Beaucoup plus tard dans la soirée, il tonne : « Une formidable coalition du pouvoir en place et des forces de l'argent a contenu d'extrême justesse le mouvement populaire [...]. Je vous demande de rester unis et de partager ma résolution. Notre combat continue. Parce que vous représentez le monde de la jeunesse et du travail, votre victoire est inéluctable. » Derrière ces mots, il y a une immense déception, presque une sourde colère. Mitterrand pensait vraiment pouvoir gagner. Il en veut à tout le monde. Pendant les jours qui suivent cette seconde défaite présidentielle, et même si ce n'est pas sa nature, il tourne en rond, ressasse, dresse la liste des erreurs qu'on lui a fait commettre et de ceux qui lui ont « manqué ». « Je me sentais prêt à diriger le pays[1] », dit-il le lendemain de l'élection, à l'occasion d'une réunion de son état-major de campagne. Parmi les responsables, il pointe notamment Georges Marchais et les dirigeants communistes, qui n'auraient pas joué complètement le jeu, préférant demeurer une force d'opposition que de participer au gouvernement et à une nouvelle majorité. Mitterrand est d'autant plus déçu qu'il estime avoir réussi, au cours des années écoulées, un parcours sans faute majeure. À Épinay, en juin 1971, il a su l'emporter, reconstruire le Parti sur la ligne de l'union de la gauche et d'une alliance avec les communistes et les radicaux de gauche. Et un an plus tard, en juin 1972, il a signé avec ses partenaires le programme commun. Tout, pensait-il, était ainsi sur les rails. C'était sous-estimer

1. Franz-Olivier Giesbert, *François Mitterrand ou La tentation de l'histoire*, Paris, Seuil, 1977.

la campagne moderne et dynamique de Giscard et la volonté des électeurs de privilégier le changement dans la continuité. Mitterrand semble désabusé. Il surjoue un peu sa volonté de prendre du champ. Confidences au journaliste et ami Jean Daniel : « Je ne retrouverai jamais des circonstances semblables. J'étais en mesure de gouverner, j'en avais la pleine capacité physique : elle peut diminuer, maintenant. Et puis franchement, ça ne m'excite plus beaucoup [...]. J'ai plutôt envie de faire autre chose [...]. Je me demande parfois pourquoi je resterais enfermé jusqu'à la fin dans cet univers-là. Je ne dis pas ça par lassitude : simplement, dix-sept ans à ramer comme ça, cela commence à faire long[1]. » Dix-sept ans ? À un an près, c'est la naissance de la Vᵉ République. Mais Mitterrand bataille depuis plus longtemps : depuis janvier 1947, date à laquelle il est entré pour la première fois au gouvernement, sous la IVᵉ République. Cela fait vingt-sept ans qu'il attend d'arriver au sommet. Jamais président du Conseil sous la IVᵉ, deux fois battu à la présidentielle. Au cours de ces journées de juin et de juillet 1974, il s'interroge vraiment. Aura-t-il encore l'envie de repartir au combat ? Pourra-t-il s'opposer aux coups de boutoir de ses rivaux socialistes, Michel Rocard en tête ? Cet été-là, dans sa maison de Gordes, puis dans sa propriété landaise de Latché, il reçoit, il consulte. Puis décide de repartir au front. Et il y a ce grand bonheur personnel : Anne Pingeot est enceinte. Mazarine verra le jour le 18 décembre 1974 à Avignon, et François en est vraiment heureux, presque épanoui. Ces jours d'après, difficiles politiquement, sont ceux d'une immense joie personnelle.

1. *Le Nouvel Observateur*, 23 mai 1974.

19 mars 1978. Nouvel espoir, avec cette campagne législative pour laquelle la gauche est favorite. Nouveau pari, avec une fragile coalition entre socialistes et communistes. Et nouvel échec. Cette fois encore, il y croyait au soir du premier tour, avec un total des voix de gauche dépassant les 50 %. Les derniers scrutins, les cantonales, en mars 1976, avec quinze départements qui avaient basculé, et les municipales, en mars 1977, où l'opposition était majoritaire, avaient été de vrais succès pour l'union de la gauche. Mais, dans la nuit du 22 au 23 septembre 1977, six mois avant les législatives, la coalition PS-PC-Radicaux de gauche éclatait en raison de désaccords profonds sur des points essentiels du programme commun, sur l'ampleur des nationalisations et la force de frappe en particulier. Georges Marchais et les communistes se montraient intransigeants, et Mitterrand refusait de céder à la surenchère ; la rupture était consommée. Du coup, l'échéance de mars 1978 s'annonce délicate. Si le premier tour, on l'a vu, est plutôt favorable à la gauche, le second tour sera fatal. La majorité, malgré les graves divergences entre le Président Giscard d'Estaing et son ancien Premier ministre, Chirac, a réussi à mobiliser ses troupes. Théorisées par VGE, la menace d'une mise en œuvre immédiate du programme commun et l'hypothèse d'une cohabitation portent leurs fruits. Et les reports de voix entre socialistes et communistes se révèlent médiocres. La soirée du 19 mars est donc mouvementée. Bien que divisés, la droite RPR et le centre UDF obtiennent 280 sièges et restent nettement majoritaires. Michel Rocard monte immédiatement au créneau et déclare qu'« un certain style de politique, un certain archaïsme, sont condamnés[1] ».

1. Europe 1, *Le Club de la presse*, 19 mars 1978.

Mitterrand encaisse, mais n'oubliera pas. Une fois de plus, il a perdu. Une fois de plus, il doit repartir au front. À l'horizon, la présidentielle de 1981. Mais il commence par s'éloigner. Il lit, voyage, reprend ses flâneries dans Paris. Le jeudi 13 avril 1978, il se promène boulevard Saint-Germain avec Jacques Attali : « Nous nous arrêtons devant chaque librairie. Au sortir de cette campagne électorale, j'ai l'impression d'une découverte perpétuelle. Tout livre en vitrine excite mon appétit, un formidable appétit de lettres, de signes, de titres, de typographie plutôt que de lecture [...]. La rue vit sa vie, nonchalante[1]. » Mitterrand est à la fois battu et apaisé. Il estime avoir fait ce qu'il a pu. Les critiques de Rocard l'ont touché, et motivé dans sa volonté de reprendre le combat. Mazarine a trois ans et demi. Sa passion paternelle pour cette fille qu'il espérait tant est intense. Il s'émerveille chaque jour davantage. En ce début de printemps, si le dirigeant politique est blessé par cette nouvelle défaite électorale, l'homme est radieux.

Dix-sept ans ont passé. 1978-1994. Entre ces deux dates, que de chemin parcouru ! Malgré la bataille avec les communistes, c'est la victoire du 10 mai 1981. Puis surviennent l'échec de 1986, la sévère cohabitation avec Jacques Chirac, la large réélection de 1988, les gouvernements Rocard, Cresson et Bérégovoy et, en mars 1993, la cuisante défaite aux législatives, suivie de la seconde cohabitation, avec Édouard Balladur à Matignon. Mitterrand conserve contre vents et marées son domaine réservé. La politique étrangère, la défense, c'est lui. Les affaires s'accumulent mais ne le brisent

1. François Mitterrand, *L'Abeille et l'Architecte*, Paris, Flammarion, 1978.

pas. Les suicides de Pierre Bérégovoy et de François de Grossouvre le trouvent désemparé et, dans un premier temps, sans réaction. Auparavant, le « oui » au référendum de Maastricht, bien qu'étroit, l'a renforcé. Il lutte pied à pied contre la maladie qui progresse inexorablement. Il veut à tout prix terminer son second septennat. Il y parvient, mais au prix de terribles efforts et de grandes souffrances. Lui qui aimait tant passer des heures à table à refaire le monde expédie ses repas. Les instructions des médecins sont suivies à la lettre par le Président et le personnel de l'Élysée : six belons, une boule vanille, et il regagne ses appartements. Ses médecins l'entourent jour et nuit. Le Dr Tarot ne le quitte plus. Ses derniers voyages sont un véritable calvaire. On l'a vu, les vœux du 31 décembre 1994 frappent l'opinion par leur force et leur spiritualité. Les quatre derniers mois de son second mandat vont lui permettre de parachever son testament politique.

Le 17 janvier 1995, Mitterrand est à Strasbourg devant un parlement européen plein à craquer. « Le nationalisme, c'est la guerre ! » lance-t-il une ultime fois. Une phrase qui sonne comme un avertissement. Il choisit avec soin ses interventions publiques, ses déplacements et les visites des dirigeants étrangers qui veulent le rencontrer une dernière fois. Ce sera notamment en mars, malgré les conseils des diplomates et des défenseurs des droits de l'homme, le voyage à Paris de Fidel Castro. Danielle, sa femme, une admiratrice du leader cubain, qui avait longtemps plaidé en faveur de cette visite, est ravie. En avril, François Mitterrand préside la cérémonie de transfert au Panthéon des cendres de Pierre et Marie Curie. Un rappel subliminal de la manifestation du 21 mai 1981, jour de son investiture, lorsqu'il alla fleurir d'une rose les cercueils de Jean Jaurès, de

Jean Moulin et de Victor Schœlcher ? Une manière de boucler la boucle pour celui qui est si attaché à la mémoire des grandes figures de la République ? Le 23 avril et le 7 mai 1995, il vote à Château-Chinon. Heureux, sans doute, de la victoire de Jacques Chirac auquel il a, durant la campagne, lancé quelques signes de soutien malgré la candidature du socialiste Lionel Jospin. La fin de l'aventure élyséenne approche. Le 8 mai, Mitterrand invite son successeur à l'Arc de triomphe, où est célébré, en présence du chancelier allemand Helmut Kohl, le 50e anniversaire de la Victoire. On voit les deux Présidents, l'ancien et le nouveau, souriants, presque complices. Dans la foulée, Mitterrand se rend à Berlin, puis à Moscou. Une façon, là encore, de poser une dernière pierre, de rappeler quel a été son rôle sur la scène internationale, de lancer d'ultimes messages. « Ce que nous avons fait doit être poursuivi et le sera [...], la première victoire qui soit commune, c'est la victoire de l'Europe sur elle-même », dit-il à Berlin. Et à Moscou : « La liberté et la paix ne seront sauvegardées [...] que par la démocratie [...], par l'avènement des peuples, de tous les hommes, au choix de leur destin. » Le sablier continue de s'écouler. Le samedi 13 mai, François Mitterrand se retrouve en compagnie de Jacques Chirac à la finale de la coupe de France de football. On dirait deux vieux amis. Trois jours plus tard, c'est la passation de pouvoirs au palais de l'Élysée. Aux premiers jours d'après succèdent les derniers jours élyséens. Le 8 mai, pendant le déjeuner offert aux chefs d'État invités à Paris, Mitterrand, souvent contraint de porter une minerve pour calmer la douleur de ses cervicales, confie à Bernadette Chirac que, souffrant « atrocement », il était « pressé de les voir arriver[1] ». Le 16 mai au soir, à l'initiative de Danielle, des sympathisants viennent le saluer au palais. « Porteurs de bouquets de roses, ils ont pu, dans un joyeux désordre, se presser autour de François Mitterrand, quelque peu surpris de cette visite[2]. » Le lendemain, 17 mai 1995, c'est la journée du vrai départ, après plus de cinq mille jours passés au palais.

Cette dernière séquence présidentielle commence par un étrange rendez-vous. Mitterrand a convié Jean d'Ormesson pour un petit déjeuner personnel, politique et littéraire. C'est l'écrivain qui est là, beaucoup plus que l'éditorialiste du *Figaro*, peu suspect de complaisance avec celui qui le reçoit deux heures avant d'accueillir son successeur. Mitterrand est ainsi. Il aime débattre, à fleuret moucheté ou plus cruellement, avec des adversaires. À une condition : qu'ils soient cultivés, brillants, amusants et, si possible, féroces. Avec l'académicien préféré des Français, dont il jalouse peut-être le succès populaire, il évoque ce matin-là ses sujets favoris : la maladie, notamment celle des chefs d'État, la mort, la souffrance, le pouvoir, la littérature, le personnel politique. « Une revue en forme de jeu de massacre[3] », notera malicieusement Jean d'Ormesson. Et ils parlent des « affaires », en particulier de l'amitié de François Mitterrand pour René Bousquet, l'ancien secrétaire général de la police de Vichy. L'académicien l'interroge sur cette relation si critiquée. « François Mitterrand m'écoute sans irritation apparente. "Vous constatez là, me dit-il, l'influence puissante et nocive du lobby juif en France." Il y a un

1. Jacques Chirac, *Le Temps présidentiel. Mémoires*, t. 2, Paris, Nil, 2011.
2. Pierre Favier, Michel Martin-Roland, *op. cit.*
3. Jean d'Ormesson, *Le Rapport Gabriel*, Paris, Gallimard, 1999.

grand silence[1]. » La phrase sur le « lobby juif » fera bien sûr polémique. Ce petit déjeuner terminé, Mitterrand rejoint le perron de l'Élysée, où Jacques Chirac va arriver. Poignée de main chaleureuse, accueil républicain, sourires sincères devant les caméras. Puis, au moment où les deux Présidents pénètrent dans le bureau présidentiel, le Salon doré, Chirac s'arrête, étonné. Avant de partir, son prédécesseur lui a préparé une dernière surprise : il a fait remplacer le bureau moderne, dessiné pour lui par le designer Pierre Paulin, par l'ancien bureau du général de Gaulle, un meuble Louis XV créé au XVIIIe siècle par le célèbre ébéniste Charles Cressent. « François Mitterrand a voulu faire un geste à mon égard et il a trouvé le bon geste. J'ai lu dans ses yeux cette lueur de satisfaction que je lui connais bien : celle de l'homme qui vient de réussir son "coup". Mais il paraît surtout heureux de m'avoir fait plaisir[2] », écrira Chirac. Pendant le tête-à-tête d'une heure, le Président sortant demande avec insistance à son successeur de prendre soin de ses petits canards, les colverts, qui se promènent et s'amusent dans le parc du palais. « Je sais que vous avez un labrador [...]. Essayez de faire en sorte qu'ils ne soient pas dévorés en deux jours[3] », lui glisse Mitterrand. L'heure est venue de quitter ce palais où il a passé quatorze longues années. De nouveaux jours d'après, douloureux et dramatiques, commencent pour celui qui ne peut plus cacher son véritable supplice. À peine huit mois à vivre. Crépusculaires.

Une Twingo verte, qu'il laissera à sa fille Mazarine : c'est l'étonnant cadeau que vont offrir à l'ancien

1. *Ibid.*
2. Jacques Chirac, *Le Temps présidentiel*, *op. cit.*
3. *Ibid.*

Président les dirigeants socialistes qui le reçoivent ce 17 mai 1995 dans l'après-midi, au siège du PS, rue de Solférino. Après un déjeuner familial avec Danielle et leur fils Gilbert, François Mitterrand poursuit là son étrange pèlerinage, à la fois lutte contre le temps et retour vers le futur. Tous les éléphants du PS sont présents, à l'exception notable de Michel Rocard, qui n'acceptera jamais de se soumettre à la figure tutélaire de la gauche. « J'ai eu beaucoup de chance d'avoir l'adhésion des Français [...]. Je dis plutôt merci à la destinée [...]. Je pars sans le moindre soupçon de regret ou d'amertume[1] », confie un Mitterrand à bout de forces. Le visage émacié, le cheveu rare, les traits tirés, on le sent totalement épuisé. Ces derniers jours d'après, ce seront d'abord ceux, qu'il attend depuis longtemps, de cette lutte quotidienne contre la mort.

C'est une petite avenue, calme, presque hors du temps, à quelques mètres du Champ-de-Mars et de l'École militaire, dans le très chic 7e arrondissement de Paris : l'avenue Frédéric-Le-Play, du nom d'un brillant polytechnicien du XIXe, l'un des pères de la sociologie française et ancien sénateur sous le Second Empire. Au n° 9, un immeuble haussmannien. Cossu, bourgeois, tranquille. François Mitterrand s'y installe, dans un vaste appartement situé au troisième étage. Il y mène une vie rythmée par les crises, la douleur, la lecture, les rencontres, les siestes. Anne et Mazarine ne le quittent quasiment pas. Lorsqu'il ne souffre pas trop, il reçoit beaucoup. Danielle, leurs deux fils et son beau-frère, Roger Hanin. Des amis, Robert Badinter, André Rousselet, qu'il a choisi comme futur exécuteur

1. François Mitterrand, *Les Forces de l'esprit. Messages pour demain*, derniers textes réunis par Roland Dumas, Paris, Fayard, 1998.

testamentaire, Hubert Védrine, Michel Charasse, Roland Dumas ou Jack Lang. Anne Lauvergeon l'accompagne parfois pour déjeuner dans un restaurant tout proche, La Cantine des gourmets, avenue de la Bourdonnais. Il reçoit également des responsables politiques, français et étrangers, en fonction ou en retrait, de Valéry Giscard d'Estaing à George Bush, de Raymond Barre à Édouard Balladur ou François Léotard. Des biographes, de Jean Lacouture à Laure Adler en passant par Georges-Marc Benamou. Des journalistes, Alain Duhamel, Jean Daniel ou Jean-Pierre Elkabbach. Marie de Hennezel, une psychothérapeute spécialisée dans l'accompagnement des malades en fin de vie, avec laquelle il s'entretient très souvent. Il a encore la force de mettre sur les rails le futur institut François-Mitterrand. Il se promène dès qu'il le peut au bras du Dr Tarot dans les allées du Champ-de-Mars. Souriant et disponible, presque affable quand on l'aborde, mais le visage crispé, blanc comme un linge. Au bout du rouleau.

Durant ces derniers jours d'après, il voyage autant qu'il le peut, en France et à l'étranger. Le pèlerinage annuel à Solutré, Vézelay et sa basilique, le lac Chauvet, en Auvergne, avec le fidèle Charasse, Gordes, Latché, dans cette bergerie familiale des Landes qu'il aime tant, Château-Chinon, Belle-Île, et Venise avec Anne. Le 7 octobre 1995, après avoir longuement hésité en raison de la fatigue, ou plutôt de l'épuisement, il accepte de rejoindre d'autres anciens grands dirigeants à Colorado Springs, près de Denver, dans le Colorado. Thème de ce colloque : « Un monde transformé, réflexions sur la guerre froide ». Il y retrouve notamment George Bush, Margaret Thatcher, Mikhaïl Gorbatchev. Nostalgie à la tribune et à tous les étages. On égrène des souvenirs, ceux de la chute du mur de Berlin et de la réunification allemande. « Les effusions de Colorado Springs, l'affection que lui témoignent Bush et ses pairs ne suffisent pas à le requinquer[1] », note Jean Lacouture. Le compte à rebours s'accélère, inexorable. Les crises se multiplient. Désormais, il choisit avec soin et parcimonie le moindre de ses déplacements. Après un court passage chez son ami André Rousselet, sur la Côte d'Azur, il décide de passer les fêtes de Noël à Assouan. Un séjour symbolique, dans cette Égypte ancienne où il peut côtoyer, et même tutoyer, le culte de la mort. On le verra sur les photos, devant le mythique Old Cataract, ce palace au bord du Nil où séjournèrent notamment Winston Churchill et Agatha Christie, s'appuyant sur le bras du Dr Tarot, ou, sur la terrasse de sa suite, en compagnie d'Anne et de Mazarine. Souvenir ému de sa fille : « Je crois avoir été fabuleusement heureuse, comme si ces moments échappaient à une trame, échappaient à l'éternité [...]. Mais je savais que nous transporterions dans nos bagages la maladie et l'imminence de la mort [...]. J'avais compris que ce lieu symbolique représentait l'adieu de mon père à la terre des hommes[2]. » Tout aussi émouvant, ce témoignage de l'ami André Rousselet, présent avec sa femme Anouchka à Assouan pendant ces cinq jours : « La fatigue, l'épuisement, le déclin physique de François Mitterrand se sont accélérés. Il assistait silencieusement à nos repas. Il était pendant ce séjour une présence à la fois forte et absente de toute conversation [...]. Condamné, il était intact et restait impressionnant dans sa tête. C'était une

1. Jean Lacouture, *Mitterrand. Une histoire de Français*, t. 1, *Les risques de l'escalade*, Paris, Seuil, 1998.
2. Mazarine Pingeot, *Bouche cousue*, Paris, Julliard, 2005.

démonstration de force mentale[1]. » L'échéance ultime approche. L'ancien Président le sait. Il fait un effort surhumain pour aller passer avec sa première famille et quelques amis, dont Jack Lang et Pierre Bergé, son dernier 31 décembre. Ils devinent tous, ce soir-là, qu'ils voient le patriarche pour la dernière fois. Un réveillon triste, mélancolique. François Mitterrand compte les jours. A-t-il déjà prévu de mettre lui-même fin à son supplice, de cesser de se battre contre la souffrance, huit jours plus tard ? Personne ne le sait, sauf peut-être Anne, Mazarine et son épouse, Danielle. « François a décidé de sa mort. Il ne s'est pas laissé surprendre [...] il ne pouvait pas mourir comme les autres. C'était un être différent[2] », déclarera Danielle quelques semaines après sa disparition. Au petit matin du 8 janvier 1996, vers 7 heures, Mitterrand s'éteint. Sur les murs de sa modeste chambre, les derniers visiteurs reconnaîtront des photos de ses parents, une gravure de Venise et un portrait de saint François d'Assise. « Une messe est possible », a notamment écrit sur son testament François Mitterrand. À chacun, donc, de comprendre ce qu'il veut, ce qu'il souhaite. Ambigu jusqu'au bout. Au-delà même des jours d'après, l'ancien Président restera fidèle à son image. À sa légende.

1. André Rousselet, avec Marie-Ève Chamard et Philippe Kieffer, *À mi-parcours. Mémoires*, Paris, Kero, 2015.
2. Interview à *Télé 7 Jours*, 4 mars 1996.

Raymond Barre

La retraite du professeur

Il est en colère, ce 10 mai 1981 au soir. Furieux de la victoire de François Mitterrand, des manœuvres de certains chiraquiens pour torpiller Giscard, de l'attitude de Chirac lui-même, qui n'a apporté qu'un soutien tiède, « à titre personnel », au Président sortant. Furieux que cette campagne en trompe-l'œil n'ait pas réellement permis de clarifier les débats. Raymond Barre est fatigué aussi, las de ces cinq années épuisantes à Matignon. Cinq ans de bagarres internes dans la majorité, de bras de fer parlementaires réglés au 49.3, de coups bas et d'intrigues. L'enfer de Matignon au sens propre, et réel, du terme. Ce soir du 10 mai, dans son bureau, il s'interroge. Doit-il poursuivre cette vie politique qui ne lui a guère apporté, jusque-là, de vraies satisfactions ? Faut-il plutôt reprendre ses activités de professeur d'économie, d'expert international de haut niveau ? Il n'hésite pas longtemps. Il devine que le retour de Giscard, qu'il a loyalement servi, sera difficile. Il anticipe un échec économique de Mitterrand dont il pronostique la victoire depuis l'automne 1980. Très critique à l'égard de Chirac, dont il conteste à la fois la vigueur des convictions et la volonté de domination, il ne veut pas laisser au seul maire de Paris le leadership de la nouvelle opposition. Dans un communiqué rendu public le lundi 11 mai, il s'en prendra d'ailleurs vivement à ceux qui ont divisé la majorité. Et il lance une mise en garde très barriste, presque « barrissime » : « Le jour viendra où, tirant les leçons de l'expérience, ils [les Français] se détourneront des illusions et des chimères pour reprendre avec courage et confiance la voie du réalisme et du progrès. » À très court terme, il s'efforce de calmer les attaques contre le franc en liaison étroite avec l'antenne présidentielle de François Mitterrand. Mais, en toute responsabilité, il se refuse d'aller plus loin, de prendre avant la passation de pouvoirs des dispositions financières qui impacteraient ou engageraient l'action du nouveau gouvernement. Question d'éthique et de déontologie personnelles. Pour la suite, son choix sera donc fait très vite. Il continue, et il accélère. Il se représente dans la circonscription de Lyon, où il a été élu pour la première fois en mars 1978. Et il se prépare pour les prochaines échéances. Des jours d'après qui, dans son esprit, sont le début de la conquête.

Onze jours plus tard, le 21 mai 1981. Après la passation de pouvoirs à l'Élysée, place à celle de Matignon. Pierre Mauroy remplace Raymond Barre. Son équipe est partagée entre l'accablement qui suit la défaite et le soulagement au lendemain de cinq années éprouvantes. Ému de l'accueil chaleureux qu'il reçoit en quittant la rue de Varenne, Barre veut rester seul, et profiter de cette nouvelle liberté. Il retrouve son véhicule personnel et part au hasard, dans Paris et ses environs. Quelques jours plus tard, au cours d'un déjeuner, il s'amuse, entre deux choux farcis, à raconter ce retour à la vraie vie, cette longue virée en voiture des quais de la Seine jusqu'à Neuilly, en passant par le musée du Louvre. « Aux feux rouges, racontera-t-il, les gens me reconnaissaient et me faisaient de grands signes amicaux, moi qui avais connu l'impopularité. Alors je me suis dit : "Voilà, je reprends enfin contact avec la réalité."[1] » Quelques jours plus tard, il se retire dans sa propriété de Saint-Jean-Cap-Ferrat, sur la Côte d'Azur. Siestes, longues promenades familiales, restaurants étoilés, cassettes d'opéra, vieux westerns, séries américaines (notamment *Columbo*, *Starsky et Hutch*, *Drôles de dames* et *Dallas*) et lectures aussi nombreuses qu'éclectiques, avec une priorité pour Alexandre Dumas et sa trilogie *La Reine Margot*, qu'il relit régulièrement : l'ancien Premier ministre décroche vraiment de l'actualité et s'isole. Il s'autorise quand même quelques retours en arrière et revisite parfois ses cinq années à Matignon. Les critiques contre la politique de rigueur ; les attaques personnelles sur son caractère, celui d'un « homme carré dans un corps rond » ; un vrai succès politique face à Mitterrand lors d'un face-à-face télévisé, en mai 1977 ; l'extrême tension à l'Assemblée nationale, où il doit avoir recours à huit reprises à l'article 49.3 pour contrer la guérilla des chiraquiens ; sa participation à la victoire inattendue d'une majorité pourtant désunie aux législatives de mars 1978 ; la crise d'hypertension qui l'immobilise plusieurs jours après une hospitalisation au Val-de-Grâce en octobre 1979... Son long passage à Matignon s'est révélé rude et épuisant. Il en sort avec l'image d'un homme d'État déterminé, qui ne cède pas et qui veut, en permanence, parler vrai, quitte à devoir affronter d'un côté la rogne et la grogne de ce microcosme politique qu'il méprise

1. Raphaëlle Bacqué, *L'Enfer de Matignon. Ce sont eux qui en parlent le mieux*, Paris, Albin Michel, 2008.

vraiment, de l'autre la réaction hostile des syndicats qu'il respecte sans doute davantage, en particulier les organisations réformistes. À son retour, à la rentrée de septembre 1981, après ces vacances réparatrices, Barre se sent prêt. Il croit en ses chances pour l'échéance présidentielle de 1988.

« On aura bien rigolé. » Ce 24 avril 1988, au soir du premier tour de la présidentielle, Raymond Barre est apparemment de bonne humeur. Dans son bureau de l'immeuble haussmannien du 179, boulevard Saint-Germain, il est entouré de sa famille, de ses principaux collaborateurs et de quelques amis, dont Alain Delon. Et, pourtant, il a perdu son pari. Un million de voix le séparent de son concurrent, Jacques Chirac. Près de 20 % pour le maire de Paris, un peu plus de 16,5 % pour l'ancien Premier ministre. Ce soir-là, il ne semble pas trop affecté. En revanche, il apparaîtra plus marqué, et très sévère vis-à-vis des principaux responsables politiques de sa campagne, lorsqu'il les réunira à la Maison de l'Amérique latine. Avait-il, au fond, réellement envie de mener ce combat à la hussarde ? Jusque dans son entourage, certains en doutent. Bien sûr, sa cote de popularité n'avait cessé de grimper à partir de la rentrée 1981. Sur le terrain, nombre d'élus et de militants se tournaient vers lui. Des clubs de réflexion se multipliaient. Lorsqu'il se déplaçait, les salles étaient pleines. Chaque année, son bilan complet sur l'état de la France publié par *L'Express* et préparé par une petite équipe animée par l'ancien ministre Bruno Durieux faisait l'événement. Et, pendant la campagne des législatives de mars 1986, il avait répondu présent aux innombrables sollicitations des candidats de l'UDF, mais aussi du RPR. À l'approche de 1988, sa candidature s'était imposée, tout naturellement. Mais sa campagne avait vite patiné et sa machine électorale, certes bien organisée, n'avait ni la puissance mobilisatrice ni l'efficacité de celle de Chirac. Raymond Barre n'avait pas l'ambition de l'Élysée et de la présidence de la République depuis son adolescence. Il n'y pensait pas en se rasant. Par orgueil peut-être, il refusait certaines règles de base d'une campagne de ce type. Il n'avait aucun goût pour les bains de foule, les attaques *ad hominem*, les petites phrases, les propositions démagogiques ou les envolées populistes. Fin janvier 1988, Pierre-André Wiltzer, son directeur de cabinet et futur ministre dans le gouvernement Raffarin, lui apporte les résultats d'un sondage encourageant. Sobre commentaire du candidat : « Ce n'est pas mauvais [...]. Et si ça marchait quand même ? Vous imaginez ce que cela signifie ? » Un autre jour, plus près encore du scrutin, l'ancien Premier ministre évoque avec son équipe rapprochée l'hypothèse de son élection. Et il insiste sur un point qu'il considère comme non négociable : ses cours d'économie à Sciences Po, qu'il voudrait pouvoir continuer, quoi qu'il arrive. Le « meilleur économiste de France », l'auteur d'un manuel de référence considéré comme une bible par des générations d'étudiants, se considère-t-il toujours comme un professeur avant tout ? Peut-être. Au soir du premier tour de la présidentielle, il va clairement donner une leçon de rigueur, de loyauté et de discipline à l'ensemble de la classe politique.

Dès le dimanche 24 avril en effet, dès que les résultats sont connus, et afin de ne pas répéter les erreurs du passé, de marquer symboliquement l'unité de la droite et du centre, Barre et Chirac se retrouvent au palais du Luxembourg, à la présidence du Sénat, à l'initiative du centriste Alain Poher. C'est le contraire de 1981. On voit en direct à la télévision dans une mise en scène très soignée, les deux hommes rejoindre un grand salon et prendre place derrière une petite table. « Je lui offre tous mes vœux de succès », « Je le soutiens dans son combat », « Je demande aux électeurs de voter pour lui ». Barre n'a pas tergiversé. Ceux qui le connaissent bien imaginent des arrière-pensées ironiques lorsqu'il appelle si naturellement à soutenir Chirac au second tour. Sept ans plus tôt, Chirac, éliminé au premier tour, n'appelait à voter Giscard que du bout des lèvres, et « à titre personnel ». Cette fois, le message est sans ambiguïté. Il ne suffira d'ailleurs pas. Le 8 mai, Mitterrand sera réélu haut la main. Barre n'est pas étonné. Il reste à l'Assemblée nationale, et conquerra quelques années plus tard la mairie de Lyon. Mais il a abandonné toute ambition présidentielle. « Un homme de caractère, un esprit d'une clarté exceptionnelle et d'une vigueur impressionnante[1] » : ainsi était Raymond Barre. Il n'aura manqué à cet homme d'État qu'un destin national.

1. Alain Duhamel, *Portraits souvenirs. 50 ans de vie politique*, Paris, Plon, 2012.

Jacques Delors

Le renoncement

11 décembre 1994. L'émission va se terminer. Encore moins de dix minutes. Depuis 19 heures, Jacques Delors est l'invité d'Anne Sinclair dans le grand rendez-vous télévisé dominical de TF1, *7 sur 7*. Va-t-il, oui ou non, se présenter à l'élection présidentielle pour la succession de François Mitterrand, face à Chirac et Balladur ? Les acteurs politiques comme les Français, tout le monde attend. Avec espoir ou inquiétude. La journaliste repose la question : êtes-vous candidat ? Delors sort de sa poche un papier plié en quatre. Il chausse ses lunettes, et lit, mot à mot, un texte soigneusement écrit. Non, il ne sera pas candidat. « Ce ne fut pas une décision facile à prendre. » Il y a son âge, près de 70 ans, et d'autres raisons personnelles. On apprendra plus tard que sa femme, Marie, ne cachait pas ses réticences. Il y a aussi l'absence probable d'une majorité prête à l'accompagner, en cas d'élection, dans sa volonté réformatrice. Il ne veut pas « donner d'illusions aux Français », car « les déceptions de demain seraient pires que les regrets d'aujourd'hui ». La messe est dite pour ce socialiste de la deuxième gauche, ce pessimiste actif qui aime à tirer des sonnettes d'alarme sans langue

de bois ni précautions particulières. Il renonce ainsi, devant onze millions de téléspectateurs, à briguer la magistrature suprême. Ce 11 décembre 1994, les jours d'après commencent pour le président de la Commission européenne, toujours en poste à Bruxelles pour un peu plus d'un mois.

Delors a beaucoup réfléchi avant de trancher. Très sollicité, sous la pression des dirigeants socialistes, il a réfléchi tout l'été 1994. Il a bien sûr consulté ses proches, notamment son épouse et leur fille Martine Aubry, alors animatrice de la fondation Agir contre l'exclusion après deux années passées au gouvernement au ministère du Travail, de l'Emploi et de la Formation professionnelle. Dans la maison familiale de l'Yonne, il s'isole, se promène, suit avec passion, comme chaque année, le Tour de France à la télévision. Il écoute du jazz en boucle, lit *L'Équipe* avec assiduité et, en vrai cinéphile, regarde beaucoup de films. Bref, il savoure ses vacances, sachant que la rentrée sera difficile à vivre face aux innombrables sollicitations de ses vrais amis et de ses faux compagnons du PS. A-t-il pris sa décision de renoncer à la candidature dès cet été 1994 ? Peut-être. Si c'est le cas, ce choix reste totalement confidentiel. À la rentrée, alors qu'il rejoint Bruxelles, où son mandat de président de la Commission européenne se termine le 22 janvier 1995, il continue d'écouter les conseils plus ou moins sincères, les avis intéressés et les arguments qui s'accumulent. Sa cote est élevée dans les sondages de popularité et d'intentions de vote. Il est plébiscité parmi les candidats potentiels au sein d'un PS très affaibli par la lourde défaite aux législatives de mars 1993 et le drame du suicide de Pierre Bérégovoy. Son projet social-démocrate assumé séduit les centristes et même une partie de la droite. A priori, les planètes semblent donc alignées pour l'ancien ministre de l'Économie et des Finances de François Mitterrand. Pourtant, Delors arbitre en faveur du non. Quelques jours avant la déclaration très médiatisée du 11 décembre, il informe de sa décision le patron du PS, Henri Emmanuelli. À l'Élysée, François Mitterrand apprend la nouvelle. Il n'est pas surpris de ce renoncement, lui qui n'a rien fait pour encourager Delors, lui qui ne cessait d'ironiser pendant ces semaines de suspense. « Ce serait un mauvais candidat et un mauvais Président. Dieu merci, il le sait », répétait méchamment, et à l'envi, le chef de l'État à quiconque entrait dans son bureau les derniers jours. Le président de la Commission européenne sait tout cela. La cruauté du monde politique est l'une des raisons inavouées pour lesquelles il a renoncé. Il veut protéger sa famille, éviter les dérapages, les débordements de campagne et les polémiques personnelles. Il croit dur comme fer en son projet et en ses réformes. Il s'est toujours battu pour réduire les inégalités, lutter contre le chômage et l'exclusion, renouer le lien social, encourager la participation des salariés dans les entreprises, renforcer la formation professionnelle et permanente. Depuis 1969 et le cabinet du Premier ministre Jacques Chaban-Delmas, il est à l'offensive sur tous ces sujets. Il lui reste à devenir président de la République pour s'emparer de toutes les manettes et faire aboutir ses projets et ses réformes. Pourtant, il n'hésite pas longtemps avant de renoncer officiellement et publiquement. Une énorme déception pour des millions d'électeurs de la gauche et du centre.

Au moment d'annoncer cette décision, le 11 décembre 1994, Jacques Delors voit défiler les grands moments de sa vie publique. Il n'est pas nostalgique. Il n'aime pas trop regarder en arrière, dans le rétroviseur. Mais il aurait aimé se consacrer quelques années encore à l'Europe, son grand combat. Comme Jean Monnet, Robert Schuman, Giscard et Mitterrand, il aura laissé une trace et une marque dans l'histoire tumultueuse de la construction européenne. En France, son œuvre est significative, mais inachevée. La nouvelle société avec Chaban de 1969 à 1972, la modernisation de l'économie dans les gouvernements Mauroy, le tournant de la rigueur, la « pause » dans les réformes en 1983 : il a théorisé et incarné, comme Rocard, le réalisme social-démocrate. Et il a fait de la probité une marque de fabrique. « Il est, en somme, la démonstration même que la morale et la politique ne sont pas inconciliables[1]. » Mais aucune réforme majeure ne porte son nom. En Europe, à l'opposé, son bilan est considérable : l'Acte unique, la préparation de l'euro, le référendum de Maastricht, l'adhésion définitive de plusieurs pays, dont l'Espagne et le Portugal, la réforme de la PAC, la politique agricole commune, le livre blanc sur la nécessaire régulation du grand marché européen. Autant de petits et de gros cailloux semés sur la route de l'Union. Et les dix années à la tête de la Commission européenne ont été, au-delà des aléas et des soubresauts de toute nature, dix années positives et constructives. Un sacré bilan.

Le 11 décembre 1994, lorsqu'il arrive à TF1 pour cette émission qui sonnera comme un adieu politique, Jacques Delors reste encore et toujours mystérieux. Veut-il, une dernière fois et pendant près d'une heure, avant d'annoncer sa décision, laisser quelques espoirs à ses nombreux partisans ? Étonnant moment de

1. Alain Duhamel, *Portraits souvenirs 50 ans de vie politique*, Paris, Plon, 2012.

télévision. L'équipe qui prépare *7 sur 7* ne sait rien. Anne Sinclair, l'animatrice, est allée à Bruxelles rencontrer Delors pour préparer ce rendez-vous. Elle est revenue bredouille, sans connaître sa position. Deux émissions ont même été préparées, pour les deux hypothèses, la candidature ou le renoncement. Ce n'est qu'au maquillage, restée seule avec son invité, qu'elle connaîtra le verdict. Dans la loge où sont installés les proches de Delors, sa fille Martine Aubry et son conseiller Pascal Lamy notamment, le climat est tendu. « C'est l'émission la plus difficile de ma vie », glisse Delors à Marie-France Lavarini, l'une des responsables de l'émission. Soixante minutes plus tard, juste avant 20 heures, les Français découvrent la décision. Jacques Delors ne sera jamais président de la République. Il a livré son testament. Ce soir-là, ses sentiments sont complexes et mélangés. Il est soulagé d'avoir tourné cette page. Angoissé, comme toujours, devant les périls à venir. Et plutôt satisfait de s'éloigner de ce monde politique qu'il n'a jamais vraiment aimé.

Jacques Chirac
Le blues du vieux lion

Déprimé, presque assommé. Ce 17 mai 2007 au matin, l'ancien Président est de vilaine humeur. Ailleurs, presque absent. La veille au soir, pour la première fois depuis 1977 et son installation à la mairie de Paris, il n'a pas dormi dans un palais national. Pendant trente ans, après sa démission tonitruante de Premier ministre et sa déclaration de guerre à son ennemi mortel, Valéry Giscard d'Estaing, il a occupé les fonctions les plus prestigieuses. Il a connu, comme disait sa grand-mère, des hauts « à mépriser » et des bas « à repriser ». Il a tout traversé. Il a trahi et, en retour, comme en boomerang, l'a été abondamment. Il a perdu deux fois à l'élection présidentielle, dès le premier tour en 1981, puis au second tour, mais très largement, en 1988 face à François Mitterrand, un adversaire acharné qui, sept années plus tard, l'aidera à battre Balladur, puis Jospin, et à remporter enfin la reine des batailles politiques. Ce matin du 17 mai 2007, il repense avec nostalgie à cette journée victorieuse du 7 mai 1995, à cette chevauchée dans Paris, lorsqu'il fut suivi par des dizaines de journalistes à moto, à ce lendemain 8 mai, quand il participa à la cérémonie officielle aux côtés d'un François Mitterrand épuisé et goguenard, à la journée d'investiture du 17 mai. Il aura passé au palais onze ans, onze mois et vingt-neuf jours. Aujourd'hui, il est presque groggy. Furieux, aussi, de voir ce Nicolas Sarkozy qu'il déteste le remplacer et occuper le Salon doré réservé aux Présidents. Sarkozy dans le bureau du général de Gaulle ! Jacques Chirac ne s'en remet pas. Pendant des jours, il ruminera sa rancune. Devant ses visiteurs, amis ou collaborateurs, il n'aura pas de mots assez durs pour souligner les défauts de son successeur, son caractère, son culot, ses emportements, ses trahisons, son libéralisme, son atlantisme, son autoritarisme, son inexpérience. Et pour condamner avec virulence et preuves à l'appui l'inélégance du nouveau Président…

6 mai 2007, 20 h 33, palais de l'Élysée. On sait officiellement depuis 20 heures que Nicolas Sarkozy est le nouveau chef de l'État. Jacques Chirac regarde la télévision dans un salon de la présidence. Autour de lui, Bernadette, leur petit-fils Martin et quelques collaborateurs. Chirac suit la première déclaration présidentielle de Sarkozy, qui s'exprime devant ses partisans réunis salle Gaveau. Récit : « Chacun de nous écoute avec la plus grande attention chaque phrase, chaque mot qu'il prononce, guettant secrètement le moment où il citera sans doute le nom de celui auquel il s'apprête à succéder, ou même le remercier du soutien qu'il lui a apporté. Mais ce moment ne viendra jamais. Pour ma part, je m'abstiens de manifester la moindre réaction. Mais au fond de moi je suis touché et je sais désormais à quoi m'en tenir[1]. » Nicolas Sarkozy a parlé neuf minutes. Contrairement à tous les usages, pas

1. Jacques Chirac, *Le Temps présidentiel*, *op. cit.*

un mot en effet sur son prédécesseur, sur celui qui, au-delà de leurs divergences personnelles et politiques, a mis sa carrière sur orbite. Dans l'allocution de Sarkozy, une phrase, en particulier, blesse profondément Jacques Chirac. « Ce soir, la France est de retour en Europe. » Le Président sortant est outré, lui qui estime avoir fait beaucoup, malgré l'échec cuisant du référendum du 29 mai 2005, pour faire avancer l'Union européenne et consolider le duo franco-allemand avec Gerhard Schröder. Cette soirée du 6 mai est décidément bien rude pour celui qui va officiellement quitter ses fonctions dix jours plus tard.

16 mai 2007, 11 heures. Jacques Chirac attend Nicolas Sarkozy sur le perron du palais. Le tapis rouge a été déployé sur une longueur de soixante mètres, comme l'exige le protocole pour la cérémonie d'investiture. À l'arrivée de son successeur, il descend l'accueillir. Première poignée de main, photos. Sourires appuyés. Les deux hommes montent l'escalier Murat pour rejoindre le bureau présidentiel. La passation de pouvoirs sera brève, sobre et tiède. Pas un mot sur l'allocution de Sarkozy. Le nouveau Président rappelle le souvenir de ce grand meeting du RPR à Nice, le 14 juin 1975, lorsque Chirac, alors Premier ministre de Giscard, lui donna pour la première fois la parole. À cette époque, Nicolas, la vingtaine, étudiant impatient, chahuteur et militant actif à Nanterre est déjà transgressif. Il a droit à trois minutes. Il parlera un quart d'heure et sera très applaudi par les militants et remarqué par le chef du gouvernement. « Qui aurait dit que ce jour-là, il y avait deux Présidents à la même tribune ? » glisse Sarkozy à Chirac. C'est le seul moment où cette passation de pouvoirs prend un tour personnel, presque chaleureux. Même si, la veille au soir, dans sa dernière

intervention télévisée, Chirac a présenté ses vœux de réussite à son successeur, le contentieux personnel entre les deux hommes est trop lourd, leurs récents affrontements trop violents, leurs divergences politiques trop évidentes. Chirac n'oublie pas. Il sait tout ce que dit de lui Sarkozy en privé. « Je suis un faux dur, un vrai gentil. Chirac, lui, c'est un faux gentil, un vrai méchant », répète parmi d'autres amabilités à qui veut l'entendre, et depuis longtemps, son ancien ministre de l'Intérieur. Chirac se souvient aussi des provocations répétées de Sarkozy, par exemple sur sa passion pour les combats de sumo : « Comment peut-on être fasciné par des combats de types obèses aux chignons gominés ? Ce n'est vraiment pas un sport d'intellectuels. Mitterrand, lui, au moins, il avait du goût », avait ironisé Sarkozy devant des journalistes, sachant que ses propos seraient répétés. Dans la mémoire chiraquienne, où la rancune tient une large place, il y a aussi cet échange aigre-doux, à un an de distance, ce « Je décide, il exécute » du 14 juillet 2004 auquel son ministre de l'Intérieur avait répliqué, le 14 juillet 2005, en moquant ceux qui ont « vocation à démonter des serrures à Versailles pendant que la France gronde ». Autant dire que cette passation de pouvoirs ne peut être réellement détendue. Sarkozy tient sa victoire et sa revanche contre un Président sortant qui lui préférait, et de loin, Juppé et Villepin. Chirac a toujours en tête cette trahison fondatrice de leur haine, le choix de Sarkozy pour Balladur à la présidentielle de 1995. Ce jour-là donc, ce 16 mai 2007, ni le protocole élyséen, ni la solennité du moment, ni la symbolique de cette investiture ne peuvent occulter, dans l'esprit de Chirac, la rancœur et la tristesse. Quitter ces lieux et laisser la place à Nicolas Sarkozy, c'est un double déchirement, personnel et politique, pour le cinquième président de la Ve République.

À la minute où il monte dans sa voiture pour sortir du palais, avant de saluer le personnel élyséen d'un large geste de la main par la fenêtre ouverte, l'émotion est palpable. Chirac regarde une dernière fois les visages familiers de celles et ceux qui l'ont accompagné pendant ces douze ans de présidence, et parfois davantage encore. Aperçoit-il la détresse de Claude, discrète, presque cachée, au deuxième rang, au milieu de ces collaborateurs fidèles massés dans la cour d'honneur ? Sans doute, car lorsqu'elle est dans son champ de vision il ne la quitte jamais des yeux. Malgré ses dénégations, elle a joué un rôle majeur durant ces deux mandats, et pour elle aussi la journée est d'une grande tristesse. Elle sait que, pour ce père qu'elle vénère, celui qu'elle appelle affectueusement et simplement « Chirac » ou « JC », ce chef qui aime « cheffer », la page politique se tourne pour toujours. Elle sait qu'il ne supportera pas la retraite. Elle est consciente que la maladie de son père progresse inexorablement, que leur vie va être bouleversée. Les heures d'après, les jours d'après, pour Claude, ce sont des jours de chagrin, de cafard et de mélancolie.

Bernadette, quant à elle, ne se résout pas à partir. Elle a été si heureuse dans ce palais qu'elle a vraiment aimé, régentant les lieux avec un mélange d'exigence, d'autoritarisme sourcilleux et de perfectionnisme. Elle regardait tout, surveillait tout, arbitrait tout dans ce palais où rien ne lui échappait concernant l'organisation, le protocole, les aménagements et le décorum. Son départ lui est tellement pénible qu'elle le retardera jusqu'au dernier moment, ne terminant son déménagement qu'à la toute dernière minute, alors que Nicolas Sarkozy est déjà arrivé, presque installé dans les murs. La vie de Bernadette va basculer, comme celles de Jacques et de Claude. Elle n'ignore pas qu'elle devra désormais gérer tout à la fois l'état de santé de son mari, son spleen, son inaction, sans compter les graves ennuis judiciaires qui s'annoncent. Pour elle aussi, les jours d'après seront une vraie souffrance.

Quand il quitte définitivement l'Élysée, ce 16 mai 2007, Jacques Chirac rejoint le superbe appartement du 3, quai Voltaire, face au musée du Louvre, avec une vue imprenable sur la Seine. Prêté par la famille libanaise Hariri, dont il est très proche, cet appartement plaît au Président sortant. Tout autour, des antiquaires et quelques bons bistrots qu'il affectionne. À quelques encablures, le musée d'Orsay lancé par Valéry Giscard d'Estaing en 1977, quelques mois après que Chirac a claqué la porte de Matignon avant de s'emparer de la mairie de Paris. Jacques et Bernadette sont donc très confortablement installés. Mais, malgré les signes de sympathie de nombreux français, malgré les messages chaleureux venant du monde entier, il s'ennuie déjà. Dans son ultime allocution présidentielle, le 15 mai à 20 heures, il était visiblement marqué. Un crépuscule politique, et quelques phrases convenues sur « la fierté du devoir accompli », « la confiance dans l'avenir du pays », « l'égalité des chances et la solidarité », et cet appel à l'unité et au rassemblement : « Une nation, c'est une famille [...]. Ce lien qui nous unit nous rassemble, nous protège, nous donne les forces nécessaires pour imprimer notre marque dans le monde d'aujourd'hui. » Son regard est un peu fixe, son sourire furtif, le timbre de sa voix légèrement voilé. Cinq minutes et trente secondes de nostalgie et d'émotion sincère. Bien sûr, le nouveau retraité annonce qu'il s'emploiera désormais à lancer et à accompagner des initiatives en faveur de l'écologie et du dialogue des cultures. Mais on sent bien qu'il est déjà ailleurs, lui qui depuis cinquante ans vivait à cent à l'heure, remontant sur son cheval à chaque épreuve, ne supportant pas le désœuvrement. Il tire sa révérence, en sachant parfaitement que ses forces l'abandonnent.

C'est rue de Lille, à quelques pas de l'Assemblée nationale, que l'ancien Président va très vite s'installer. Il espère y recevoir de nombreuses visites d'amis et de députés ; il sera plutôt déçu. Bien sûr, les fidèles sont au rendez-vous : le premier d'entre eux, François Pinault, presque un frère, le voit quasiment chaque jour ; Jean-Louis Debré, qui ne lui a jamais fait défaut ; Alain Juppé, qu'il considère comme son héritier politique ; Jacques Toubon ; François Baroin ; le député Henri Cuq ; Dominique de Villepin ; et, parmi les collaborateurs, Bernard Landrieu et Maurice Ulrich. Quelques journalistes aussi, celles ou ceux qui le connaissent depuis longtemps, se rendent rue de Lille. Mais, dans les jours d'après, Chirac espérait que son agenda serait plus fourni, que son bureau ne désemplirait pas. Il devra déchanter. Ces lendemains seront vraiment difficiles.

Installé personnellement quai Voltaire et professionnellement rue de Lille, Jacques Chirac mène donc une vie au ralenti. Dans les derniers jours de mai 2007, il se lève tard, se rend en fin de matinée à son bureau, parcourt les journaux d'assez loin, reçoit ses collaborateurs et, selon une immense majorité de témoignages, s'ennuie beaucoup. Il ne s'anime vraiment qu'en préparant et en enregistrant les entretiens menés par son éditeur Jean-Luc Barré pour ses futurs Mémoires. Le reste du temps, il apparaît nostalgique, sombre, même si, fidèle à son personnage, il reste enjoué et blagueur. Il est surtout lointain, faisant mine de ne s'intéresser à rien, ou presque. Lorsque, chaque semaine, son conseiller Maurice Ulrich lui fait un point sur l'actualité internationale, il fait peu de commentaires. En revanche, il pose des questions sur la situation politique, dont il suit le fil et les rebondissements. Il n'ignore rien des indiscrétions qui sortent du palais de l'Élysée. Il sait que son successeur multiplie les perfidies, y compris pendant les Conseils des ministres, notamment sur son immobilisme et le bilan médiocre de ses deux mandats. Chirac s'y attendait mais n'en est pas moins touché. Fatigué, il est entouré par Claude, attentive, lucide sur sa santé et consciente de sa faiblesse, et par Bernadette, dont le soutien apporté en permanence à Nicolas Sarkozy l'agace. L'ancien Président travaille un peu. Il prépare le lancement de sa future Fondation pour le développement durable et le dialogue des cultures. Il se rend de temps à autre au Conseil constitutionnel, dont il est membre de droit et où il retrouve son adversaire de toujours, Valéry Giscard d'Estaing. Il a enfin le temps de lire, lorsque sa santé le permet, ces notes et documents sur l'histoire des civilisations et des cultures qu'il transportait en permanence dans sa mystérieuse serviette de cuir. Il planche aussi sur le procès qui l'attend. Son avocat, Jean Veil, le fils aîné de Simone, un ténor du barreau, vient le voir très fréquemment. Ils ont de vraies relations de confiance, parfois troublées par Bernadette, qui veut toujours tout savoir et parfois tout décider. C'est en recevant ses amis que Jacques Chirac semble sortir d'une certaine torpeur. Avec eux, il plaisante, raconte de vieilles anecdotes et se moque plus ou moins gentiment des acteurs politiques. Il parle aussi beaucoup des chiens, de leurs habitudes, de leur fidélité, de leur nourriture. Peu à peu, on le sent s'éloigner.

À trois reprises déjà depuis le début de sa carrière politique, Chirac s'est retrouvé plus ou moins longtemps dans cette situation d'inaction. Mais avec une différence majeure : il se préparait alors à rebondir, à se relancer, à repartir au combat sabre au clair et à remonter sur son cheval. 1976/1981/1988 : flash-back.

En 1976, il démissionne avec fracas de son poste de Premier ministre du Président Giscard d'Estaing en raison de lourdes divergences personnelles et politiques. Récit de Giscard, qui se souvient des conditions de ce départ et de leur dernière conversation : « Il y a trop longtemps que je suis dans la vie politique, lui confie Chirac. Cela fait près de dix ans que je suis au gouvernement de manière ininterrompue, sans jamais dételer [...]. Je ne sais pas encore ce que je vais faire. J'hésite entre plusieurs possibilités. L'une serait d'ouvrir une galerie de peinture. Je me suis toujours beaucoup intéressé à la peinture [...]. En tout cas une chose est sûre, vous n'entendrez plus parler de moi ! Je compte quitter Paris, et rester absent plusieurs mois. Je souhaite n'avoir plus aucun contact avec le milieu politique[1]. » Quelques dizaines de minutes plus tard, à l'hôtel Matignon, Chirac lance une charge au canon de 120 contre le Président en exercice. Et, quelques jours après, à Puy-Judeau, au cœur de la Creuse, où son conseiller Pierre Juillet élève des moutons, il retrouve ses fidèles : Marie-France Garaud, Jérôme Monod et Jacques Friedmann. Ils élaborent les grands principes d'une stratégie offensive et d'une contre-attaque rapide. Ce sera, début octobre, un grand discours à Égletons

1. Valéry Giscard d'Estaing, *Le Pouvoir et la Vie*, *op. cit.*

sur le « travaillisme à la française » puis, en novembre, le succès au premier tour d'une législative partielle en Corrèze qui lui permet de revenir à l'Assemblée nationale. Et, dans les premiers jours de décembre, un grand meeting consacre la création du RPR. On est alors loin, très loin du retrait et de la galerie de peinture ! Pourtant, à en croire certains de ses plus proches amis de l'époque, il aurait réellement hésité avant de se replonger dans le grand bain politique. Quelques semaines de doute, de vraies interrogations, jusqu'à la fin du mois de septembre, entre la réunion chez Pierre Juillet et l'intervention à Égletons. De la même manière, en pleine réflexion sur l'idée d'une candidature pour la mairie de Paris, en novembre 1976, il rencontre secrètement Simone Veil, ministre de la Santé du gouvernement Barre, et lui laisse entendre qu'il pourrait la soutenir si elle se lançait dans cette campagne municipale au nom de toute la majorité. L'hypothèse sera rapidement écartée, le Président Giscard d'Estaing ne croyant pas à la sincérité de la proposition de son ancien Premier ministre. Ainsi donc, Chirac avance, a priori fougueux et déterminé, mais, semble-t-il, beaucoup plus prudent qu'il n'y paraît. Les semaines qui suivent sa démission et le clash avec Giscard seront finalement, et contrairement aux idées reçues, des moments d'interrogation.

1981. Jacques Chirac a joué. Il a tout à la fois perdu et gagné. Déçu en raison de son score modeste, 18 % au premier tour, et satisfait parce qu'il a largement contribué à faire perdre son ennemi Giscard, battu par François Mitterrand. Chirac a joué volontairement les apprentis sorciers. Nombre d'électeurs chiraquiens ont voté Mitterrand au second tour, encouragés par une violente campagne du RPR contre le Président sortant.

Désormais, l'ancien Premier ministre est le patron de l'opposition. Les jours d'après seront, dans son donjon de l'Hôtel de Ville, consacrés à la préparation intense de la reconquête.

Sept ans plus tard, en 1988, c'est, au soir et au lendemain de la défaite, la gueule de bois des mauvais jours. Chirac s'efforce de ne rien laisser paraître, et va même jusqu'à réconforter son conseiller Frédéric de Saint-Sernin venu, en fin d'après-midi, lui apporter les premières mauvaises nouvelles du scrutin. « Les Français n'aiment pas mon mari », lâchera, fataliste, Bernadette Chirac. 46 % au second tour. Un chiffre médiocre qui pourrait marquer la fin de l'envolée bonapartiste du maire de Paris. Très marqué par cette contre-performance, il envisage tous les scénarios, y compris le retrait de la vie politique. Pendant plusieurs jours, il flotte, tangue, hésite. « Si nous ne recollons pas les morceaux entre nos électeurs, c'est cuit pour trente ans[1] », a-t-il confié à ses proches à la veille du second tour. Juppé, Debré, Pasqua, Balladur, Toubon, Séguin : ces fidèles, présents à cette réunion de crise, le poussent à reprendre le flambeau. « Le coup est rude, à quoi bon le nier ? reconnaîtra-t-il plus tard. Mais pas au point de m'avoir fait sombrer dans cette dépression qu'on m'a prêtée en ce temps-là, et depuis lors, avec tant d'insistance [...]. En mon for intérieur, je ne doute pas de mes capacités à rebondir, à atteindre la fois suivante le point d'arrivée que je me suis fixé[2]. » C'est sa fille Claude qui réussira vraiment à le convaincre. Découragé, fatigué, il a vraiment failli renoncer. Et

1. Alain Juppé, *La Tentation de Venise*, Paris, Grasset, 1993.

2. Jacques Chirac, *Chaque pas doit être un but. Mémoires*, t. 1, Paris, Nil, 2009.

c'est sans réel ressort, un peu désabusé qu'il repart à la bataille.

Durant ces longues journées de mai 2007, le vieux lion revoit les grandes étapes de son film personnel. Et il aime raconter, anecdotes et clins d'œil à l'appui, des histoires que ses proches connaissent par cœur, qu'il s'agisse de sa chère Corrèze, des douze années passées à l'Élysée ou de ses rencontres avec les grands de ce monde, de Mandela à Jean-Paul II. Il parle de Pompidou, son père en politique ; de ses premiers succès électoraux ; de ce Mai 68 pendant lequel, jeune secrétaire d'État, il va négocier secrètement avec le patron de la CGT, Henri Krasucki, en s'armant d'un revolver ; de sa tristesse infinie, une vraie détresse, quand il comprend réellement que Pompidou n'a plus que quelques semaines à vivre ; de ce choix en faveur de Giscard, en 1974, afin d'éliminer Chaban-Delmas et de donner un coup d'accélérateur à sa propre carrière. Il évoque les « trahisons » qu'il a dû affronter : celle de Sarkozy, personnellement éprouvante ; celle de Balladur, politiquement douloureuse ; les coups durs de ses deux mandats présidentiels, de la grande grève de fin 1995 à l'échec traumatisant du référendum de mai 2005 sur l'Europe en passant par la dissolution ratée de 1997 et les ennuis judiciaires de son dauphin presque désigné, Alain Juppé ; les quelques satisfactions, comme les innombrables hommages reçus après son discours du Vél d'Hiv, sa position intransigeante contre la guerre en Irak et cette formule prémonitoire et visionnaire lancée en 2002 au sommet de la Terre, à Johannesburg : « La maison brûle et nous regardons ailleurs. » Il raconte donc, encore et encore, quand son état de santé le lui permet. Il veut se souvenir, être sûr de ne rien oublier avant que la maladie ne progresse inéluctablement.

« Je le trouve “ailleurs” malgré les apparences, fatigué, usé, las[1]. » Le 27 juin 2007, son ami Jean-Louis Debré déjeune avec l’ancien Président. Des propos affectueux, qui traduisent la tristesse et l’émotion, mais qui sont en résonance avec le trop fameux et contre-productif commentaire de Lionel Jospin, en pleine campagne présidentielle de 2002, sur un Chirac « vieux, usé, fatigué ». Cinq ans se sont écoulés. Et, entre-temps, le 2 septembre 2005, l’ancien maire de Paris a été victime d’un AVC. Après cet accident de santé, beaucoup plus grave que ne l’ont traduit les communiqués médicaux, rien ne sera plus comme avant. Et dans ces jours et semaines qui suivent le départ de l’Élysée son état s’aggrave. Des moments d’absence, des trous de mémoire, une grande fatigue. Les photos qui le montrent avec Bernadette à Biarritz au début de l’été sont impressionnantes. On le voit mélancolique, physiquement atteint, les yeux dans le vague. Son meilleur ami, François Pinault, s’en inquiète. Il lui téléphone et lui propose de le rejoindre à Saint-Tropez. Là, au milieu des milliers de vacanciers, Chirac est revigoré. Bains de foule chaleureux, apéritifs chez Sénéquier, balades sur le vieux port, sourires complices et appuyés, parfois grivois, aux femmes qui se pressent si nombreuses autour de lui. Il est de nouveau au centre des attentions. La mode des selfies n’en est encore qu’à ses débuts, mais l’ancien Président s’y prête volontiers. Il en vient à oublier que, il y a moins de trois mois, il était le chef de l’État. Sa nostalgie s’estompe le temps de cette parenthèse enchantée. Mais le spleen va vite revenir.

1. Jean-Louis Debré, *Ce que je ne pouvais pas dire*, Paris, Robert Laffont, 2016.

Le retour à Paris, à la rentrée 2007, le fait replonger. Un long crépuscule commence. Les vrais amis sont toujours là, fidèles au poste et au vieux combattant qui ne puise ses dernières forces que dans de rares conversations historiques, littéraires ou philosophiques. Jean-Louis Debré, le fidèle, l'accompagne régulièrement dans de longues promenades à travers Paris. Il l'emmène souvent, sur le chemin, traverser le pont des Arts, où de nombreux touristes étrangers le reconnaissent et le saluent. Une sorte de rituel. Un autre homme se distingue alors, un rabbin aux qualités exceptionnelles que Jacques Chirac a connu quelques années plus tôt. Pendant ces jours d'après, Haïm Korsia, l'aumônier général des armées devenu grand rabbin de France sera omniprésent, irremplaçable. Chirac et Korsia, c'est une vraie amitié, une solide complicité. Des relations singulières faites de convictions sincères et de centres d'intérêt communs. Jacques est le parrain d'une des filles de Haïm. Il y a entre eux un lien particulier qui frappe tous ceux qui les connaissent ou les croisent. Ils plaisantent, vont jusqu'à se raconter des histoires salaces. Chirac le surnomme « Rabbinou ». Mais, surtout, tout au long de ces jours d'après si pesants pour l'ancien Président, ils parlent de la vie et de la mort, de la maladie, de la vieillesse, ce « naufrage » évoqué jadis par le général de Gaulle. Et ils échangent sur la foi, l'amour, la religion, la spiritualité, la philosophie, le dialogue des cultures. Récit en forme de souvenir du grand rabbin Korsia : « Chirac m'a, un jour, fait cette réflexion : "Quand les catholiques arrivent, ils construisent une église. Les juifs, pour leur part, arrivent et construisent une école [...]. En effet, à leurs yeux, la transmission est essentielle[1]." » Korsia est indispensable à Chirac. Sa présence le rassure, son esprit le séduit, sa culture l'interpelle, son amitié le touche. L'après-Élysée aurait été différent sans son ami Haïm. Une face cachée de Jacques Chirac. Et si, derrière le jeune loup, l'ambitieux, l'éternel combattant, le Président controversé et l'ancien chef de l'État tant aimé des Français, cette quête de spiritualité des jours d'après révélait une partie insoupçonnée du vrai Chirac ?

1. *Paris match*, 27 juin 2014.

Lionel Jospin
Le cauchemar du 21 avril

Il ne s'assied pas, il se laisse littéralement tomber sur sa chaise. Ce 21 avril 2002 à 19 h 15, Lionel Jospin, pourtant connu pour son sang-froid et sa solidité, est sous le coup. Blanc comme un linge. « À l'heure qu'il est, tu n'es pas au second tour », vient de lui annoncer le responsable des sondages au PS, Gérard Le Gall. « C'est pour cela que, pour la première fois, tu ne m'as pas appelé », lui répond un Jospin accablé. Il avait compris depuis quelques jours que Jean-Marie Le Pen progressait. Mais les derniers sondages lui donnaient encore une avance de quelques points. À l'arrivée, moins de 200 000 voix sépareront les deux candidats. 19,88 % pour Chirac, 16,86 % pour Le Pen, 16,18 % pour Jospin. Autour du Premier ministre, chacun est effondré. Personne ne veut y croire. Mais les chiffres tombent les uns après les autres. Et la tendance se confirme. L'espoir s'envole minute après minute. Certains proches imaginent de mobiliser en urgence certains départements ou territoires d'outre-mer où les opérations de vote ne sont pas terminées. Peine perdue. Les résultats s'accumulent, terribles et implacables. Dans le Nord, un fief socialiste s'il en est, Le Pen est en tête, devant Chirac et Jospin. Lionel s'efforce de consoler quelques proches en larmes. Sans effet. La messe est dite. Un véritable cauchemar. Un coup de massue. Pour la gauche, c'est une soirée douloureuse qui commence. Les socialistes en sortiront orphelins.

« Pour ceux d'entre nous qui sont croyants, c'est le moment. » Quelques instants avant l'arrivée de Lionel Jospin, Henri Weber résume ainsi l'opinion générale. Tous les ténors socialistes présents ont compris qu'une catastrophe politique se produisait et qu'une page allait se tourner. L'un d'entre eux fait remarquer, inutile consolation, qu'il a manqué à leur candidat deux petits bulletins par bureau de vote pour se qualifier. Autour de Jospin, ce 21 avril 2002 en fin d'après-midi, il y a Martine Aubry, François Hollande, Laurent Fabius avec son fils aîné, Pierre Moscovici, Dominique Strauss-Kahn, Bertrand Delanoë, Jean Glavany, Bernard Kouchner, Jacques Séguéla, ainsi que Marie-France Lavarini, conseillère pour la presse, qui suivra son ami Lionel jusqu'au bout. Nicole Baldet, chef du secrétariat particulier à Matignon, une fidèle parmi les fidèles, trente ans au total auprès de Jospin, a rejoint le groupe et embrasse le Premier ministre. Sylviane Agacinski est bien sûr présente, discrète et attentive. Comme les autres, elle voit Lionel s'isoler, prendre la plume et commencer à rédiger, dans une atmosphère pesante et dramatique, son projet d'allocution. Avant la journée du vote, Jospin avait réfléchi à deux discours. L'un appelait à la mobilisation, l'autre au sursaut. Le premier s'il était distancé de peu, le second si l'écart était large. Bien sûr, rien n'était prévu dans l'hypothèse d'une élimination…

« C'est ma dernière campagne », « Ce sera l'Élysée ou l'île de Ré ». Quelques jours avant le 21 avril,

Lionel Jospin se confiait ainsi devant des proches. Lassitude ? Inquiétude ? Coup de blues ? Le leader socialiste n'avait pas pour habitude de se laisser aller ou d'étaler ses états d'âme. Chez les protestants, on ne plaisante pas avec l'éthique, la discrétion et la retenue. Ses propos étaient sans doute ceux d'un homme conscient qu'il menait son dernier combat politique, que sa campagne patinait et que son discours électoral n'avait pas réellement d'impact. Le jugement porté sur son adversaire Jacques Chirac a été mal reçu : « Il manque d'énergie. Il a vieilli. L'exercice du pouvoir l'a usé », a-t-il dit en *off* à des journalistes. La campagne de Jospin a été sérieuse et digne mais a manqué de souffle, trop centrée sur un bilan certes flatteur, et pas assez sur un projet mobilisateur. Trop thématique aussi, à un moment où le sujet sécuritaire, avec ses excès et ses envolées démagogiques, emportait tout. Les derniers sondages inquiétants, avant l'élection, n'ont pas été vraiment pris en compte. Et certains avertissements n'ont pas été entendus. Par ailleurs, la multiplication des candidatures de gauche, de Christiane Taubira à Jean-Pierre Chevènement, l'a réellement handicapé. Jospin l'a-t-il compris avant le 21 avril ? Quelques jours avant le premier tour, on le sent un peu découragé, déterminé mais pas vraiment combatif, insuffisamment transcendé par cette campagne.

Le 21 avril au matin, il semble pourtant serein lorsqu'il monte dans l'avion qui l'emmène en Haute-Garonne, pour aller voter dans son fief électoral de Cintegabelle, où il a été élu député en 1986 lors d'une élection législative partielle. Sa conseillère Marie-France Lavarini, qui l'accompagne, a choisi de porter un pull bleu, blanc, rouge, un clin d'œil qui amuse le candidat. Entre ces deux-là, il y a depuis longtemps une vraie complicité, une relation de confiance comme il y en a peu dans le milieu politique. Pendant le vol, il lit des journaux sportifs, se plonge dans les résultats des compétitions de rugby et de tennis, deux sports qu'il affectionne. À l'arrivée, ses amis militants l'attendent. En 1986, ils l'ont tout de suite adopté. Ils sont encore optimistes quand ils l'accueillent ce jour-là. Après le vote, le déjeuner campagnard au restaurant Le Gabelois est chaleureux et amical. À la télévision, on aperçoit Lionel plaisanter au téléphone avec Dominique Strauss-Kahn, confiant dans les résultats selon les toutes premières indications. Au retour, détendu, il conduit lui-même la voiture pour se rendre à l'aéroport de Toulouse. Arrivé à Paris, il va directement chez lui, rue du Regard, dans le 6e arrondissement, où il retrouve Sylviane avant de rejoindre son QG. À ce moment précis, personne n'imagine encore le coup de tonnerre qui va bouleverser la vie politique.

19 h 45. Alors que le candidat battu s'est enfermé dans un petit bureau pour rédiger sa déclaration, le silence est total autour de lui. À l'extérieur de la pièce où est réuni l'état-major, la rumeur de l'élimination s'est répandue. Peu à peu, les dirigeants sont partis rejoindre les plateaux télévisés. DSK sera le premier à annoncer que les socialistes appellent à voter pour Chirac. Dans cet immeuble surnommé L'Atelier, près de la République, dans le 3e arrondissement de la capitale, nombre de militants pleurent. Ils se regardent sans comprendre, abasourdis par le résultat. Lorsque Lionel quitte son bureau quelques instants, il croise Claude Bartolone qui le serre dans ses bras, les larmes aux yeux. La photo de cette accolade fera la une du *Point*[1]. On y voit un Jospin au regard fixe, un peu

1. *Le Point*, 31 mai 2002.

perdu, lointain, presque étouffé par l'embrassade de Bartolone. De retour dans son petit bureau, il reprend la rédaction du discours. Kouchner, près de lui, jette un œil sur ce qu'il écrit et lui glisse : « Tu ne peux pas dire ça ! » Mais le candidat est résolu à assumer ses responsabilités, à annoncer son retrait de la vie politique. Rien ne le fera changer d'avis. Sylviane, évidemment consultée, approuve cette décision. Danielle Mitterrand passe embrasser Lionel. L'heure est venue de descendre dans la salle où sont installés les micros et les caméras et de prononcer ces quelques mots qui provoqueront la seconde déflagration de la soirée.

« J'assume pleinement la responsabilité de cet échec, et j'en tire les conclusions en me retirant de la vie politique. » Lionel Jospin a lu d'un trait son texte manuscrit. Il a réagi en homme d'État. La plupart de ses proches et une large majorité des militants ne cachent pas leur réel chagrin. Mais ils savent que l'annonce de leur candidat correspond à ce qu'il est profondément : rigoureux, attaché à l'éthique et au sens des responsabilités. Les amis de Lionel ont compris qu'il était inutile de le dissuader, ou même de tenter de le faire changer d'avis. À la radio et à la télévision, dans les heures qui suivront, ils salueront cette attitude. Mais le cœur n'y est pas. Le traumatisme est tel que les socialistes mettront du temps à se relever de ce double coup de théâtre. L'élimination au premier tour les plonge dans la crise et le désarroi. Le départ de leur leader les laisse orphelins. C'est François Hollande qui reprendra le flambeau en restant à la tête du PS et en s'efforçant de rebâtir les fondations de cette vieille maison.

Ses jours d'après, Lionel Jospin va les traverser dans la tristesse et la dignité. Le 5 mai, jour du second tour de la présidentielle qui voit Chirac l'emporter largement face à Le Pen avec le soutien de la gauche, il préfère voter par procuration. Il ne tient pas à affronter à Cintegabelle une cohue médiatique. Il reste Premier ministre jusqu'à la passation de pouvoirs, le 6 mai suivant. Quinze longues journées à Matignon où il doit, bien entendu, se contenter d'expédier les affaires courantes. Le lundi 22 avril, au lendemain du cauchemar du premier tour, il réunit d'abord quelques proches collaborateurs rue de Varenne puis ses équipes de campagne au QG électoral. Remerciements, pleurs, longues embrassades. En fin d'après-midi, il se rend au bureau national du Parti socialiste. Tous les ténors sont là. Pas une seule absence. Un moment nécessaire, mais douloureux. Hollande le remercie et lui rend hommage, soulignant sa fierté d'avoir mené ce combat à ses côtés. « Je suis venu vous dire au revoir », lui répond un Jospin ému, évoquant le passé, notamment son arrivée chez les socialistes en 1971, à la demande de François Mitterrand. Dans cette salle où tant de succès ont été fêtés depuis 1981, où tant de débats, souvent vifs, toujours tendus, se sont livrés, l'atmosphère est lourde. Lionel se livre à un examen de conscience en forme d'autocritique lucide, à la Mendès-France. « Pourquoi avons-nous perdu ? », s'interroge-t-il avant de préciser qu'il restera un militant et de lancer quelques explications : un excès d'optimisme sur la perception des bons résultats économiques et sociaux par l'opinion ; l'éparpillement de la gauche, car « chacun s'est fait mal à soi-même » ; l'enjeu politique de la bataille de l'insécurité, que les socialistes ont sans doute sous-estimé. « Assurez l'avenir. Moi, j'ai joué mon rôle. Cela s'achève aujourd'hui », lance-t-il pour conclure. Applaudissements nourris. Un chapitre de l'histoire du PS se referme. Les hommages qui vont suivre iront tous dans le même sens. Des remerciements au candidat battu, un appel à l'unité des socialistes et une mobilisation pour les élections législatives des 9 et 16 juin.

Les journées qui suivent seront mélancoliques. Deux jours après la défaite, le mardi 23 avril, Jospin déjeune dans un restaurant proche de Montparnasse avec son amie Marie-France Lavarini. Il est salué chaleureusement à son arrivée. De nombreux clients viennent lui parler, l'entourer, regretter son départ. « Moi, j'étais là. C'est vous qui n'y étiez pas », répond-il, maussade, à l'un d'entre eux qui déplore le résultat et relève que personne n'avait mesuré le risque d'un Le Pen au second tour. Trois jours plus tard, Jospin publie un communiqué à la fois clair et révélateur. « Soucieux de l'avenir de la France et des fondements de notre démocratie, et bien que sans illusion sur le choix qui se présente à nos concitoyens, je leur demande d'exprimer par leur vote leur refus de l'extrême droite et du danger qu'elle représente pour notre pays et ceux qui y vivent. » Le texte est clair car sans équivoque sur la nécessité de barrer la route au candidat du Front national. Il est aussi révélateur de l'état d'esprit de Lionel Jospin qui, cinq jours après le tremblement de terre politique, ne se résout pas à citer le nom de Jacques Chirac. L'échec est trop récent, les plaies trop profondes, le traumatisme trop grave, et la déception trop forte. À Matignon, Jospin reste dans son bureau. Il travaille et entend bien exercer jusqu'au bout ses responsabilités de chef du gouvernement. Peu de conseillers osent venir troubler le silence. Il reçoit beaucoup d'appels, le plus assidu étant François Hollande, qui organise rue de Solférino, au siège du PS, la campagne des législatives. L'ambiance est lourde. Les lendemains de défaite sont toujours douloureux. Ceux-là sont évidemment plus difficiles encore.

Aussitôt après son remplacement par Jean-Pierre Raffarin et son départ de Matignon, le 6 mai, Lionel et Sylviane quittent la France pour Palerme et la Sicile. C'est sa fidèle collaboratrice Nicole Baldet qui, en urgence, a organisé le séjour. De courtes vacances, une retraite ensoleillée, sans doute aussi un moment de délivrance après de si lourdes épreuves. Lecture, repos et tourisme culturel pour ce couple d'intellectuels. Une promenade avec le maire de leur lieu de villégiature, qui tenait à venir les saluer. Mais la photo de *Paris match*[1] qui les surprend sur un balcon en bord de mer ne trompe pas : un mélange de tendresse et de tristesse. Lionel embrasse doucement l'épaule de Sylviane. Derrière ses lunettes noires, elle a le regard lointain, tourné vers l'horizon. Une photo touchante, qui masque à peine le spleen de ces jours d'après. Bien sûr, cette convalescence est rude. Sylviane est omniprésente. Elle le réconforte, mais à sa manière, sans fuir la discussion et ces grands moments de deuil politique, de doute et d'autocritique. De retour à Paris, le couple passe quelques jours tranquilles avant de partir pour son refuge de l'île de Ré. La France est en campagne pour les législatives. Lionel prend des nouvelles de celles et ceux de ses proches qui sont candidats. Il passe quelques coups de fil. Mais, comme il s'y était engagé, il n'intervient pas publiquement. Conforme à sa rigueur toute protestante, il s'applique déjà un devoir de réserve dont il ne sortira quasiment plus, à l'exception d'une furtive tentative à l'été 2006, lorsque les socialistes s'interrogeront sur la candidature à la

1. *Paris match*, 23 mai 2002.

présidentielle de 2007. Il sait aussi que, dès le lendemain de ces élections, ses nombreux dauphins se disputeront l'héritage et la tête du PS. Il ne prendra pas non plus part à la bataille pour sa succession, qui sera remportée par François Hollande sur le thème de la continuité. Pendant longtemps, il ne verra pas de journalistes, même les plus proches, à l'exception d'un ou deux d'entre eux, avec lesquels il parle littérature et histoire, ou qu'il affronte au tennis. Chez Jospin, on tient ses engagements. Quand on tourne la page, on la tourne vraiment. Jospin restera dans l'histoire politique contemporaine comme l'exemple du dirigeant qui, un soir de défaite, si cuisante et difficile fût-elle, a assumé totalement ses responsabilités. À l'anglo-saxonne, à l'allemande, à la scandinave, dans ces démocraties où, à l'inverse de la France, les candidats battus sont définitivement éliminés. Ils sortent du terrain et n'y reviennent jamais.

L'ancien Premier ministre n'a pas 65 ans lorsqu'il tire sa révérence. En privé, il affirme vouloir prendre définitivement du champ, rester en dehors du terrain politique. Il veut, explique-t-il, profiter de la vie, se consacrer à sa famille, voyager, lire, jouer au tennis, rattraper le temps perdu quand il était « aux affaires ». Il regarde aussi en arrière, comme le font à peu près tous les dirigeants dans ces circonstances. Il revisite son parcours personnel : Sciences Po, ENA, le Quai d'Orsay à la direction de la coopération économique, une carrière d'universitaire à Sceaux. Il se souvient de cet itinéraire politique dont il assume toutes les étapes : la période trotskyste, l'entrée au Parti socialiste, les premières responsabilités sous l'autorité de François Mitterrand, l'élection au Conseil municipal de Paris, la députation dans le 18e arrondissement puis en

Haute-Garonne, la direction du PS en 1981, le ministère de l'Éducation nationale avec Michel Rocard puis Édith Cresson à Matignon, la candidature présidentielle en 1995 face à un Jacques Chirac qui le battra au second tour, la victoire aux législatives en 1997, l'arrivée à Matignon, où il restera cinq ans dans le cadre d'une cohabitation musclée, enfin cette terrible défaite du 21 avril, de sinistre mémoire. Il repense à tout cela sans regrets et sans remords. Il se sent encore jeune. Il profite de la vie. Mais la blessure de l'échec est toujours là, parfois présente, parfois enfouie.

Le 21 avril 2003, un soleil printanier brille sur Paris. Il y a un an jour pour jour, Lionel Jospin était éliminé au premier tour. Ce matin-là, il appelle un couple d'amis à qui il propose d'aller déjeuner sur une terrasse du Quartier latin. Le patron du restaurant est aux anges, heureux d'accueillir l'ancien Premier ministre. « Merci d'être venu. Vous nous manquez, vous manquez aux Français. On a besoin de vous », lui confie-t-il. Avant d'ajouter : « Il faut vraiment que vous reveniez. » « Bien sûr, répond très sérieusement Jospin, maintenant que les beaux jours sont là... »

Philippe Séguin

Le destin manqué

Ses colères homériques. Son intelligence aiguë. Sa culture impressionnante. Son incontestable sens de l'État et de l'intérêt général. Philippe Séguin avait presque tout pour lui : une solide conscience républicaine, de sincères convictions gaullistes et sociales, une expérience ministérielle très complète, un souci d'ouverture, un vrai caractère. Ombrageux, parfois colérique, mais toujours authentique. Seuls son penchant souverainiste et sa méfiance réelle pour le modèle européen en cours, symbolisés par son tonitruant « non » au traité de Maastricht, risquaient de l'isoler sur la scène politique. Ses amis lui étaient d'une fidélité absolue. Ses adversaires le respectaient. Il ne lui a manqué qu'un destin. C'est son intransigeance, venue en droite ligne de sa mère adulée, Denyse, qui a provoqué ces ruptures et débouché sur ces jours d'après, qu'il allait vivre comme une sorte de souffrance volontaire et inévitable.

16 avril 1999. Pour l'ancien président de l'Assemblée nationale, la coupe est pleine. Président du RPR, tête de liste aux élections européennes du 13 juin, Philippe Séguin ne supporte plus les jeux politiciens qui marquent la campagne en cours pour le Parlement

de Strasbourg. Face à lui, en cette période de cohabitation, deux autres listes d'opposition se sont constituées. L'une, centriste, autour de François Bayrou. Une autre, dissidente, menée par Charles Pasqua et Philippe de Villiers. À plusieurs reprises, Séguin a demandé au Président Chirac, qu'il a activement soutenu pendant sa campagne victorieuse de 1995, de clarifier la situation et de préciser que sa liste est la seule à pouvoir se réclamer de lui. En vain. Le 16 avril, à moins d'un mois du scrutin, il jette l'éponge. Dans un communiqué au vitriol, il dénonce « une cohabitation émolliente » (Lionel Jospin est à Matignon depuis 1997, *NdA*) et s'en prend aux « stratégies suicidaires inspirées aux entourages par les sondages de popularité flatteurs ». Séguin est ulcéré, à bout. Il quitte tout, d'un coup : la tête de liste européenne, la présidence du RPR et même sa participation au conseil politique du mouvement gaulliste. Dans les heures et les jours qui suivent, il s'isole et ne répond plus au téléphone, désabusé, furieux contre ce milieu politique qu'il méprise chaque jour davantage. Il est toujours député maire d'Épinal, dans les Vosges. Mais il veut prendre du champ, du recul, de la distance. C'est dans cet état d'esprit qu'il décide d'aller donner régulièrement des cours au Québec, plus précisément à l'Uqam, l'université du Québec à Montréal. Il aime profondément cette région, ses paysages sauvages, sa capitale à la fois moderne et historique, ses habitants et ses élites tellement attachés à la France, à sa culture, à son rayonnement. Il y compte beaucoup d'amis. Il y est davantage respecté et intellectuellement reconnu qu'en France. Il apprécie cette identité québécoise si originale. Il a toujours en tête le fameux « Vive le Québec libre ! » du général de Gaulle en 1967. Ces séjours fréquents, pendant ces premiers jours d'après, seront pour lui une bouffée d'oxygène. De chaque voyage, il revient détendu, revigoré. Il a besoin de cet air frais. Une parenthèse enchantée avant de repartir de l'avant.

11 octobre 2002. Cette fois, il ne s'agit pas d'un coup de sang provisoire. Après son échec aux élections municipales de Paris, Philippe Séguin a pris le temps de réfléchir. En avril, il a rendu publique sa décision, irrévocable, de ne pas être candidat aux législatives qui ont suivi l'élection présidentielle. En septembre, il a rejoint la Cour des comptes, son corps d'origine. Et ce 11 octobre, en quittant le Conseil de Paris, il tourne vraiment la page. Il a gardé un souvenir exécrable de la violente campagne municipale de mars 2001. Ses deux adversaires, le socialiste Bertrand Delanoë et davantage encore le maire sortant et dissident de droite Jean Tiberi, solidement installé dans son fief du 5e arrondissement de la capitale, ne l'ont pas ménagé. Sur Canal +, il est brocardé régulièrement par les Guignols. 44 % pour Delanoë et les Verts, 36 % pour Séguin, 12 % pour Tiberi : le premier tour est médiocre. Intraitable, fort de ses principes, il refuse de fusionner ses listes avec celles du candidat dissident de la droite. Le verdict du second tour est donc sans appel : 50 % environ pour le futur maire, Bertrand Delanoë, 36 % pour Philippe Séguin et 12 % pour Jean Tiberi. « J'avais prévu la défaite depuis trop longtemps pour qu'elle pût me bouleverser[1] », commentera le candidat battu. Néanmoins, le coup est rude. Le jour du second tour, en fin d'après-midi, il

1. Philippe Séguin, *Itinéraire dans la France d'en bas, d'en haut, d'ailleurs*, Paris, Seuil, 2003.

s'isole, seul, dans son bureau. Avant l'arrivée des premiers chiffres, on le surprend devant l'écran de son ordinateur en train de faire une réussite. Il veut éviter l'effervescence du QG à l'heure du verdict. Face à la défaite, il passe de la déception, évidemment forte, à un réel soulagement. Il sait désormais au fond de lui que, sauf surprise, cet échec va mettre un terme à sa vie politique. Mais il est jeune. Moins de 60 ans. Il veut avant tout continuer de servir ce pays qui l'a accueilli à son arrivée de Tunisie et qu'il vénère. Ses mandats électoraux l'ont passionné, dans sa mairie d'Épinal notamment, cette ville des Vosges qu'il a profondément aimée, rénovée et modernisée pendant ses quatorze années de mandat. Au ministère des Affaires sociales et de l'Emploi, pendant la première cohabitation, de 1986 à 1988, et malgré la tonalité très à droite du gouvernement Chirac, avec notamment la suppression de l'autorisation administrative des licenciements, il a su mettre en œuvre toute une série de dispositions plus conformes à son idéal de gaulliste social : l'aménagement du temps de travail, l'intéressement et la participation des salariés aux résultats de l'entreprise ont été des dossiers prioritaires. En 1995, il a été l'un des rares, avec Juppé, Debré et Raffarin, à soutenir un Chirac promis à la défaite. Et il l'a convaincu de faire campagne sur la « fracture sociale ». Pari réussi. Puis il y a eu le perchoir, la présidence de l'Assemblée nationale, une sorte de Graal pour ce pupille de la nation issu d'une famille modeste et exigeante. De 1993 à 1997, il s'est consacré totalement à cette fonction prestigieuse, respectant l'opposition, améliorant les procédures et commençant à dépoussiérer quelques pesanteurs parlementaires ancestrales. Il ne s'est pas fait que des amis, mais il est sorti respecté et renforcé dans ses convictions de gaulliste attaché au bien public. Son destin était presque tracé.

En réalité, pour Philippe Séguin, les jours d'après commencent à la création de l'UMP, ce nouveau mouvement né après le séisme du 21 avril 2002 et qui regroupe le RPR et une partie de l'UDF, à l'exception de François Bayrou et de ses amis. Séguin ne croit pas à ce rassemblement, qu'il juge imposé par les circonstances, à ce « marais qui tient lieu de parti unique de la droite[1] ». Ce sera, pour ce gaulliste farouche et inébranlable, la décision de trop. Il va claquer la porte. Il le fera à sa manière, franche et directe, mais sans en rajouter. Ni déclaration fracassante, ni fleurs, ni couronnes. Il refuse la Légion d'honneur que voulait lui attribuer le Président Chirac. Le motif de ce refus, évident quand on connaît Philippe Séguin ? Son père, mort au combat en septembre 1944 lorsque son fils unique n'avait pas encore un an et demi, ne l'avait pas reçue à titre posthume. En octobre 2002, Séguin rejoint donc la Cour des comptes, dont il deviendra en juillet 2004 le premier président. Et il représente la France à l'OIT, l'Organisation internationale du travail. Mais, auparavant, il rédige un testament politique, un ouvrage autobiographique de six cents pages[2] dans lequel il laisse aux nostalgiques du séguinisme une sorte de bréviaire : « Je n'ai jamais considéré la politique comme un métier. Pour moi, elle est un service. Un service dont j'ai toujours envisagé de pouvoir le cesser ou l'interrompre[3]. » Cela vient corroborer les propos suivants : « Je continuerai de préférer la vérité au men-

1. *Ibid.*
2. *Ibid.*
3. *Ibid.*

songe, les réalités au slogan, l'intérêt collectif à l'arbitrage des lobbies. Le gouvernement à la gouvernance. Parce que je crois à la liberté, à la dignité et à l'égalité des chances[1]. » Du Séguin pur et dur, conforme à son caractère, à cette personnalité rugueuse et attachante.

En 2001, au lendemain de sa défaite aux municipales de Paris, Philippe Séguin reçoit une simple carte de visite d'un électeur de la capitale. L'expéditeur est Georges Vedel, un universitaire renommé, ancien membre du Conseil constitutionnel. Ce professeur de droit public a été longtemps le doyen de la Faculté de droit et de sciences économiques de Paris. « En tant qu'électeur à Paris, vous remercie et vous félicite d'avoir, malgré vents et marées, et à travers des heures difficiles, respecté les électeurs », écrit ce dernier. Au moment de quitter la vie politique, un an et demi plus tard, Séguin prendra cette carte et la mettra symboliquement sous verre. « En souvenir[2]. » Le souvenir des jours d'avant.

1. Patrick Girard, *Petits meurtres en famille*, Paris, L'Archipel, 2003.
2. Philippe Séguin, *Itinéraire dans la France d'en bas…*, *op. cit.*

Édouard Balladur

Une profonde tristesse

2 avril 1974, peu avant 20 heures. Secrétaire général de l'Élysée, Édouard Balladur suit avec angoisse et émotion depuis des semaines l'évolution de l'état de santé du Président Pompidou. Ce soir-là, il est appelé en urgence au domicile du Pr Jean Bernard, l'un des grands professeurs de médecine qui soignent le Président. Il y apprend que Georges Pompidou vient de mourir à son domicile de l'île Saint-Louis, où il a été transporté la veille après une poussée de fièvre aiguë dans sa maison d'Orvilliers proche de Paris. À partir de ce jour, de cette heure, rien ne sera plus comme avant pour Balladur. Il y a plus de dix ans que ce grand commis de l'État, énarque de la promotion France-Afrique et conseiller d'État, travaille aux côtés de Georges Pompidou. Il a rejoint son cabinet à l'hôtel Matignon fin 1963. Conseiller en charge des Affaires sociales, il gère avec lui en 1968 les difficiles négociations qui aboutissent aux accords de Grenelle. Pompidou élu Président en 1969, il le suit à l'Élysée. Il sera d'abord secrétaire général adjoint, puis, en 1973, secrétaire général. Sans en connaître les détails, il mesure très vite la gravité du mal qui ronge le Président et l'accompagne presque en

permanence pendant ces longs mois de 1973 et 1974. Il observe l'évolution de la maladie. À partir de la mi-mars 1974, Georges Pompidou reste le plus souvent chez lui et ne se rend au palais de l'Élysée qu'entre 16 et 18 heures. Les derniers jours seront un véritable calvaire. Pour Édouard Balladur, ce sont déjà les premiers jours d'après.

Quelques témoignages directs et poignants du chef de l'État rapportés par Balladur[1] :

14 mars 1974 : « J'ai eu une crise comme je m'apprêtais à quitter le quai de Béthune. Désormais, elles durent dans les deux heures. Je n'en peux plus. »

20 mars : « Ce n'est plus supportable. Cela ne pourra plus durer très longtemps. »

27 mars, devant le Conseil des ministres : « Ma vie n'est pas agréable, ni physiquement ni moralement [...]. Je limite mes contacts à ce qui est nécessaire [...], je ne gambade pas. »

Le 31 mars, deux jours avant le décès du Président, Édouard Balladur envisage d'évoquer avec Pompidou l'hypothèse de sa démission : « Je suis convaincu que je parviendrai à le convaincre de se retirer, car il sait que le souci de son intérêt est seul à m'inspirer. »

1er avril : « Il y a neuf chances sur dix pour que le Président meure dans la nuit », expliquent les médecins. Terribles souvenirs de Balladur : « Alain Pompidou [le fils du chef de l'État, *NdA*] est très calme, serein : son père, dit-il, connaissait son état depuis longtemps, il pensait survivre jusqu'en 1976 ; il y a quinze jours, il a dit à sa mère : "Si cela dure comme cela, je démissionnerai fin avril." »

1. Édouard Balladur, *La Tragédie du pouvoir. Le courage de Georges Pompidou*, Paris, Fayard, 2013.

Et le lendemain 2 avril, entre 19 h 30 et 20 heures, le Président décède. Édouard Balladur prend en charge toute la partie officielle des cérémonies. Il informe le président du Sénat, qui va assurer l'intérim, ainsi que les présidents de l'Assemblée nationale et du Conseil constitutionnel. Il rédige les communiqués. Il s'entretient avec la famille, les responsables politiques français et les dirigeants étrangers. Des heures d'intense activité et de profonde tristesse.

3 avril 1974, 11 heures, salle des Fêtes de l'Élysée. Édouard Balladur s'exprime devant le personnel de la présidence. Grave, ému. « Soyons fiers d'avoir été ses collaborateurs, d'avoir été associés à son action à une place privilégiée il faut [...] surmonter nos sentiments, notre chagrin [...] C'est vers notre pays que doivent aller nos pensées[1]. » Les jours qui suivent sont tout aussi éprouvants. Le 5 au matin, Balladur accueille Alain Poher, qui va effectuer son second intérim à l'Élysée. La veille, Édouard assiste à l'office religieux à Saint-Louis-en-L'Isle. Et, le 6 avril, c'est la messe solennelle à Notre-Dame de Paris, en présence des plus grands dirigeants français et internationaux. Dans les jours qui suivent, il s'installe avec d'anciens conseillers de Georges Pompidou boulevard de La Tour-Maubourg, dans ces bureaux où s'était préparée la campagne présidentielle victorieuse de 1969. Ils classent les dossiers et les remettent aux Archives nationales. Édouard Balladur reste en contact permanent avec Alain Pompidou, parti avec sa mère rejoindre la propriété familiale de Cajarc, dans le Lot. Ils évoquent tous les trois l'idée, finalement abandonnée, d'un communiqué médical pour expliquer avec précision les causes de la mort du

1. *Ibid.*

chef de l'État. La campagne présidentielle commence. Deux candidats, Giscard et Chaban-Delmas, sont issus de la majorité présidentielle. Balladur choisit de ne pas participer à cette compétition. « Je voulais éviter que nous fussions mêlés aux intrigues d'une succession qui déchirait la majorité sortante[1]. » Balladur est déjà dans l'après.

Singulièrement et légitimement marqué par le drame de l'ancien Président, le futur Premier ministre essaie toujours de savoir ce qui s'est réellement passé sur le plan médical. Le 27 avril, près de quatre semaines après la mort de Pompidou, il reçoit chez lui la visite de Marie-Thérèse Azeglio, l'infirmière militaire de l'Élysée qui a vécu les derniers moments de l'ancien Président. Elle a « les larmes aux yeux[2] » et raconte, devant un Balladur bouleversé. Le 1er avril, la veille du décès, Georges Pompidou quitte en ambulance sa résidence d'Orvilliers, dans les Yvelines, et déclare : « Je n'y reviendrai jamais. » Arrivé chez lui, quai de Béthune, après avoir perdu connaissance à plusieurs reprises au cours du trajet, il confie : « Cette fois-ci, je crois que c'est la fin. » Le 2 avril, vers midi, ce sera : « Je pars pour un grand voyage. Merci de rester jusqu'au bout à mes côtés. » « Il est mort comme un saint[3] », relate Marie-Thérèse Azeglio. Une fin de vie en forme de calvaire. Balladur l'a vécu. Il a 45 ans. Il portera cela en lui des années durant.

Avril 1995. Plus de vingt ans ont passé. Vingt années de succès, de conquêtes et de déceptions politiques. Après la victoire de Giscard en 1974,

1. *Ibid.*
2. *Ibid.*
3. *Ibid.*

Édouard Balladur a rejoint le Conseil d'État avant d'entrer dans le privé, notamment à la direction de GSI, la Générale de service informatique, une filiale de la Compagnie générale des eaux. Et puis, il a décidé de plonger dans le grand bain politique. Il rejoint le premier cercle de Jacques Chirac à la mairie de Paris. Élu député de Paris en 1986, il est ministre d'État chargé de l'Économie, des Finances et des Privatisations dans le gouvernement de cohabitation dirigé par Chirac jusqu'à la défaite de ce dernier à l'élection présidentielle de 1988. En 1993, c'est Édouard Balladur que François Mitterrand nomme à Matignon après la très large victoire de la droite. Du coup, dès les premiers jours, la relation avec le maire de Paris se détériore. On passe imperceptiblement, puis très ouvertement, de l'harmonie à la compétition puis de la concurrence à l'affrontement. Chiraquiens et balladuriens se déchirent. Trahisons, coups fourrés, règlements de compte et peaux de banane en tous genres. À l'automne 1994, la campagne présidentielle s'engage avant de s'emballer. Balladur part favori face à un Chirac isolé qui parcourt la France en théorisant sur la fracture sociale. En février 1995, les courbes vont se croiser. Le 23 avril, au soir du premier tour, l'écart est net sans être large pour autant. Moins de 700 000 voix les séparent. Derrière Jospin, en tête avec 23,35 % des suffrages, Chirac obtient 20,84 % et Balladur 18,58 %. Une défaite qui sonne la fin d'une carrière nationale atypique. Ce soir du 23 avril 1995, Balladur est dépité et agacé. Chacun pourra le mesurer en l'entendant prononcer cette phrase culte : « Je vous demande de vous arrêter », adressée à ses partisans sifflant bruyamment à l'évocation des noms de Jospin et de Chirac. Il est triste et lucide. Triste d'avoir manqué cette occasion, de voir son rêve présidentiel s'envoler et de devoir, aussi loyalement que rapidement, appeler à voter pour un Chirac qu'il a appris à détester cordialement. Et tellement déçu de ne pouvoir succéder, vingt ans après, à son mentor Georges Pompidou. Dans les jours qui suivent cet échec, il est également lucide. Quelques proches l'entendront confier à mi-voix qu'il n'était pas fait pour mener une campagne et que le monde politique n'est décidément pas son univers. Balladur se retire pendant plusieurs jours dans sa maison de Chamonix, loin de l'agitation parisienne. Il s'interroge. Et, après réflexion, il décide ne pas se retirer totalement sur son Aventin. Député jusqu'en 2007, chargé de différentes missions sous le règne de son ami Sarkozy, handicapé par sa mise en examen dans l'« affaire Karachi », ses analyses restent longtemps écoutées. Il est influent. Il est consulté. Il semble avoir oublié son échec de 1995. Mais, dans son regard, il y a toujours la tristesse sincère du souvenir de Georges Pompidou. Une vraie tristesse, profonde et authentique. Une tristesse que les jours d'après ne suffiront pas à dissiper.

Michel Rocard

Les occasions perdues

1980/1985/1991/1994. Avant même de quitter la scène politique, en 2009, Michel Rocard a multiplié les vrais départs, les fausses retraites et les traversées du désert peuplées de petits et de gros cailloux. Sincère, direct, franc jusqu'à la provocation, il n'a jamais accepté les compromis politiques, ces petits arrangements entre amis qui font les beaux jours de la comédie du pouvoir. Les jours d'après, il les a donc accumulés. Avec, chaque fois, des envolées, des intuitions fulgurantes et des psychodrames. Rocard a marqué la vie politique française pendant quarante ans. Il a créé la deuxième gauche. Il a incarné une forme de social-démocratie moderne à la française. Avant même le Mitterrand post-1983, avant Jospin et Hollande, il a inventé la gauche de gouvernement, réaliste et pragmatique. Dès 1993, il théorisait le « big bang » auquel nous assistons aujourd'hui. Ses lendemains d'échec ou de départ ont contribué à façonner son image d'homme d'État intransigeant, sans faiblesse ni renoncements. Et à faire apparaître, en même temps, sa fragilité.

19 octobre 1980. Ce n'est pas encore le premier des jours d'après, mais ça y ressemble. Rocard est dans

sa mairie des Yvelines, Conflans-Sainte-Honorine, conquise en mars 1977. À six mois du premier tour de l'élection présidentielle, il se lance dans la bataille. Cette déclaration de candidature, il y travaille, il y réfléchit depuis des mois, peut-être même depuis des années. Il n'a pas 50 ans. Au soir de la défaite de la gauche aux législatives de 1978, après un premier tour assez favorable, et en raison notamment des mauvais reports de voix du PC vers le PS au second tour, il a fustigé « un certain style de politique, un certain archaïsme ». Une flèche clairement dirigée contre François Mitterrand. Depuis, la guerre des deux roses n'a cessé, au rythme des congrès et de l'actualité de la gauche, de se radicaliser. Ce matin-là, à Conflans, il pense porter le coup de grâce au patron du PS qu'il distance de loin dans les sondages de popularité. Mais l'opération est totalement ratée. Rocard est emprunté, mal à l'aise, faussement solennel. Récit de son ami et futur directeur de cabinet à Matignon, Jean-Paul Huchon : « Michel ne regarde pas la bonne caméra, il a l'air épuisé et traqué, sa voix est faussement grandiloquente[1]. » Ce que l'on nommera « l'appel de Conflans » est à côté de la plaque. D'autant que Rocard commet ce matin-là une faute tactique majeure. Il explique qu'il retirera sa candidature si Mitterrand décide de se présenter. Le 8 novembre suivant, François Mitterrand se lance. Rocard se retire. Première occasion manquée. Et premiers lendemains difficiles. Rocard rumine sa colère. Il s'en veut, conscient de s'être fait berner par un maître tacticien. Pendant la campagne qui suit, il sera peu présent. Plus observateur et critique que véritable acteur. Désabusé, agacé et irascible.

1. Jean-Paul Huchon, *C'était Rocard*, Paris, L'Archipel, 2017.

4 avril 1985. Il y a quatre ans que Rocard est au gouvernement. Comme prévu, le nouveau Président lui a confié des missions difficiles et ingrates, dans les gouvernements de Pierre Mauroy, puis de Laurent Fabius. Il est d'abord ministre du Plan et de l'Aménagement du territoire, ensuite ministre de l'Agriculture. Mitterrand et Rocard continuent de s'affronter, et de se détester. Mais l'un est président de la République, l'autre simple ministre. Certes, Rocard anime un courant politique et intellectuel assez puissant chez les socialistes. Et sa cote de popularité dans l'opinion reste très haute. Pourtant, sans être réellement marginalisé, son poids politique n'est plus vraiment le même. Début avril 1985, lorsqu'il apprend que le gouvernement a choisi d'instaurer le scrutin proportionnel pour les législatives de 1986, il n'hésite pas. Sa femme, Michèle, dotée d'un vrai caractère et d'une solide personnalité, partage son inquiétude face aux conséquences de cette réforme électorale, avec notamment le risque évident d'une entrée massive de députés du Front national à l'Assemblée. Le 4 avril 1985 au petit matin, il démissionne avec fracas. Mitterrand le rappelle aux engagements antérieurs du PS. Ses adversaires socialistes le mettent vivement en cause. Ce sera une petite traversée du désert. Il se prépare pour le rendez-vous électoral de mars 1986. Il souffle un peu et entreprend quelques voyages. Son ambition reste intacte. Avec le recul, cette démission lui aura été utile, les résultats du scrutin venant confirmer ses craintes. La gauche est vaincue, et le Front national compte 35 députés. Du coup, Rocard revient au centre du jeu. Ces jours d'après auront été de courte durée. Une petite parenthèse.

15 mai 1991. Michel Rocard a passé mille cent jours à l'hôtel Matignon. Un peu plus de trois ans

de difficultés presque permanentes avec l'Élysée et François Mitterrand. En 1988, avant de nommer son meilleur ennemi chez les socialistes à la tête du gouvernement après sa réélection, François Mitterrand a réuni pour déjeuner Rocard, Bérégovoy et Bianco, à cette époque secrétaire général de l'Élysée. Avec une certaine perversité, il s'est interrogé devant eux trois, tous prétendants à Matignon, sur le profil du meilleur Premier ministre possible. Finalement, sans enthousiasme, comprenant que c'est le souhait de l'opinion, et sans doute aussi pour le mettre à l'épreuve, il a nommé Rocard. Pour autant, leurs divergences politiques et le choc de leurs deux personnalités n'ont pas disparu. Dans son bureau élyséen, le Président ne cessera de persifler cruellement sur son Premier ministre. « Il a du talent, mais a-t-il des qualités ? » ; « Il est tout juste bon pour un secrétariat d'État aux PTT » ; « Au bout de six mois, on verra au travers » ; « J'en pense ce que pensait Clemenceau de Poincaré : il sait tout et il ne comprend rien » : telles sont quelques-uns des amabilités lancées par le Président sur son Premier ministre devant des proches comme Michel Charasse et Jacques Attali ou des journalistes tel Franz-Olivier Giesbert. À Matignon, le Premier ministre et son équipe, dirigée par Jean-Paul Huchon, s'épuiseront souvent à contrer les coups de boutoir venus du palais. Malgré tout, durant ces trois années, Michel Rocard réussit à réformer : création du RMI, le revenu minimum d'insertion adopté à l'unanimité à l'Assemblée nationale, mise en place de la CSG pour financer la protection sociale, livre blanc sur les retraites, accords de Matignon sur la Nouvelle-Calédonie. Mais le chef de l'État n'aime décidément pas travailler avec ce Premier ministre qu'il ne comprend pas, ou mal, et qui incarne cette deuxième gauche qu'il exècre. Le 15 mai 1991, Rocard doit donc, après un tête-à-tête glacial avec le Président, se résoudre à démissionner. L'entretien ne dure que quatre petites minutes. Ce sont, cette fois, de vrais jours d'après qui commencent. D'autant que Rocard a compris à cette occasion que seul le déclenchement de la guerre du Golfe, en août 1990, lui avait évité un départ plus rapide encore. Il est paradoxalement furieux et fataliste, humilié et soulagé, revanchard et désabusé. Un mélange détonant qui le pousse à prendre aussitôt le large. Partir, quitter Paris, ses embrouilles et ses mensonges, aller loin de ce palais habité par ce Président qu'il déteste désormais au point d'avoir un compte personnel à régler avec lui. Rocard s'en va, donc, sur son bateau. Pendant trois semaines, il fait le tour de la Méditerranée. Les Baléares, la Sicile, la Sardaigne, la Corse. Il est seul, sans skipper. Mais il veut de temps à autre avoir des nouvelles de Paris et du vieux Président fatigué et malade qui, dans son palais, s'agace des débuts chaotiques d'Édith Cresson, nommée à Matignon. Efficace et fidèle, l'ancien directeur de cabinet de Rocard, Jean-Paul Huchon, organise un système de rotation. À chaque escale, de port en port, Rocard retrouve l'un de ses anciens conseillers. Il rentre à Paris reposé et bronzé, prêt à en découdre. Il semble avoir recouvré l'énergie pour livrer, à 61 ans, ses derniers combats politiques.

12 juin 1994. Cette fois, l'échec est grave et définitif. Élu en octobre 1993 patron du PS au grand dam de Mitterrand, Rocard a tenu, malgré des vents contraires, à prendre la tête de la liste socialiste aux élections européennes de juin 1994. Logique, mais risqué. Car, à l'Élysée, François Mitterrand ne veut pas d'un succès de son ancien Premier ministre à moins d'un an de la

prochaine présidentielle. Rocard successeur ? Impensable pour celui qui, depuis quinze ans, combat cette deuxième gauche et cette volonté affichée de provoquer une recomposition politique. Encouragé en sous-main par un Président affaibli par la maladie mais toujours florentin, voire machiavélique, Bernard Tapie se lance à son tour dans cette campagne. À l'arrivée, ce 12 juin, il y aura moins de 500 000 voix d'écart en faveur de Rocard : 14,49 % contre 12,03 % à Tapie. Un score au-delà du médiocre. Une défaite lourde de conséquences. Rocard prend juste le temps de démissionner de la direction du PS avant de disparaître. Cette fois, contrairement à 1991, personne ne sait où il est, à l'exception de son ami Jean-Paul Huchon. Rocard n'a pas repris la mer. Il s'est réfugié au bord du lac de Côme, dans le nord de l'Italie. Humilié, écœuré, avec l'envie de tout envoyer par-dessus bord. Furieux de cette entourloupe élyséenne avec la liste Tapie, conscient et vexé de s'être montré si naïf, épuisé par ces combines politiciennes. Va-t-il pour autant tout laisser tomber ? Sur le plan national, oui. Son complice Huchon le décrit « amer, déprimé, épuisé par toutes ces trahisons[1] ». À 64 ans, Rocard sait maintenant, lui, l'adepte du « parler-vrai », qu'il ne sera jamais président de la République. Son rêve réformiste s'est envolé. Ces jours d'après, pour le coup, sont réellement funèbres et douloureux.

La suite sera monotone et sans véritable éclat, même si Michel Rocard reste une personnalité à part, originale, inventive et éclectique. « Brillant, imaginatif, compétent, enthousiaste, original jusqu'au singulier[2]. » Rocard a perdu son interminable *mano a mano* avec

1. *Ibid.*
2. Alain Duhamel, *Portraits souvenirs*, *op. cit.*

Mitterrand. Il a laissé passer sa chance. Il s'est même laissé embarquer, lui qui était si loin de ces combinaisons d'arrière-boutique, dans des luttes d'appareil. Il l'a compris, mais trop tard. Par la suite, sous Sarkozy, il mènera en républicain passionné et curieux de tout des missions utiles et consensuelles. Des négociations sur l'Arctique et l'Antarctique aux contours et aux objectifs du grand emprunt. Mais sa tristesse et son amertume sont palpables. Après son dernier échec de 1994, il a eu le temps de mesurer l'ampleur des occasions manquées.

Simone Veil

Les testaments de l'icône

78651. Ces cinq chiffres tatoués sur l'avant-bras gauche de Simone Veil, c'est son numéro de matricule. Ce numéro qui, sans cesse, lui rappellera l'enfer des camps, les atrocités, ces monstruosités qu'elle a connues. 30 mars 1944 : Simone n'a pas encore 17 ans lorsqu'elle est arrêtée par la Gestapo à Nice. Du 13 au 15 avril, elle se trouve dans le convoi 71 qui emmène 1 500 hommes, femmes et enfants à Auschwitz-Birkenau. En juillet, elle est transférée dans le camp de Bobrek avec sa mère, Yvonne, et l'une de ses deux sœurs, Milou. Le 18 janvier 1945, débute un épouvantable périple vers le camp de Bergen-Belsen : d'abord à pied, « une longue marche de la mort[1] », puis d'interminables jours de train, les femmes « entassées par les SS sur des plates-formes de wagons plats[2] », sans rien à boire ni à manger. Le 30 janvier, c'est l'arrivée à Bergen-Belsen où, le 15 mars, Yvonne, la mère de Simone, meurt, victime du typhus qui a ravagé le camp. Souvenir poignant de Simone Veil : « Elle s'est battue

1. Simone Veil, *Une vie*, Paris, Stock, 2007.
2. *Ibid.*

avec le courage et l'abnégation dont elle était capable. Elle conservait la même lucidité sur les choses, le même jugement sur les êtres, la même stupeur sur ce que des hommes étaient capables de faire endurer à d'autres hommes. [...] Jour après jour, nous la voyions décliner. Assister avec impuissance à la fin lente mais certaine de celle que nous chérissions plus que tout au monde nous était insoutenable [...]. Je n'ai jamais pu me résigner à sa disparition. [...]. Je ne l'ai pas acceptée. Chaque jour, Maman se tient près de moi, et je sais que ce que j'ai pu accomplir dans ma vie l'a été grâce à elle[1]. » À son retour à Paris avec sa sœur Milou, Simone Veil va retrouver leur autre sœur Denise, une résistante rescapée du camp de Ravensbrück. Leur père, André, et leur frère, Jean, sont morts en avril 1944 dans le camp de Kaunas, en Lituanie. Le retour à la vie quotidienne est, on l'imagine, particulièrement douloureux : « J'avais tellement perdu l'habitude de coucher dans un lit que pendant un mois, je n'ai pu dormir que par terre[2] », écrira-t-elle.

Comment peut-on, rescapée de la Shoah, connaître vraiment des jours d'après ? Les lendemains de l'enfer des camps ne sont-ils pas tous, sans exception, des jours où l'on souffre à travers la mémoire et le souvenir ? Et, pourtant, Simone Veil saura avancer et, sans rien oublier, devenir l'une des personnalités contemporaines les plus marquantes. Et elle vivra, comme les autres, davantage encore que les autres, ces moments où les grands dirigeants s'interrogent : faut-il tourner la page politique ou continuer le combat ? Tirer un trait ou poursuivre sa tâche ? Ces questions se posent

1. *Ibid.*
2. *Ibid.*

au lendemain d'échecs ou de déceptions. Mais peut-être aussi après un événement majeur, même s'il est positif. Pour Simone Veil, le premier de ces événements, un vrai bond en avant pour la société française, ce sera la loi sur l'interruption volontaire de grossesse. À l'issue de débats houleux, après la promulgation de la loi, Simone Veil devient une icône. Un symbole. Malgré elle, qui n'apprécie pas particulièrement ce changement brutal dans sa vie, personne ne la regardera plus comme avant.

Des croix gammées sur les murs et dans le hall de son propre immeuble ; des lettres effrayantes, parfois ignominieuses ; de petits cercueils en bois ; des insultes antisémites ; des accusations mensongères et insupportables jusqu'à la tribune de l'Assemblée nationale : en cette fin de novembre 1974, Simone Veil doit affronter une campagne d'une violence rare lorsqu'elle présente à l'Assemblée nationale le projet de loi sur la libéralisation de l'IVG. Ces jours-là, qui contribueront à forger son image et sa stature, sont pour elle des moments particulièrement pénibles. Ses sentiments sont partagés entre la satisfaction, voire la fierté, d'avoir fait avancer la société française et la tristesse de mesurer le degré de haine et de conservatisme que cette loi a pu déclencher. Car, pendant les trois jours de ce débat historique, des phrases et des mots indignes seront prononcés devant elle, à la tribune de l'Assemblée : « génocide », « euthanasie », « eugénisme », « avortoirs ». Un député fait entendre l'enregistrement des battements de cœur d'un fœtus. Un autre, qui tentera de s'excuser, ose parler des « fœtus envoyés au four crématoire ». Un troisième évoquera « une sorte de Saint-Barthélemy où des enfants en puissance de naître seraient quotidiennement sacrifiés ». Un torrent de haine.

Simone Veil est solide. Les horreurs qu'elle a vécues pendant la guerre, les épreuves effrayantes qu'elle a dû affronter depuis son adolescence ont bien sûr contribué à affirmer son caractère. Mais elle ne se résoudra jamais à la bassesse, à la lâcheté et à l'indignité. Ce combat, qu'elle estime juste et utile face aux drames provoqués par les avortements clandestins et pour l'émancipation des femmes, est le combat d'une vie. Témoin, le passage le plus retenu, rentré dans l'histoire politique et parlementaire, de son discours prononcé à la tribune du Palais-Bourbon dans un silence émouvant pour ceux qui étaient présents ce jour-là : « Je voudrais tout d'abord vous faire partager une conviction de femme – je m'excuse de le faire devant cette Assemblée presque exclusivement composée d'hommes : aucune femme ne recourt de gaieté de cœur à l'avortement. Il suffit d'écouter les femmes. C'est toujours un drame et cela restera toujours un drame. » Avec le soutien de Valéry Giscard d'Estaing, avec l'appui à l'Assemblée de Jacques Chirac, elle a bataillé des jours durant. Quelques coups de fatigue mis à part, elle n'a jamais flanché. Mais, à l'issue de cette longue et douloureuse bagarre parlementaire, elle sait qu'une page se tourne. Une page pour la société française, une page pour elle aussi. Six mois seulement après son entrée en politique, elle se retrouve sur le devant de la scène. Exposée, admirée, bientôt adulée, mais aussi combattue. Et, par la suite, elle connaîtra de grandes satisfactions mais aussi quelques déceptions.

19 mai 1995. La veille, le gouvernement d'Alain Juppé a été nommé. Simone Veil n'en fait pas partie. Depuis plus de deux ans, elle a vécu à un rythme particulièrement intense. Fin mars 1993, alors qu'elle devait partir en Namibie au titre de la lutte contre le sida,

elle a reçu un appel d'Édouard Balladur. Elle accepte alors de devenir ministre d'État chargée des Affaires sociales, de la Sécurité sociale et de la Ville dans le nouveau gouvernement. Elle annoncera assez tôt et « sans hésitation[1] » son soutien à Balladur dans la course présidentielle de 1995. « L'action gouvernementale menée sous son autorité conduisait à un bilan honorable [...]. L'esprit réformiste mais mesuré du Premier ministre me paraissait de bon augure pour l'avenir[2] . » On connaît la suite : la guerre fratricide entre Balladur et Chirac, l'isolement du maire de Paris entouré d'un petit noyau de fidèles, sa remontée dans les sondages début 1995, le croisement des courbes, sa victoire contre le Premier ministre au premier tour, son succès face à Jospin le 7 mai. Alain Juppé est nommé Premier ministre. Les balladuriens sont écartés ou marginalisés. « Ceux qui avaient choisi le camp d'Édouard Balladur avaient perdu tout crédit aux yeux de Jacques Chirac[3] », écrira-t-elle. Malgré ses relations amicales, presque affectueuses, avec le nouveau Président, Simone Veil connaît une période d'inaction relative. Elle se consacre à sa famille, qu'elle a l'habitude de réunir chaque samedi pour un déjeuner aussi chaleureux qu'animé, et notamment à ses nombreux petits-enfants. Elle voyage et prend un peu de recul. Elle inaugure, elle décore. Installée dans les bureaux de son mari, Antoine, elle répond avec sérieux et attention à toutes les lettres qui lui sont adressées, qu'il s'agisse de personnalités ou d'anonymes. Elle profite aussi de cette période, elle qui n'a rien d'une militante

1. *Ibid.*
2. *Ibid.*
3. *Ibid.*

politique, pour travailler pendant quelque temps à l'intérieur d'un mouvement politique, l'UDF. Fondée à l'initiative de Valéry Giscard d'Estaing début 1978 pour rééquilibrer une majorité dominée par les chiraquiens, cette formation soutient une construction européenne volontariste et un réformisme tempéré. Simone Veil choisit de faire partie des « adhérents directs » afin de conserver son indépendance et des marges de manœuvre. L'expérience, comme on pouvait aisément l'imaginer, n'est pas concluante. Simone est trop attachée à sa liberté. En novembre 1997, à l'occasion d'une journée de réflexion, elle va s'opposer à François Bayrou, alors secrétaire général de ce mouvement. Favorable à une réelle parité entre hommes et femmes, déterminée, sur le terrain déjà miné de l'immigration, à faire progresser l'intégration, elle juge l'UDF « trop timide, trop soucieuse de ne pas heurter la droite[1] ». « Avec de telles idées gauchistes, vous allez faire fuir notre électorat[2] ! » lui lance Bayrou. Du coup, elle quittera le mouvement pour ne plus y revenir. Beaucoup plus tard, en octobre 2012, elle recevra la carte n° 1 d'adhérente de l'UDI, le nouveau parti centriste présidé par Jean-Louis Borloo, qu'elle apprécie personnellement. Et elle sera touchée, ce jour-là, par l'ovation qui saluera son arrivée. Mais elle n'est décidément pas faite pour la politique politicienne, ses jeux, ses rites et ses intrigues. Ces épisodes successifs lui auront permis de le vérifier.

Sa courte traversée du désert lui ouvre, en même temps, d'autres horizons. En avril 1997, moins de deux ans après sa sortie du gouvernement, elle est nommée

1. *Ibid.*
2. *Ibid.*

présidente du Haut Conseil à l'Intégration. C'est Alain Juppé qui le lui a proposé, après en avoir parlé avec Jacques Chirac. Elle aimera beaucoup cette mission, et agira notamment pour faire progresser l'égalité des chances. Mais le contexte politique change brutalement. Le 1er juin 1997, Lionel Jospin et la gauche remportent les législatives provoquées par la dissolution. Elle quittera cette fonction après y avoir consacré du temps et de l'énergie. Elle a 70 ans et va ouvrir la dernière page de sa vie publique.

« Il faudra que vous quittiez la vie politique. » « Vous ne pourriez pas mieux tomber. La vie politique, pour moi, c'est terminé[1]. » C'est en ces termes qu'à la fin de 1997 Simone Veil répond immédiatement et favorablement à la proposition de René Monory, président du Sénat, d'entrer au Conseil constitutionnel. Secrète pendant plusieurs mois, cette décision prendra effet le 3 mars 1998. Simone est ravie. Jusqu'en mars 2007, neuf années durant, elle siégera dans cette institution prestigieuse, peu connue, nécessaire et centrale dans le paysage institutionnel, surtout depuis que Giscard, dès 1974, en a sensiblement élargi les possibilités de saisine. Utile et discret : ce cocktail convient parfaitement à Simone Veil. Elle s'investira totalement dans cette fonction parfois ingrate. Le Conseil lui plaît. « Une sorte de club. L'ambiance y est souriante, décontractée, la règle du silence à l'extérieur, telle qu'elle procède de l'obligation de réserve, crée une manière de complicité[2]. » Au sein du Conseil, l'ancienne présidente du Parlement européen va continuer de lutter contre les discriminations et, là encore,

1. *Ibid.*
2. *Ibid.*

pour l'égalité des chances. Dans ce dernier combat politique, elle fera de nouveau avancer la société. Par ses actes et par ses paroles, lorsqu'il lui arrive, hors du Conseil, de s'exprimer.

Dans cette instance, elle vit déjà les lendemains d'une vie politique active. Mais elle poursuit d'autres combats. À quatre reprises, très différentes, Simone Veil interviendra publiquement, et avec force, pendant ces neuf ans passés au Conseil constitutionnel. Quatre occasions majeures, en 2005 et en 2007. Et, chaque fois, des témoignages pour l'histoire, des mots essentiels et des phrases nécessaires. Depuis son retour de l'enfer des camps, Simone Veil s'efforce de raconter. Mais cet indispensable devoir de mémoire n'était pas facile à délivrer dans la France de l'immédiat après-guerre. « Nous souhaitions parler, et on ne voulait pas nous écouter [...]. Personne ne s'intéressait à ce que nous avions vécu [...]. Nous sentions autour de nous une forme d'ostracisme diffus qui ne disait pas son nom, mais nous était infiniment pénible à vivre [...]. La bonne mesure est impossible à trouver ; soit on parle trop de sa déportation, soit on en parle trop peu[1] », écrira-t-elle. Des années plus tard, elle sera l'une des grandes voix à exprimer l'indicible. Jamais des jours d'après n'auront été aussi utilement mis à profit. Car les messages successifs qu'elle délivrera deviendront universels.

22 décembre 2004. Elle y pensait depuis longtemps. C'est la proposition du journaliste Alain Genestar, alors patron de la rédaction de *Paris match*, qui sera décisive. Simone Veil est à Auschwitz, en compagnie de ses enfants et des plus âgés de ses petits-enfants. Elle tenait à accomplir, avec eux, ce pèlerinage au cœur de

1. *Ibid.*

l'horreur. Dans le magazine, sa photo, seule, dans la neige du camp d'extermination où elle a vécu l'enfer, est impressionnante d'émotion et de sens historique. « Là-bas, dit-elle au journaliste, je n'ai jamais pleuré, c'était au-delà des larmes[1]. »

27 janvier 2005. C'est le soixantième anniversaire de la libération du camp d'Auschwitz. Elle parle, « le cœur serré par l'émotion », au nom des anciens prisonniers juifs. « Que serait devenu ce million d'enfants juifs assassinés, encore des bébés ou déjà adolescents, ici ou dans les ghettos, ou dans d'autres camps d'extermination ? Des philosophes, des artistes, de grands savants ou plus simplement d'habiles artisans ou des mères de famille ? Ce que je sais, c'est que je pleure encore chaque fois que je pense à tous ces enfants et que je ne pourrai jamais les oublier. » Et cette conclusion en forme d'appel devant de très nombreux chefs d'État et de gouvernement : « Le vœu que nous avons si souvent exprimé de *plus jamais ça* n'a pas été exaucé, puisque d'autres génocides ont été perpétrés [...]. Nous, les derniers survivants, nous avons le droit, et même le devoir, de vous mettre en garde et de vous demander que le *plus jamais ça* de nos camarades devienne réalité. »

18 janvier 2007. Au Panthéon, la République rend hommage aux Justes de France. Cette fois, c'est en qualité de présidente de la Fondation pour la mémoire de la Shoah que Simone Veil s'exprime. Au-delà des familles des Justes, ces héros discrets et largement méconnus, ces milliers d'hommes et de femmes qui, au péril de leur vie, ont recueilli des juifs traqués par les nazis et les ont sauvés de la déportation, elle

1. *Paris Match*, 13 janvier 2005.

s'adresse à tous les Français et à l'opinion internationale. Une nouvelle fois, le message est fort : « Vous illustrez l'honneur de notre pays qui, grâce à vous, a retrouvé le sens de la fraternité, de la justice et du courage [...]. Vous n'avez pas cherché les honneurs. Vous n'en êtes que plus dignes [...]. Les Justes de France pensaient avoir simplement traversé l'histoire. En réalité, ils l'ont écrite. »

Onze jours plus tard, 29 janvier 2007. New York. Siège de l'ONU. Journée internationale de commémoration dédiée à la mémoire des victimes de l'Holocauste. Ce jour-là, le témoignage de Simone Veil, soixante-trois ans après, est saisissant et terrifiant. Un nouveau testament. « Plus encore que les coups, les chiens qui nous harcelaient, l'épuisement, le froid et le sommeil, ce sont les humiliations destinées à nous priver de toute dignité humaine qui, aujourd'hui encore, demeurent le pire dans nos mémoires. Nous n'avions plus de nom, mais seulement un numéro tatoué sur le bras, servant à nous identifier, et nous étions vêtus de haillons [...]. Nous avons été libérés le 15 avril 1945 par l'armée britannique. [...] Ma sœur et moi ne sommes rentrées en France qu'à la fin du mois de mai. Sans doute les autorités britanniques et françaises souhaitaient-elles retarder notre retour, afin d'éviter qu'une épidémie de typhus ne se répande. [...] La Shoah ne se résume pas à Auschwitz : elle a couvert de sang tout le continent européen. Processus de déshumanisation mené à son terme, elle inspire une réflexion inépuisable sur la conscience et la dignité des hommes, car le pire est toujours possible. [...] À l'exemple des Justes, je veux croire que la force morale et la conscience individuelle peuvent l'emporter. [...] Je souhaite solennellement vous redire que la Shoah est "notre" mémoire et "votre" héritage"[1]. »

Quelques semaines après, le 3 mars 2007, Simone Veil quitte le Conseil constitutionnel. Durant neuf ans, elle s'est tenue à l'écart de la scène politique nationale, consacrant, on l'a vu, toutes ses interventions publiques à ce devoir de mémoire qu'elle tient à honorer. Une seule fois, en raison de l'enjeu, elle a obtenu de Pierre Mazeaud, qui préside alors cette institution, le feu vert pour soutenir le « oui » dans la campagne référendaire du printemps 2005 sur le nouveau traité européen. Ce congé sans solde d'un mois, elle l'a mis à profit pour défendre bec et ongles une construction européenne dont elle a fait, après la libéralisation de l'IVG, l'objectif prioritaire de sa vie politique. La polémique lancée par des partisans du « non » ne la découragera pas. N'a-t-elle pas été, le 17 juillet 1979, élue présidente d'un Parlement européen issu, pour la première fois, du suffrage universel et représentant plus de 260 millions de citoyens ? Le symbole sera célébré partout en Europe : une femme, rescapée des camps de la mort, prend la tête de ce Parlement. « Gardons-nous cependant du travers qui nous conduirait à faire de notre assemblée le forum des divisions et des rivalités. [...] Puissions-nous ainsi, au terme de notre mandat, éprouver le sentiment d'avoir fait progresser l'Europe[2] », lance-t-elle le jour de cette élection historique. L'échec du référendum du 29 mai 2005 sera pour elle une vraie tristesse, une profonde déception. Presque un déchirement.

1. Simone Veil, *Mes combats. Les discours d'une vie*, Paris, Bayard, 2016.
2. *Ibid.*

2007, c'est aussi l'année du grand rendez-vous présidentiel. Jacques Chirac quitte l'Élysée. Nicolas Sarkozy brigue sa succession. Simone Veil, qui avait apprécié l'énergie et le professionnalisme de ce jeune ministre du Budget entre 1993 et 1995, prend la dernière décision de sa vie publique. Elle accepte de présider son comité de soutien. « La France, assoupie maintenant depuis un quart de siècle, vivant largement à crédit, sur le dos de nos partenaires européens, avait besoin d'un électrochoc que seul Nicolas Sarkozy était en mesure de lui administrer[1] », expliquera-t-elle. Elle est heureuse de sa victoire. Mais il y aura aussi des déceptions, parfois très lourdes. Le 13 février 2008, à l'occasion du dîner annuel du Crif, le Conseil représentatif des institutions juives de France, le Président Sarkozy demande que, « chaque année, à partir de la rentrée scolaire 2008, tous les enfants de CM2 se voient confier la mémoire d'un des onze mille enfants français victimes de la Shoah ». Simone Veil, qui assiste à ce discours, réagit vivement. Elle ne peut cacher sa colère. « À la seconde, mon sang s'est glacé. [...] C'est inimaginable, insoutenable, dramatique et, surtout, injuste. On ne peut pas infliger cela à des petits de 10 ans ! On ne peut pas demander à un enfant de s'identifier à un enfant mort. [...] Comment réagira une famille très catholique ou musulmane quand on demandera à leur fils ou à leur fille d'incarner le souvenir d'un petit juif[2] ? » s'insurge-t-elle. Avec les différents présidents de la République qu'elle a côtoyés, Simone a eu des relations parfois complexes. Elle admire Valéry Giscard d'Estaing, lui sera toujours

1. Simone Veil, *Une vie*, *op. cit.*
2. *L'Express*, site internet, 15 février 2008.

reconnaissante d'avoir initié la libéralisation de l'IVG, et de l'avoir propulsée à la présidence du Parlement européen avec l'aide discrète de son ami, le chancelier allemand Helmut Schmidt. Mais elle ne partagera pas toutes ses options, et regrettera vivement la vigueur de l'affrontement avec Jacques Chirac. En désaccord avec l'essentiel des choix politiques de François Mitterrand, qui est bluffé par cette femme de caractère, elle approuve cependant son action européenne. Avec Jacques Chirac, les rapports sont particuliers. Elle lui a préféré Balladur en 1995. Mais leur amitié est sincère. Il l'appelle Poussinette. Elle aime sa fidélité. Et elle a été impressionnée par le discours du Vél d'Hiv, le 16 juillet 1995, dans lequel il a reconnu la responsabilité de l'État français dans les déportations et les crimes contre les juifs vivant en France pendant la Seconde Guerre mondiale. « Longtemps, écrira-t-elle, j'avais souhaité qu'un homme d'État prononce les mots, sincères, profonds, que Jacques Chirac a trouvés [...]. Désormais, grâce à Jacques Chirac, notre pays peut regarder sa propre histoire les yeux dans les yeux[1]. »

Pendant cette année 2007, Simone Veil se voit proposer la fonction, prestigieuse et jusque-là exclusivement masculine, de grand chancelier de la Légion d'honneur. Fatiguée, soucieuse de profiter de sa famille, elle décline. Et elle s'attelle à la rédaction de ses Mémoires, qu'elle termine en septembre. Ce livre, *Une vie*, sera un immense succès de librairie. Avec son mari et leurs deux fils, elle en fait la promotion chez Michel Drucker, sur le célèbre canapé rouge. Antoine joue sur le Steinway de *Vivement dimanche*. Un joli

1. Simone Veil, *Une vie*, *op. cit.*

moment de douceur familiale. Et un record d'audience. Ces jours d'après, pour Simone, ce sont aussi des moments de vrai bonheur avec l'entrée à l'Académie française. Élue le 20 novembre 2008 en remplacement de l'ancien Premier ministre Pierre Messmer au fauteuil 13, celui de Jean Racine, de Pierre Loti et de Paul Claudel, elle est officiellement reçue sous la Coupole le 18 mars 2010. Malgré ses réticences, car sa modestie est réelle, l'événement est diffusé en direct à la télévision. Ce jour-là, devant quasiment toute la République, dont le Président en exercice, Nicolas Sarkozy, elle exalte « l'aventure européenne » et semble heureuse de rejoindre cette assemblée, « un lieu où se réunissent des hommes et des femmes qui considèrent que l'avis de plusieurs sera plus riche et mieux motivé que celui d'un seul ». Toujours cette obsession du consensus et cette détestation des divisions artificielles. « Il paraît, Madame, que vous avez un caractère difficile, lui répond Jean d'Ormesson, qui accueille la cinquième femme après Marguerite Yourcenar à entrer à l'Académie française. Difficile ! Je pense bien. On ne sort pas de la Shoah avec le sourire aux lèvres. [...] Permettez-moi de vous le dire avec simplicité : pour quelqu'un qui a traversé vivante le feu de l'enfer et qui a été bien obligée de perdre beaucoup de ses illusions, vous me paraissez très peu cynique, très tendre et même enjouée et très gaie. [...] Vous avez des convictions, mais elles ne sont jamais partisanes. Vous les défendez avec force. [...] Vous êtes un modèle d'indépendance. [...] Vous êtes, en réalité, une éternelle rebelle. [...] Au cœur de la vie politique, vous offrez une image républicaine et morale. [...] Je vous vois comme une de ces figures de proue en avance sur l'histoire. Je baisse la voix, on pourrait nous entendre : comme l'immense majorité des Français, nous vous aimons, Madame. Soyez la bienvenue au fauteuil de Racine qui parlait si bien de l'amour. » Simone Veil est émue, presque gênée devant tant de compliments. Quelques instants plus tard, elle quitte la Coupole et sort de l'Institut au bras de son mari, Antoine, qui saisit l'épée d'académicienne de Simone, la brandit comme un trophée et la dirige vers le ciel. La photo, émouvante, joyeuse et symbolique, fera le tour du monde. Sur cette épée est gravé le numéro de matricule tatoué à Auschwitz. Sur la lame, on peut lire la devise nationale et celle de l'Europe : « Unie dans la diversité ». « Sur le pommeau se trouve une carapace de tortue, symbole de longévité. Sur la fusée de l'épée, deux mains enlacées évoquent la réconciliation entre les peuples. La main du bas est marquée par les flammes des fours crématoires [...]. Celle du haut est gravée de branches d'olivier, arbre de vie et de paix, avec des émeraudes et des saphirs. Un visage souriant de femme, sur l'attache du fourreau, rappelle son engagement en faveur de la cause des femmes. Sur l'autre côté de la garde est gravé le nom du camp d'extermination de Birkenau, où elle fut déportée avec sa famille en 1944, à l'âge de 17 ans[1]. » C'est avec Antoine et ses deux fils, Jean et Pierre-François, qu'elle a imaginé les différents éléments de cette épée. En famille, comme elle le fait chaque fois qu'elle doit prendre une décision importante.

Antoine. Tony pour la famille et les amis. Il a toujours été présent, tendre et attentif, caustique, admiratif et chaleureux. Une vive intelligence, une vraie réussite professionnelle dans la haute fonction publique comme

1. Site internet de l'Académie française.

dans les entreprises qu'il a dirigées. Une immense culture aussi, chez cet amoureux de Chateaubriand, de Mozart et de Beethoven, chez ce pianiste talentueux. Souvenir d'Antoine sur leur rencontre à Sciences Po à l'automne 1945 : « Sa beauté se doublait d'une extrême réserve de comportement, particulièrement saisissante dans un environnement où prévalait la décontraction de la jeunesse. Il y avait en elle, déjà, cet ineffable miracle de charme, qui n'a jamais disparu[1]. » C'est l'époque où les camarades de Simone la surnomment « Balkis », du nom de la reine de Saba. Entre Antoine et Simone, c'est un coup de foudre. Ils se marient un an après leur rencontre. Elle a 19 ans, il en a 20. Les jours d'après de Simone n'auraient jamais été si marquants, et utiles, s'il n'avait pas été là, dans les moments de bonheur comme dans les heures difficiles, ou tragiques. Car ils ont connu ensemble une succession de drames. En août 1952, c'est la mort de cette sœur dont elle était si proche, Milou, et de son jeune fils dans un accident de voiture au retour de vacances où les familles s'étaient, comme d'habitude, retrouvées. En 2002, Claude-Nicolas, l'un des trois fils d'Antoine et Simone, est victime d'une crise cardiaque. Il n'avait que 54 ans. « J'ai commencé ma vie dans l'horreur, et je la termine dans le désespoir[2] », dira-t-elle le jour des obsèques. Et, en avril 2013, Antoine disparaît. Simone perd tout à la fois un mari, un ami, un compagnon et un partenaire. Pendant trente ans, dans leur appartement de la place Vauban, derrière les Invalides, Antoine, de sensibilité centriste, réunissait régulièrement le Club Vauban, un pont, un lieu de

1. Antoine Veil et Emmanuel Galiero, *Salut*, Paris, Alphée, 2010.
2. Sarah Briand, *Simone, éternelle rebelle*, Paris, Fayard, 2015.

dialogue entre des personnalités du centre, de la droite modérée et de la gauche réaliste. Antoine Veil admirait Simone avec force et sincérité. Cette disparition brutale la laisse désemparée. Ses deux fils, ses douze petits-enfants l'entourent et l'accompagnent. La tribu est orpheline, mais elle tient. « Il [Antoine] parlait souvent d'elle avec tendresse et considération comme de la “patronne” », rappellera Jean, le fils aîné, un ténor du barreau, le jour des obsèques de son père. Avec cette anecdote : « À Chambord, entre deux battues, il lui vint à l'idée de demander au prince Philip d'Édimbourg, invité d'honneur, s'il accepterait la présidence d'une association des conjoints de femmes au pouvoir. Avec un sourire complice, le prince le remercia de cette suggestion qui méritait réflexion. » C'était l'humour d'Antoine, qui amusait tant sa femme. Il aida son épouse à bâtir son destin. Et à devenir cette icône de la République qu'au-delà de tous les dirigeants, des millions de Français ont saluée, et regrettée, lors de sa disparition. Simone et Antoine, qui ne cessa de soutenir et d'accompagner sa femme, reposeront côte à côte au Panthéon.

La peine des grands barons

Ils ont été Premiers ministres, ministres, patrons de partis ou secrétaires généraux de l'Élysée. Ils ont été proches des Présidents. À la fois éminences grises, conseillers personnels, visiteurs du soir, amis des bons et des mauvais jours. À Matignon, dans leur ministère ou dans leur bureau élyséen, ils ont connu les honneurs et parfois la disgrâce. Lorsque le Président a quitté ses fonctions, ils ont toujours souffert. Politiquement et personnellement. Pour eux, les jours d'après ont été des jours de mélancolie, de tristesse ou de chagrin. Chaque fois, c'est une page entière de leur vie qui se tournait.

Le 2 avril 1974 au soir, quand il apprend la mort de Georges Pompidou, Olivier Guichard est anéanti. Il y a longtemps qu'il est aux côtés du président de la République. Ils se sont connus après la guerre, au cabinet du général de Gaulle, pendant la traversée du désert. Ils sont devenus amis. Des amis personnels, qui passent des week-ends et des vacances ensemble. Georges sera le parrain d'Aline, la troisième fille d'Olivier. Des amis politiques aussi. Olivier entre au gouvernement quand son ami Georges est Premier ministre du Général. Il est l'un des rares à rester solide et fidèle dans la tempête de 1968. Après la démission du Général, fin avril 1969, et l'élection de Pompidou dans la foulée, il devient l'émissaire, l'intermédiaire entre les deux hommes, dont les relations se sont gravement détériorées. Il connaissait la gravité de la maladie qui rongeait son ami Georges. Mais il n'imaginait pas que le mal progresserait aussi rapidement. Ce 2 avril 1974, la tristesse et la douleur emportent tout. Pour cet homme d'État dont l'ambition personnelle n'a jamais été le moteur principal, la perte de l'ami est irréparable. Les jours d'après commencent à ce moment, dès cette soirée du 2 avril. Il ne sera plus jamais comme avant. Vers 23 h 30, il rentre à son domicile de l'avenue Bugeaud. La famille est rassemblée. Sa femme et ses filles sont là, attentives et affectueuses. Son chagrin est immense. Durant plus de vingt ans, il occupera encore des fonctions éminentes dans sa ville de La Baule, à la tête de la région du Pays de Loire et au gouvernement, en particulier comme ministre d'État, garde des Sceaux dans l'équipe de Raymond Barre. Mais ceux qui le connaissent bien savent que le cœur n'y est plus vraiment. Sans son ami Georges Pompidou, il n'a plus la même énergie pour agir. Ce vrai sentimental a perdu trop tôt son ami Président.

Le spleen des grands barons, le prince Michel Poniatowski l'a connu bien avant l'échec de Giscard le 10 mai 1981. C'est le 29 mars 1977 qu'il connaît la tristesse et l'amertume des jours de départ. Ponia et VGE se sont rencontrés dans les années 1950. Quand Giscard est choisi à 33 ans par le général de Gaulle pour le secrétariat d'État aux finances, Michel Poniatowski devient tout naturellement son directeur de cabinet. Ils ne se quitteront plus. « À Michel, le seul ami », écrira Giscard sur le livre d'or de la propriété de la famille Poniatowski au Rouret, près de Grasse, où il se rendra fréquemment. VGE apprécie cet aristocrate brillant, simple, direct et cultivé, ce descendant de Talleyrand, du duc de Morny, le demi-frère de Napoléon III, et du dernier roi de Pologne. Il a une confiance absolue dans cet amoureux de l'histoire de France. Il s'appuiera sur lui pour gravir les échelons à une vitesse record. Ponia est un stratège et un tacticien. Un organisateur hors pair aussi, qui créera, avec Michel d'Ornano notamment, les Républicains indépendants et dirigera la campagne présidentielle victorieuse de 1974. Numéro 2 du gouvernement Chirac et tout-puissant ministre de l'Intérieur, il s'oppose très vite au Premier ministre. Le bretteur politique s'en donne à cœur joie. Comme toujours, il dit souvent tout haut ce que son ami Giscard pense tout bas. Mais, en mars 1977, quand VGE et Raymond Barre, successeur de Chirac à Matignon, remanient le gouvernement, Michel Poniatowski en est la première et principale victime. Trop exposé, trop usé par les querelles entre giscardiens et chiraquiens. Tout en gardant intacte son affection pour Giscard, il vivra assez mal ce départ. Il continuera pourtant de remplir quelques missions délicates, en jouant par exemple pour son ami Giscard les émissaires secrets auprès du shah d'Iran en 1978. Il rejoindra ensuite le Parlement européen puis le Sénat. Il se plongera dans l'écriture. Mais il n'a plus ce feu sacré qui en faisait l'un des grands maréchaux de la politique française.

Nommée à la tête du gouvernement le 15 mai 1991 en remplacement de Michel Rocard, Édith Cresson n'aura passé que 320 jours à Matignon. Trop de gaffes, trop d'erreurs, trop de misogynie ambiante aussi. Qualifiée de Pompadour par certains députés de l'opposition, ou victime des petites phrases assassines venant de François Mitterrand lui-même, elle aura tout entendu. « Quand je l'ai nommée, je lui ai dit qu'elle avait le devoir d'être impopulaire. Je ne pensais pas qu'elle réussirait aussi bien » ironise devant des proches, glacial et grinçant, le Président quelques semaines à peine après la nomination. Le 2 avril 1992, lorsque le chef de l'État convoque Édith Cresson pour lui signifier que son départ est politiquement inéluctable, compte tenu de l'hostilité de la majorité parlementaire et du Parti socialiste, elle résiste. L'entretien dure, tendu et rugueux. Mitterrand argumente, affirme son autorité. Édith Cresson répond, met en avant sa fidélité, souligne l'injustice des attaques et le sexisme du milieu politique. Le Président est inflexible. Le départ est annoncé. Pierre Bérégovoy lui succède. Édith Cresson bénéficiera d'une solide compensation avec sa nomination à la Commission de Bruxelles. Mais rien ne sera plus comme avant entre Édith et François.

Dans d'autres cas, le chagrin fait place à un simple sentiment de mélancolie. C'est le cas pour Hubert Védrine qui, le 17 mai 1995, quitte l'Élysée en même temps que François Mitterrand. Fils d'un ami intime de l'ancien chef de l'État, aujourd'hui président de l'institut François-Mitterrand, Hubert Védrine a une indiscutable dimension d'homme d'État. Aux côtés du Président socialiste durant les deux septennats, secrétaire général de l'Élysée pendant quatre ans, de 1991 à 1995, il a vécu dans l'intimité mitterrandienne les derniers mois à un moment où, en pleine cohabitation avec Édouard Balladur, la maladie rôdait dans le palais jour après jour, heure après heure. Récit d'Hubert Védrine : « Tout ne fut que combats et affaires à régler. Durant tous ces mois, il m'a fallu garder le cap et la tête froide. J'étais au cœur d'une poudrière, à la barre d'un navire qui tanguait, au beau milieu d'un champ de mines et de désolation, avec la maladie d'un Mitterrand dont le courage forçait l'admiration[1]. » C'est un mélange de fierté et de soulagement que ressent Védrine au moment de quitter l'Élysée. Un court passage au Conseil d'État, et le voilà qui rejoint un grand cabinet d'avocats. En 1997, il se trouve à Washington lorsqu'il reçoit, au milieu de la nuit en raison du décalage horaire, un appel du nouveau Premier ministre, Lionel Jospin qui lui propose le Quai d'Orsay. Il accepte sans tarder. Cinq années intenses et utiles. Il a toujours en tête le testament diplomatique de François Mitterrand et le met en œuvre en ajoutant une patte personnelle sur l'avenir et l'organisation du nouveau monde multipolaire. Plus tard, spécialiste reconnu de la stratégie internationale, il conseille, agit dans l'ombre et créé des liens et des passerelles. Macron l'écoute et l'estime. Hubert Védrine est discrètement indispensable. Et toujours orphelin de François Mitterrand.

Jean-Pierre Raffarin n'est pas un orphelin. Il s'est progressivement émancipé de ses deux mentors successifs, Valéry Giscard d'Estaing et Jacques Chirac. Même s'il reste longtemps, jusqu'à la fin de l'été 2017, un sénateur influent à la tête de la Commission des affaires étrangères et de la défense et un dirigeant incontournable de la droite et du centre, ses jours d'après commencent le dimanche 29 mai 2005, au soir du référendum européen, avec la victoire du « non ». Les mois de mai sont décidément douloureux pour Raffarin. Vingt-quatre ans plus tôt, le 10 mai 1981, il a très mal vécu la défaite de VGE, lui qui faisait partie des dirigeants des jeunes giscardiens. Tout au long de ces vingt-quatre ans, élu puis ministre, il s'efforce, dans un bel exercice d'équilibriste, de rester fidèle à Giscard tout en accompagnant Chirac dans sa

1. Renaud Revel, *op. cit.*

conquête du pouvoir. Et, en 2002, avec l'appui efficace de Bernadette, il devient Premier ministre après le coup de tonnerre du 21 avril et l'élimination de Jospin. Trois années de vrai bonheur, avec beaucoup de travail sur le terrain, une succession de « raffarinades », ces expressions populaires allant de « La France d'en bas » à la « positive attitude », et le sentiment d'être utile à la cohésion du pays et à la difficile unité de la majorité. Avant même l'échec du référendum sur l'Europe, il sait que ses jours à Matignon sont comptés. Sarkozy et Villepin, les deux ennemis intimes, piaffent et assiègent littéralement Jacques Chirac pour prendre la succession. Le dimanche 29 mai 2005 dans l'après-midi, Villepin verra Chirac à quatre reprises. Dès l'avant-veille, le vendredi 27 mai, au pavillon de La Lanterne, dans le parc du château de Versailles, où il s'est retiré pour travailler, Raffarin sait que l'échéance approche. Il commence même à rédiger le premier jet de son discours de départ. « J'ai décidé de nommer Villepin[1] », lui annonce le Président le lundi 30 mai au matin au téléphone. Le lendemain, Raffarin quitte ses fonctions. Épuisé, il part pour dix jours de repos à Agios Nikolais, en Crète, avec son épouse Anne-Marie. Il dort, il nage, il « flemmarde[2] ». « Je me sens libéré, comme si l'on venait de m'enlever de la poitrine cet énorme poids, celui des responsabilités majeures[3]. » Même lorsqu'il retrouve le Sénat, dès septembre 2005, son esprit vagabonde, dans le souvenir de Matignon, du septennat giscardien et des années chiraquiennes. Il n'est pas triste par nature. Mais il sait, et son double échec à

1. Jean-Pierre Raffarin, *Je marcherai toujours à l'affectif*, Paris, Flammarion, 2012.
2. *Ibid.*
3. *Ibid.*

la présidence du Sénat le confirmera, qu'une page s'est tournée le 31 mai 2005. Certes, il continuera de peser. Après l'élection d'Emmanuel Macron, qui l'écoute avec attention, il milite avec succès pour une « présomption de confiance » et pour la création d'un front des « constructifs ». C'est lui le premier qui lancera l'idée, aussitôt reprise par Thierry Solère, d'un groupe autonome de droite modérée et du centre à l'Assemblée. Mais il préfère rester à la lisière, en retrait. Avant d'annoncer le 27 juin qu'il quitte à la fois la vie politique active et le Sénat pour créer une ONG internationale, Leaders for peace, qui aura pour mission d'« alerter contre les risques de guerre qui nous menacent ». Raffarin choisit le jour de la rentrée d'une Assemblée new-look, rajeunie et renouvelée, pour tirer sa révérence. Élégant et symbolique. C'est une manière aussi de faire comprendre dans son propre camp qu'il est temps pour certains de laisser la place. L'ancien Premier ministre envoie ainsi un message clair. Il sort par le haut. Il continue d'intervenir et devient un commentateur éclairé et engagé de la vie politique française et internationale. Mais quand il se retourne, en pensant aux années Giscard et à la présidence de Chirac, c'est la nostalgie qui l'emporte.

Chez Dominique de Villepin, le chagrin des lendemains de départ prend des allures lyriques et glorieuses. Secrétaire général de l'Élysée, ministre des Affaires étrangères, Premier ministre de 2005 à 2007 avec l'espoir de succéder à Chirac, il n'aime rien tant que les grandes envolées, les pages d'histoire, les épopées. Il a un culte pour Napoléon et de Gaulle. Il apprécie autant la conquête que l'exercice du pouvoir. Son discours de l'ONU, le 14 février 2003, quand il expose avec fougue et talent le refus français de participer à l'opération américaine en Irak, restera un modèle de souffle littéraire et de panache politique. Mais il est sans doute trop emporté, trop pressé, trop cruel, trop bretteur. Un mousquetaire de la politique. Son passage mitigé à Matignon au crépuscule du chiraquisme, son refus de passer par l'épreuve électorale, sa furieuse bataille contre son propre ministre Nicolas Sarkozy l'auront gravement affaibli. Et sa personnalité a clivé. « C'est un guerrier dans l'âme, un cavalier, un cuirassier, un colonel de grosse cavalerie[1]. » Ses jours d'après, à partir de la victoire de Sarkozy en 2007, seront dominés par une sorte de sinistrose éclatante et de déclinisme flamboyant. Ses interventions marqueront l'opinion. Ses prises de position seront parfois écoutées, et entendues. Mais sa voix ne portera plus avec la même force. « Adios », « Bye bye », « Ciao », pouvait-on lire dans de nombreuses langues sur la veste de son épouse, Marie-Laure de Villepin, le jour de leur départ de Matignon. Un clin d'œil ironique pour exprimer le soulagement de quitter cet enfer politique. Mais, pour Dominique, c'est la fin d'un parcours qui ne l'aura pas emmené là où, évidemment et tout naturellement, il souhaitait aller : au sommet.

Jean-Louis Debré n'est pas un grand baron comme les autres. Son amitié pour Jacques Chirac ressemble à celle que son père, Michel, premier chef du gouvernement de cette Ve République qu'il avait imaginée et conçue, éprouvait pour le général de Gaulle. Tout le parcours politique de Jean-Louis s'inscrit dans le chiraquisme. Député, ministre de l'Intérieur, patron des députés RPR, président de l'Assemblée nationale, président du Conseil constitutionnel : il doit ces titres à son ami Jacques. Il occupera ces fonctions avec une fidélité, une efficacité

1. Alain Duhamel, *Portraits souvenirs*, *op. cit.*

et une loyauté sans pareilles. Tout va changer pour lui quand Jacques Chirac quittera l'Élysée, au printemps 2007. Jean-Louis est président du Conseil constitutionnel jusqu'en mars 2016. Mais son ami et mentor n'est plus le même, miné par la maladie. « Coupé de ce qui se déroule à l'extérieur, il semble se murer dans une sorte de néant. Il vit dans un ailleurs impénétrable. [...] Chaque fois que je le quitte, je me demande combien de temps il va encore résister à l'appel des ténèbres[1]. » En quittant le Conseil constitutionnel, Debré décide de changer de vie. Il écrit des livres à succès et des scénarios. Il anime une émission de télévision et participe régulièrement à une quotidienne de radio. Il continue de commenter la vie politique. Mais, sans Chirac, de plus en plus diminué, ses centres d'intérêt ne sont plus les mêmes. Et son chagrin l'emporte dès que l'on évoque devant lui l'ancien Président.

Pour Jean-Marc Ayrault, la colère l'a d'abord disputé à la tristesse. La journée du lundi 30 mars 2014 laissera chez lui des traces profondes. La veille, la gauche a largement perdu les élections municipales. Nombre de fiefs sont tombés à droite, voire à l'extrême droite. François Hollande, au plus bas dans les sondages, doit bouger. Autrement dit, changer de Premier ministre. Il en parle à Jean-Marc Ayrault, mais de manière ambiguë. Quand il comprend, le Premier ministre réagit. L'entrevue est glaciale dans le bureau présidentiel. Ayrault menace, met en garde contre la tentation Valls. Il argumente, développe pied à pied ses raisonnements. Rien n'y fait. L'ancien maire de Nantes sort de cette séquence profondément meurtri. Il refusera de porter lui-même sa lettre de démission à l'Élysée.

1. Jean-Louis Debré, *op. cit.*

Un peu plus tard, il comprendra que son successeur, Manuel Valls, avait nourri contre lui, et depuis longtemps, un véritable tir de barrage. Dans un documentaire réalisé par sa fille pour France 3, Ayrault apparaît cassé, presque déprimé, amer et prêt à la revanche. Sa femme n'est pas en reste. Quelque chose s'est rompu avec le chef de l'État. Son retour au gouvernement, en février 2016, pour remplacer Laurent Fabius au Quai d'Orsay, rapprochera de nouveau les deux hommes. Au printemps 2017, il quitte la vie politique tout en restant « un citoyen engagé[1] ». Mais il garde en lui, assez profondément, une fêlure. Ce n'est pas du chagrin, mais le sentiment d'avoir été, malgré sa loyauté, injustement traité par son ami François Hollande.

S'il y a de la tristesse chez Bernard Cazeneuve, c'est d'abord celle de partir à un moment inédit et singulier. Il ne partage pas le projet d'Emmanuel Macron de recomposer totalement le paysage politique. Il reste un homme de gauche avec ses convictions et, parmi elles, le refus de voir disparaître le Parti socialiste. Quand il est remplacé par Édouard Philippe le 14 mai 2017, l'hôtel Matignon semble bousculé par le dynamitage politique en cours. Pour marquer cette rupture, Bernard Cazeneuve, amoureux des vieilles voitures, avait imaginé utiliser une DS noire des années de Gaulle. Finalement, son choix se portera sur une berline actuelle. L'ancien Premier ministre est réellement ému. Le cadeau très écologique offert par ses collaborateurs, un marronnier à feuilles rouges, sera planté dans sa maison de campagne. Si Cazeneuve semble si nostalgique ce 15 mai 2017, c'est aussi parce que sa vie politique va se terminer après les législatives de juin. L'ancien député

1. C News, 6 avril 2017.

maire de Cherbourg ne se représente pas. Il laisse sa place à une nouvelle génération. Ces cinq dernières années l'ont épuisé. Ministre des Affaires européennes, ministre du Budget, ministre de l'Intérieur exemplaire au moment des attentats, Premier ministre pendant six mois après la démission de Manuel Valls, il a tenu son rôle avec un sens de l'État respecté chez ses amis comme chez ses adversaires politiques. Son attachement à la République, son humeur égale, son élégance raffinée, son sens de l'humour parfois dévastateur ont fait merveille. Sa détermination aussi, comme le lundi 29 mai 2017, lorsqu'il décide d'attaquer en diffamation Jean-Luc Mélenchon après que ce dernier a parlé d'« assassinat » à propos du rôle de Cazeneuve dans la mort de Rémi Fraisse à Sivens, le 1er novembre 2014. Du 15 mai, après son départ de Matignon, jusqu'au 18 juin, au soir du second tour des législatives, il a courageusement et sans illusions dirigé de fait la campagne des candidats socialistes, car il ne veut pas lâcher « ceux qui ne l'ont pas lâché ». Un long mois, ingrat et épuisant. Un véritable chemin de croix, car il sait parfaitement que le PS va être totalement marginalisé et ses candidats massivement rejetés par les électeurs. Et puis, à sa manière très *british*, distingué et lucide, résolu et serein, sans doute résigné, Bernard Cazeneuve a tiré sa révérence et a organisé sa nouvelle vie. Il publie ses Mémoires à la rentrée 2017. Avant l'été, Cazeneuve rejoint le grand cabinet d'avocats d'affaires August Debouzy. Furieux que le bilan de son ami Hollande soit si critiqué, il est conscient d'avoir vécu un quinquennat atypique, bousculé par la vague terroriste et les ravages de la mondialisation et de la crise d'identité européenne. Et il s'inquiète sincèrement de l'avenir d'un PS éparpillé, en morceaux. Il est bien sûr nostalgique. Mais aussi spectateur attentif et vigilant de la scène politique.

D'un ami à un autre, le chagrin est sans doute identique. Mais celui de Michel Sapin est peut-être plus personnel encore. Quand il quitte son bureau de Bercy, en mai 2017, il songe à ces quarante années passées auprès de François Hollande. Sciences Po, École normale supérieure, ENA : son itinéraire est rectiligne. Depuis leur service militaire, en 1977, Michel et François ne se quittent plus. Dans leur chambrée, il y a aussi Jean-Pierre Jouyet, le futur secrétaire général de l'Élysée. Puis ce sera le PS, le gouvernement, la conquête, Hollande à l'Élysée. Et, comme Bernard Cazeneuve, cinq ans au gouvernement. Michel travaille beaucoup. Ses rares vacances, il les prend à l'île d'Yeu, où il pêche dès l'aube sur son petit bateau. À Bercy, ses relations avec Arnaud Montebourg puis Emmanuel Macron sont difficiles. Il n'en parle pas ou peu avec le Président, afin de ne pas l'embarrasser. Pendant la campagne de 2017, il hésite. Il aurait aimé voir François candidat, mais constate que le choix du renoncement s'imposait. A-t-il vraiment envie de contribuer à la délicate recomposition du PS ? Un moment peut-être, mais fugace. Il renonce à son tour et annonce, très ému, au micro de Jean-Pierre Elkabbach, sur C News, qu'il s'en va. « La politique, aime-t-il à répéter, c'est ma vie. » Avant de se retirer, Sapin intervient publiquement pour regretter la débandade et l'explosion des socialistes, défendre le bilan de son ami François et dénoncer la « dramatisation » par le gouvernement du débat sur l'état des comptes publics. Ce hollandais historique est décidément mélancolique. Gai par nature, doté d'un humour caustique, mais si triste de regarder désormais en simple observateur un paysage politique qui ne cesse de le surprendre.

À 70 ans, il est solide comme un roc. Il a traversé le quinquennat de son ami Hollande au pas de charge. Toujours entre deux avions, deux négociations, deux conversations politiques très libres avec ce Président qu'il respecte mais qui l'a parfois déçu. Dans un premier temps, après l'élection d'Emmanuel Macron, Jean-Yves Le Drian avait envie de se replier dans son fief, de se consacrer à cette Bretagne qu'il aime plus que tout. Un peu las après cinq années intenses, marquées par une série de succès militaires, de réussites diplomatiques et de victoires commerciales. Finalement, après avoir soutenu le nouveau président avant le premier tour, il accepte le Quai d'Orsay pour une dernière mission. Avec un petit pincement au cœur en pensant à son ami François Hollande.

Ils sont nombreux, parmi les grands barons, à saisir la double occasion de la loi sur le non-cumul des mandats et de la recomposition politique pour quitter la scène nationale. Après avoir mené, non sans mérite, la campagne législative des Républicains en juin 2017, François Baroin choisit sa ville de Troyes plutôt que le Sénat et reprend ses activités d'avocat. Celui qui se voyait déjà à Matignon, avec Juppé ou Fillon à l'Élysée, se replie dans les murs de la puissante Association des maires de France. Avant de quitter, peut-être provisoirement, les avant-postes, il a courageusement enterré le « ni ni » cher à Sarkozy et à Wauquiez. D'autres partent plus discrètement encore. Claude Bartolone, Robert Hue, Luc Chatel, Bernard Accoyer, Jean-Marie Le Guen et Noël Mamère sont de ceux-là. Émoussés, épuisés, souvent perplexes, voire tétanisés face au dégagisme et au grand chambardement politique. Certains conserveront des mandats locaux, d'autres se retireront définitivement. Avec nostalgie, à coup sûr. Avec amertume, et le sentiment d'appartenir à un ancien monde politique. Avec aussi, dans le cœur, la tristesse et la peine de ces acteurs de premier ou de second plan qui voient, à l'heure où ils quittent leurs responsabilités, défiler le film mouvementé d'un parcours qui appartient désormais au passé.

Jean-Pierre Chevènement

L'indestructible

Jean-Pierre Chevènement a littéralement collectionné les jours d'après. À trois reprises, entre 1983 et 2000, il a démissionné avec fracas. Toujours prêt à sauter le pas pour être fidèle à ses convictions, ne pas transiger, se regarder dans la glace sans frémir. Par orgueil aussi. Car cet enfant terrible de la gauche aura refusé en permanence le moindre compromis. Et, à chaque occasion, il a rebondi. Jusqu'à revenir physiquement de loin en septembre 1998, quand un accident survenu pendant une anesthésie l'a plongé dans un coma de huit jours. Ce républicain convaincu venu des gaullistes de gauche, souverainiste et turbulent, direct et ambitieux, romanesque et patriote, n'a jamais cédé sur ses principes. Un combattant, bagarreur et indestructible.

« Un ministre, ça ferme sa gueule. Et si ça veut l'ouvrir, ça démissionne. » Chevènement a mis en pratique cette formule culte. Ministre d'État chargé de la Recherche et de la Technologie dans le gouvernement Mauroy après la victoire de François Mitterrand en 1981, il s'élève contre la « pause » des réformes, la « parenthèse libérale » et le tournant de la rigueur imposés par Delors et par l'aile pragmatique du PS et de l'Élysée. Ce sera sa première démission. Mais il ne s'arrête même pas une journée et se fait réélire député dans sa circonscription du Territoire de Belfort avant de revenir au gouvernement, alors dirigé par Laurent Fabius, avec le portefeuille convoité de l'Éducation nationale.

29 janvier 1991. Chevènement est ministre de la Défense depuis près de trois ans dans l'équipe de Michel Rocard. Cette fois, c'est l'intervention en Irak après l'invasion du Koweït par Saddam Hussein et la participation de la France à la coalition internationale qui mettent le feu aux poudres. Furieux, le ministre écrit au Président Mitterrand pour lui expliquer son départ. Une lettre un peu grandiloquente dont le chef de l'État n'appréciera ni le fond ni la forme. « Une certaine idée de la République m'amène à vous demander de bien vouloir me décharger de mes fonctions », précise notamment un Chevènement intraitable et ombrageux qui, là encore, ne dételle pas et retrouve dans la foulée son siège de député. Ce tribun a besoin de l'écho politique et médiatique de l'Assemblée nationale. Une fois encore, malgré cette nouvelle démission en forme de récidive, il rebondit et revient sur la scène. Prêt à repartir aussitôt pour un nouveau combat. Ce sera le « non » à Maastricht et, bien sûr, un conflit ouvert avec un Mitterrand affaibli par la maladie qui gagnera le référendum à la force du poignet, en se jetant à corps perdu dans la bataille, en puisant dans ses maigres réserves physiques. Chevènement réagit en quittant ce PS qu'il avait contribué à bâtir en 1971. Il crée et développe le Mouvement des citoyens dont il est le président, l'inspirateur, le porte-parole et l'étendard. Et, sans trop le dire, il vise le sommet, la conquête de l'Élysée.

Septembre 1998. Jean-Pierre Chevènement est ministre de l'Intérieur de Lionel Jospin. Hospitalisé pour une opération assez bénigne de la vésicule biliaire, il est victime d'un très grave accident d'anesthésie. Allergique au curare qui lui a été injecté, il est foudroyé par un arrêt cardiaque de cinquante-sept minutes. Il faut l'exceptionnelle compétence du service de réanimation de l'hôpital militaire du Val-de-Grâce pour parvenir à le sauver. Suivent huit jours interminables de coma provoqué. Certains le croient perdu. Sa vie est menacée. Pourtant, l'indestructible ressuscite. Lui-même se décrira comme « un miraculé de la République ». À son réveil se produit un phénomène étonnant. À la stupéfaction générale du corps médical qui l'entoure, c'est en latin que Chevènement écrit ses premiers mots sur une petite ardoise : *Premum non nocere* (« D'abord ne pas nuire »), *Natura medicatrix* (« la nature est le meilleur remède »). Ces deux expressions sont tirées de la version latine du serment d'Hippocrate. La scène fait désormais partie de la légende du Val-de-Grâce...

À la sortie de l'hopital et après un passage éclair dans son ministère de l'Intérieur pour rassurer ses conseillers, il part pour une longue période de convalescence. Avec sa femme Nisa, alors psychologue dans un dispensaire, aujourd'hui sculpteuse de grand talent, il s'isole au château de La Celle-Saint-Cloud, près de Paris, où le ministre des Affaires étrangères Hubert Védrine lui a fait réserver quelques pièces. Il part pour le Maroc, à Taroudant, un fief chiraquien, avec l'un de ses deux fils, Raphaël, scénariste de cinéma et télévision. Puis, avec Nisa, qui s'est mise en disponibilité, il rejoint ensuite Belle-Île, dont l'air iodé lui est recommandé. Longues promenades dans le vent, livres historiques, contacts permanents avec son ministère : les journées sont bien remplies. Hasard ou coïncidence, cette destination de Belle-Île autrefois prisée par François Mitterrand ?

Toujours ce curieux face-à-face singulier, et à distance, entre deux hommes qui s'estimaient mais dont les divergences n'ont cessé de se creuser au fil des ans. Le laïc Chevènement croit-il aux « forces de l'esprit » chères à l'ancien Président ? Peut-être. Depuis cet accident thérapeutique, il estime être « plus soucieux de sa liberté et plus déterminé à bien user du temps qui lui reste[1] ». Au terme de quatre mois d'absence, le ministre de Lionel Jospin retrouvera avec bonheur la place Beauvau. Il est regonflé. Fier de ce « miracle » et déterminé à poursuivre à sa manière, en toute liberté, en toute indépendance, son parcours atypique.

29 août 2000. Le ministre de l'Intérieur est en désaccord total avec la politique que mène le gouvernement Jospin en Corse. Pour la troisième fois en l'espace de dix-sept ans, il claque la porte. Désormais, sa rupture avec les socialistes est définitive. Candidat à la présidentielle en 2002, la nouvelle année noire de la gauche, il réunit 5,3 % des voix et contribue, bien qu'il s'en défende, à l'élimination de Jospin le 21 avril.

Jean-Pierre Chevènement est un cas à part. Pour ce recordman des démissions gouvernementales sous la Ve République, peu importent les jours d'après. Car il n'imagine pas sa vie sans continuer, contre vents et marées, à tenir bon, à mener un combat, à préparer une bataille, à alimenter le débat politique, historique ou intellectuel. Ce qui compte pour lui, ce sont les jours d'avant, ces journées durant lesquelles il réfléchit à la prochaine rupture, la théorise, l'imagine, la met en scène et en musique. Il n'a jamais l'humeur vagabonde, la tentation de Venise ou des grands espaces. Trois fois, en 1983, en 1991 et en 2000, il a tranché, refusant

1. *Le Point*, 29 juin 2017.

net, tel un Philippe Séguin de gauche, le moindre compromis. Et le véritable miracle qui l'a sauvé de la mort en 1998 a nourri cet esprit d'indépendance farouche. La chance lui a souvent souri. Mais pas au point de lui offrir le destin national dont il rêvait.

Ségolène Royal
L'inusable

Elle est juchée sur la terrasse, au siège du Parti socialiste, rue de Solférino. Triomphante, presque euphorique, comme si, ce dimanche 6 mai 2007, elle venait d'être élue présidente de la République. Elle entonne le slogan « Tous ensemble » et le fait scander par ses partisans en tendant vers eux son micro. La foule est immense, compacte, chaleureuse, joyeuse et vibrante. La candidate battue promet à ses militants de les emmener « vers d'autres victoires ». Et, pourtant, sa défaite est claire, sans appel, avec environ 47 % des suffrages et plus de 2 millions de voix d'écart avec le nouveau Président, Nicolas Sarkozy. Mais, ce soir-là, Ségolène Royal semble aux anges. Déterminée, volontariste, énergique. Sûre de sa bonne étoile, convaincue d'incarner dans la société française une tendance lourde, une nouvelle démarche participative, une République féminisée et ouverte. Fière d'avoir été la première femme à accéder au second tour de la présidentielle. Un caractère bien trempé, renforcé par de nombreuses déceptions et de vrais échecs. Un parcours atypique, étonnant, parsemé de succès et de désillusions. Ségolène est inusable, malgré quatre défaites. Ou grâce à ces défaites ?

Fin mai 2007. Sa campagne a été étrange. Presque ébouriffante. Aux primaires de la gauche, elle a écrasé ses deux adversaires, des poids lourds pourtant, Dominique Strauss-Kahn et Laurent Fabius. Élue dès le premier tour avec plus de 60 % des voix. Et, dans la foulée, elle n'a cessé de surprendre. De la « fraternité » mise en avant à chaque meeting à la « bravitude » évoquée à l'occasion d'un déplacement sur la muraille de Chine, Ségolène se bat avec d'autant de fougue qu'elle sait ne pouvoir compter sur ses « camarades » du Parti socialiste. Depuis le lendemain de la primaire, les critiques et les petites phrases assassines s'accumulent. De « Bécassine » à « Qui va garder les enfants ? », la misogynie n'essaie même plus de se cacher. Du sexisme à l'état pur. La candidate fait campagne seule, ou presque, avec un petit groupe de fidèles et des dizaines de milliers de militants passionnés et chauffés à blanc à travers la France. Les éléphants socialistes sont aux abonnés absents, y compris François Hollande, le père des quatre enfants de Ségolène. La candidate avance quelques propositions iconoclastes, pas vraiment en harmonie avec les idées traditionnelles du PS. Après un face-à-face sans flamme avec Sarkozy, elle s'incline nettement le 6 mai. Une période a priori éprouvante pour Ségolène, dont le couple se déchire. Quelques semaines plus tard, la séparation avec François, son compagnon depuis près de trente ans, sera officielle. Mais la députée des Deux-Sèvres tient le choc. Pas question, à ce moment pourtant intimement douloureux, d'abandonner la scène politique. Visites sur le terrain, grande manifestation, presque messianique, au Zénith de Paris, avec l'héroïne, seule sur scène, toute de blanc vêtue et les bras en croix : Ségolène Royal est partout, omniprésente, pour bien faire comprendre qu'il faudra désormais compter avec elle.

21 novembre 2008. 42 petites voix séparent Ségolène, battue, de Martine Aubry, vainqueur d'un duel au couteau pour la prise de contrôle du Parti socialiste. L'élection est contestée. Des accusations de fraude et de tricherie sont lancées. Le climat est délétère. Ségolène avait remporté la première manche lors du Congrès de Reims, deux semaines plus tôt, dans une ambiance polaire, avec des coups tordus, des alliances contre nature et des affrontements permanents, à la tribune comme dans la coulisse. Là encore, la présidente de la région Poitou-Charentes résiste à la tentation du départ. Elle ne veut pas abandonner. Les jours d'après doivent, selon elle, être ceux de la revanche.

9 octobre 2011. Devant les micros et les caméras, Ségolène est en larmes. Battue, presque humiliée au premier tour de la primaire ouverte de la gauche, elle sent autour d'elle un grand vide. Avec moins de 7 % des voix, elle est très loin derrière son ancien compagnon, François Hollande, derrière Martine Aubry et même Arnaud Montebourg. Elle cherche à comprendre mais ne trouve pas de réponse. En privé, ce soir-là, elle n'a qu'un mot à la bouche : « injuste ». Trois jours plus tard, sans grande surprise, elle apporte son soutien à son ancien compagnon. Un dîner avec François et leurs quatre enfants a permis de sceller cet accord mi-familial, mi-politique. Ségolène a conscience, malgré des relations personnelles très difficiles avec Hollande, qu'elle n'a pas d'autre choix. Ce nouvel échec, le troisième après la présidentielle de 2007 et le vote pour la direction du PS en 2008, sera-t-il fatal à sa carrière ? Elle n'y pense toujours pas. Cap sur le printemps 2012

et l'espoir d'une victoire aux législatives de juin, après l'élection probable du candidat socialiste.

Mardi 12 juin 2012, 11 h 56. Cette fois, le coup risque d'être mortel. Jamais elle n'aurait imaginé un tel scénario. Ségolène l'inusable pense réellement, pendant quelques heures, tout abandonner. C'est un tweet ravageur, écrit par une Valérie Trierweiler haineuse et déchaînée, qui a mis le feu aux poudres. 137 signes destructeurs et agressifs en faveur de l'adversaire de Ségolène dans la circonscription charentaise où elle est candidate. « Courage à Olivier Falorni qui n'a pas démérité, qui se bat aux côtés des Rochelais depuis tant d'années dans un engagement désintéressé. » Crise à La Rochelle, crise à l'Élysée, crise politique, crise familiale. Ce tweet va détruire le couple Trierweiler-Hollande, qui ne s'en remettra jamais, réduira à néant ce qu'il y avait de rapports déjà méfiants et hostiles entre la compagne de leur père et les quatre enfants du Président et laissera Ségolène sidérée, sans voix, sans ressort, prostrée de longues journées durant après son large échec du second tour. « Je suis dans le crash », répète-t-elle en boucle à nombre de ses interlocuteurs. Une fois de plus, ses enfants l'entourent et l'encouragent. Pour la première fois, elle songe à partir, à quitter ce monde politique qu'elle ne supporte plus. Une fois de plus, elle s'accroche. C'est dans sa région Poitou-Charentes qu'elle se retire, à la fois discrète et affairée. Loin de Paris et de ce palais de l'Élysée où Valérie Trierweiler a refusé la présence de sa rivale et de ses enfants le jour de l'investiture de son compagnon. Pendant que François prend officiellement ses fonctions, le 15 mai 2012, Ségolène déjeune avec leurs quatre enfants à la Rotonde. Elle se morfond. Le psychodrame du tweet vengeur l'a profondément atteinte. Elle est lasse et mélancolique, et ses responsabilités régionales ne suffisent plus à cette hyperactive. Près de deux ans de semi-retraite assumée et de purgatoire volontaire, troublés par les difficultés présidentielles de son ex-compagnon et par la rupture très médiatique, le samedi 25 janvier 2014, de celui-ci avec Valérie Trierweiler.

2 avril 2014. Elle n'a pas réfléchi une seconde avant de dire oui. Elle n'a même pas eu à consulter ses enfants tant l'évidence s'imposait : Ségolène revient au gouvernement par la grande porte. Sitôt Valérie Trierweiler partie, elle savait que son retour était inscrit. Avec un portefeuille sur mesure, très large, l'Environnement, l'Énergie, la Mer, les Transports et les Relations internationales sur le climat, elle sera vite surnommée « la vice-présidente » tant en Conseil des ministres et ailleurs sa complicité avec le chef de l'État est claire, presque palpable. Elle dirige son administration d'une main de fer, conseille François, l'influence beaucoup, au point d'irriter au palais et à Matignon. Elle remporte la plupart des arbitrages gouvernementaux malgré ses difficultés personnelles avec le Premier ministre Manuel Valls. Elle obtient de négocier aux côtés de Laurent Fabius puis de présider la COP 21, l'un des vrais succès du quinquennat de Hollande. Bref, elle renaît. Pendant trois ans, avec notamment la loi sur la transition énergétique, elle est sur tous les fronts, donnant le sentiment de n'avoir aucun horizon, même pas la fin du quinquennat. Elle se rapproche de Macron sans critiquer Hamon ni même Mélenchon. Elle travaille jusqu'au dernier jour, dresse son propre bilan, soigne sa stature internationale. Elle voyage, sans interruption. Toujours heureuse, presque épanouie, elle accueille à bras ouverts son successeur, Nicolas Hulot. Elle apprécie particulièrement l'hommage qu'il lui rend,

le nouveau ministre d'État évoquant « une grande dame irremplaçable ». Elle semble vraiment émue. Quelques jours plus tard, elle se rend au Festival de Cannes. Elle travaille à la création d'une ONG et envisage de lancer une start-up dans un secteur qui lui est cher, celui du climat et du développement durable. Elle obtient du Président Macron, avec lequel elle s'entend bien, la fonction d'ambassadrice chargée des pôles Arctique et Antarctique. Quelques brèves incursions dans le journalisme ne lui déplairaient pas. En sachant que la page politique va se tourner définitivement.

Elle est ainsi, Ségolène. Enthousiaste dans l'action, sombre et quelque peu abattue quand les vents sont contraires et que l'inaction menace. Après son départ du gouvernement Cazeneuve, elle prend un peu de repos avant de repartir. Mais, le jour du remaniement du 21 juin, elle ne peut s'empêcher de surveiller attentivement son portable, au cas où… Elle voudrait ne pas décrocher. Le souvenir de ses succès la réconforte. Celui de ses échecs la renforce dans sa volonté d'aller de l'avant. Elle ne sera plus jamais élue. Elle ne le regrette pas. Mais elle voudrait, une fois de plus, prendre sa revanche. Et rebondir.

Alain Juppé

La tentation de Venise

« J'ai donné quarante ans de ma vie au service de la France. Je vais me consacrer pleinement à ma mairie de Bordeaux. Je n'ai transigé ni avec ce que je suis ni avec ce que je pense. À vous de continuer. Tendez la main aux jeunes Européens, vos frères. » Ce 27 novembre 2016, il est un peu plus de 21 heures lorsque Alain Juppé reconnaît sa nette défaite face à François Fillon à la primaire de la droite et du centre. Pour le maire de Bordeaux, très ému, très digne, la voix parfois tremblante, c'est peut-être le dernier grand discours. Une sorte de testament pour l'ancien Premier ministre. Sa vie politique nationale se termine, à l'issue d'un ultime combat de plus de deux ans. Et, avec lui, c'est la page du chiraquisme qui se tourne une semaine après que le sarkozysme a disparu. Jacques Chirac aura 84 ans deux jours plus tard. Désormais allongé, très affaibli, le vieux lion qui a présidé la France pendant douze ans est-il capable de comprendre réellement ce qui se passe au QG de son dauphin, à quelques centaines de mètres de l'hôtel particulier prêté par l'ami de tous les instants, François Pinault ? Sa femme, Bernadette, a mal vécu la défaite de son poulain Sarkozy le dimanche précédent.

Cette fois, c'est Claude, leur fille, et son mari, Frédéric Salat-Baroux, supporters du maire de Bordeaux, qui passent eux aussi une mauvaise soirée, même s'ils s'attendaient à ce verdict électoral. Alain Juppé, lui, avait compris depuis une bonne semaine. L'évolution rapide des sondages puis l'ampleur de l'avance de François Fillon au premier tour étaient impressionnantes. Et les différents épisodes de l'entre-deux tours ne feront que confirmer la tendance : soutien de Sarkozy et de Le Maire à Fillon ; vive polémique les 21 et 22 novembre sur l'IVG ; face-à-face télévisé courtois mais tendu le jeudi 24 suivi de sondages favorables à son concurrent ; un dernier meeting chaleureux mais un peu terne à Nancy. Juppé n'y croyait plus vraiment. Ce combat sera décidément le dernier.

Dimanche 20 novembre 2016, premier tour de la primaire de la droite et du centre, vers 19 h 30. Avec Isabelle et son fils Laurent, Alain Juppé quitte son QG pour aller dîner dans un bistrot tout proche. À ce moment, il est serein, au point d'avoir envisagé d'aller au cinéma. Peu avant 20 h 30, il reçoit sur son iPhone les premiers chiffres. Autour de 44 % pour Fillon, 30 % environ pour lui, l'élimination pour Sarkozy. Sa surprise est totale. Il savait, bien sûr, que la participation était très élevée. Il connaissait les derniers sondages qui confirmaient une remontée sensible de François Fillon. Mais, la veille encore, à l'exception de l'institut Ipsos, qui plaçait Fillon en tête, les indications qu'il recevait plaçaient les trois hommes dans un mouchoir de poche. Quand il lit ces premières indications, il est stupéfait. Un long moment, le silence se fait autour de la table. Comme sa femme et son fils, Alain Juppé comprend tout de suite que le second tour sera perdu. L'écart est trop important. Aussitôt revenu dans ses locaux de campagne, il réunit son équipe rapprochée. Certains lui suggèrent de se retirer de la course, compte tenu de l'ampleur de la victoire de Fillon et du soutien qui lui a été rapidement apporté par Nicolas Sarkozy.Il hésite quelques minutes, consulte sa femme Isabelle, hostile à ce retrait, et écarte l'idée. Ce serait synonyme d'abandon, voire de désertion. Les débats vont aussitôt porter sur la stratégie de l'entre-deux tours. Ses proches lui conseillent de hausser le ton contre Fillon, de tacler plus sévèrement son programme, notamment sur la Sécurité sociale, les positions conservatrices sur l'IVG et sa proximité avec Poutine. Juppé hésite. Il finit par accepter, mais précise que, dans son esprit, le débat télévisé du jeudi suivant devra être direct, mais courtois et constructif. Traduction : « On monte le ton pendant trois jours, on critique davantage le projet Fillon, mais on revient très vite à un duel correct, sans polémiques excessives. » Dès le dimanche soir, à travers son allocution, puis dans les jours qui suivent, jusqu'à ce dimanche 27 novembre, l'esprit d'Alain est ailleurs. Certes, il tient encore quelques meetings. Deux jours avant le second tour, il sera ainsi à Nancy et, sur la route, il s'arrête à Colombey. Souvenir mélancolique de son directeur de campagne, Gilles Boyer, qui l'accompagne : « Tandis que la nuit tombe sur la belle plaine lorraine, je lui passe mes écouteurs pour lui faire réécouter les *Variations Goldberg* de Bach, pour lesquelles nous partageons une fascination intense. Faute d'un plus joli cadeau, je lui offre quarante-huit minutes d'évasion, ce qui n'est déjà pas mal[1]. » Alain est déjà dans ces jours d'après dont il a précédemment mesuré la dureté et la cruauté.

1. Gilles Boyer, *Rase campagne*, Paris, JC Lattès, 2017.

Vers 23 heures, ce dimanche 27 novembre de défaite au second tour, le maire de Bordeaux termine sa soirée avec sa famille et des amis québécois au Père Claude, un restaurant proche du Champ-de-Mars, l'une des adresses préférées de Jacques Chirac. Une cuisine d'excellence, un restaurant chaleureux où les hommes politiques, les journalistes, les chefs d'entreprise, les sportifs et les artistes aiment à se croiser autour d'un poulet aux morilles, d'une belle côte de bœuf ou d'une solide tête de veau. L'ancien Premier ministre de Chirac, qui a choisi une table discrète et retirée, apprécie ces moments familiaux au cours desquels ses proches lui parlent avec franchise, sans détour, et souvent avec humour et dérision. Ce soir-là, il est à la fois triste, détendu et soulagé. Triste de son échec, bien sûr. Détendu, car la pression des derniers mois a été rude et les périodes de surchauffe nombreuses. Soulagé, enfin, parce qu'il estime avoir « fait le job » et présenté, avec une équipe de qualité, un projet réaliste, rigoureux et moderne. Pendant ces jours d'après, Alain Juppé aura aussi bien des regrets. Des erreurs lui auront coûté cher : il a trop négligé, jusqu'à n'en parler jamais avant le premier tour, les attaques personnelles répandues à travers les réseaux sociaux sur « Ali » Juppé et la prétendue création d'une grande mosquée à Bordeaux ; il a sous-estimé le projet et la campagne de Fillon, concentrant le débat sur la stratégie et les propositions de Sarkozy ; il s'est adressé à tous les Français plutôt qu'aux seuls électeurs de la primaire de la droite et du centre ; il s'est montré trop prudent, trop passif pendant les trois grandes émissions télévisées d'avant le premier tour, laissant Fillon prendre l'offensive et marquer point après point ; enfin, au lendemain du premier tour, il a sans doute tapé trop fort sur certaines propositions de son concurrent, donnant aux électeurs et aux élus de droite le sentiment que la division menaçait. Mais le maire de Bordeaux veut éviter l'introspection immédiate. On verra plus tard. La suite, à court terme, c'est la mairie de Bordeaux, cette ville qu'il aime profondément et qu'il a réellement transformée, rénovée, modernisée depuis son élection, en juin 1995.

Bordeaux, il y retourne le mardi 29 novembre, deux jours après sa défaite. Au lendemain du second tour, il a réuni ses plus proches collaborateurs. Son équipe est sonnée, il s'efforce de la réconforter : « Je n'ai aucun reproche à vous faire, dit-il à son directeur de campagne, toutes les erreurs sont les miennes[1]. » Remerciements, souvenirs de campagne, manifestations d'estime et d'amitié, encouragements divers et variés. Sa tête est déjà dans cette ville où il va recevoir un accueil particulier. À l'hôtel de ville de Bordeaux, une haie d'honneur l'ovationne en effet de part et d'autre du grand escalier. Il est ému aux larmes. Aux journalistes qui se pressent, il confie, bouleversé, que le combat politique est terminé, mais que le combat des idées continue. On le sent atteint, touché, mais toujours désireux d'agir, sous une autre forme, sur la scène politique.

Bordeaux, il y revient après chaque épreuve de sa vie publique. Car ces jours d'après teintés de tristesse et d'amertume, Alain Juppé en a déjà connu. En 1997, au lendemain de la dissolution ratée, lorsqu'il quitte Matignon pour laisser la place au vainqueur des législatives anticipées, Lionel Jospin. Et en 2005, évidemment, après sa condamnation en appel, quand il rejoint le Québec pour un an d'exil. Cette fois, en

1. *Ibid.*

cette fin de novembre 2016, le maire de Bordeaux sait parfaitement que sa carrière nationale est désormais derrière lui. Sa vie politique, il la terminera dans son hôtel de ville de Bordeaux. À partir du 29 novembre, il se replie dans son donjon, loin de la frénésie parisienne des lendemains de primaire. Décidé à tourner la page, certes, mais tendu et sensible, parfois irascible. Ainsi, le 12 décembre, pendant la séance du conseil municipal, parce qu'un élu de l'opposition l'a attaqué sur l'endettement de la ville et a ironisé sur la durée de son absence à Bordeaux, il réagit vivement et durement, comme s'il était réellement touché. « On est tout de suite dans la petite méchanceté, dans la petite saloperie », réplique Juppé, exaspéré, avant d'imposer une suspension de séance. En privé, Alain regrette parfois de ne pas avoir, en août 2014, annoncé directement et franchement sa candidature à la présidentielle en enjambant les primaires. Mais, le plus souvent, il préfère ne plus revenir sur ces épisodes. Les vacances qui approchent vont lui permettre de souffler en famille. Il part d'abord quelques jours à l'île Maurice avec Isabelle. Puis il passe les fêtes de fin d'année avec sa femme et ses enfants en Bretagne, dans le Morbihan, où sa première épouse, Christine, possède une maison. Les familles recomposées se retrouvent. L'ancien candidat se promène et se repose. Il lit beaucoup. Il décompresse. Mais l'échec est difficile à digérer. La convalescence sera longue. Comme les fois précédentes. Comme en 1997.

1er juin 1997. Alain Juppé est à Matignon depuis plus de deux ans. Ce soir là, il a tout de suite compris. Dès le premier tour des législatives anticipées organisées dans la foulée de la dissolution, il sait qu'il va jouer le rôle de la victime expiatoire. Les résultats sont sans appel. Le PS, regroupé derrière Lionel Jospin, l'emporte nettement. Le responsable, le coupable, ce doit donc être lui, Alain Juppé, le Premier ministre dont certaines réformes, notamment celles sur les retraites et l'assurance maladie, ont provoqué la mobilisation syndicale et les grandes grèves de 1995. Celui aussi dont l'image, celle de l'homme « droit dans ses bottes », a été abîmée par les révélations du *Canard enchaîné* dans l'« affaire des appartements parisiens ». Haro, donc, sur celui par qui la défaite serait arrivée. Alain Juppé connaît ainsi ses premiers lendemains difficiles. Il est devenu le principal responsable, ciblé et désigné. Avant la fin de la campagne, il doit même se résoudre à laisser son rival, Philippe Séguin, prendre le leadership sur la majorité sortante. « C'était humiliant et ce fut inutile. Ce fut aussi source d'un violent ressentiment car il apparaissait ainsi en bouc émissaire d'une défaite qui était en réalité celle de Jacques Chirac[1]. » Le 1er juin, la messe est dite. Juppé quitte Matignon et la tête du RPR. Il vient d'être élu au second tour avec 54 % des voix dans la deuxième circonscription de Gironde, à Bordeaux, ville qu'il dirige depuis 1995. Il va profiter de cette première épreuve pour s'implanter et suivre de près les grands travaux qui ont été lancés, notamment la construction d'un tramway, la réhabilitation du Vieux Bordeaux et la rénovation des quais. Cinq années durant, avec des moments de bonheur et des périodes de doute et de lassitude, Alain Juppé est le plus souvent replié dans sa ville. Il y puisera des réserves d'énergie et d'ambition. Depuis son palais de l'Élysée, Jacques Chirac l'encourage. Quatre ans plus tôt, en 1994, n'a-t-il pas déclaré, au grand dam de ses concurrents, qu'Alain Juppé était

1. Alain Duhamel, *Portraits souvenirs*, *op. cit.*

« sans doute le meilleur d'entre nous » ? Le Président le pense toujours. Son rêve, c'est évidemment que son dauphin désigné lui succède le jour venu.

Survient 2002 et le séisme du 21 avril. Au lendemain de cette tornade politique, Juppé est à la manœuvre pour créer l'UMP, dont il devient le premier président. Le coup de théâtre judiciaire intervient le 30 janvier 2004 à 14 h 23, avec la condamnation de Juppé par le tribunal correctionnel de Nanterre à dix-huit mois de prison avec sursis et dix ans d'inéligibilité. Dix mois plus tard, en appel, la peine est ramenée à quatorze mois de prison avec sursis et un an d'inéligibilité. Un couperet dont le maire de Bordeaux voit immédiatement qu'il ne sortira pas indemne. Les attendus du jugement confirment qu'il n'y a eu aucun enrichissement personnel. Les observateurs savent que Juppé a payé pour un système. La sanction n'en est pas moins humiliante. Ce sera la séquence, terrible, avec le départ de la mairie de Bordeaux, que Juppé quitte en larmes, et la démission de ses fonctions de député et de chef de file de l'UMP. L'épreuve est d'autant plus difficile pour l'ancien Premier ministre que sa mère, Marie, particulièrement proche de lui, disparaît en plein procès, dans la nuit du 14 au 15 octobre 2004. Une souffrance intense pour le fils adulé par cette femme forte et exigeante qui avait transmis à Alain une immense ambition.

Juppé pourra-t-il et saura-t-il rebondir ? Sa carrière politique est-elle terminée ou ne connaît-elle qu'une simple parenthèse ? Les acteurs et les observateurs de la vie politique ne sont pas les seuls à se poser la question. En privé, Juppé lui-même s'interroge. Il doute, triste, nerveux et cafardeux. Avec, début 2005, une petite satisfaction : il est invité par Richard Descoings à assurer à Sciences Po, un semestre durant, une série de quinze séances sur les relations internationales. L'expérience est réussie. Le courant passe avec les étudiants, qui inviteront même le conférencier et sa femme à partager le traditionnel pique-nique de fin d'année sur la pelouse du Champ-de-Mars. Au début de l'été, le couple part pour le Québec, où il séjournera un an. « Une année heureuse[1] », écrira-t-il. Rue Saint-Sauveur, à Montréal, où ils habitent une maison dans le quartier bourgeois d'Outremont, les Juppé sont accompagnés de Charline, à peine 18 ans et fille d'Isabelle, et de Clara, la fille du couple, qui, à l'été 2005, vient de fêter ses 11 ans. Isabelle est immédiatement séduite par le Québec et Montréal. Elle évoquera « tous ces fous rires piqués dans la neige ou dans la glace », « les silences partagés lors de longues balades en canoë sur les lacs », « le goût des saisons », « ces bouquets de petits bonheurs quotidiens [...] transformés en réserves d'énergie pour affronter le retour[2] ». « Grâce à vous, écrira-t-elle à l'intention des Québécois, j'ai sans doute passé ici, au Canada, plus de temps avec lui [Alain Juppé] en douze mois qu'en quinze ans de vie commune en France[3]. » Sur un plan professionnel, l'accueil est d'abord contrasté chez les universitaires québécois, et le démarrage délicat. Puis Juppé s'installe. Ses cours à l'Énap, l'École nationale d'administration publique, se déroulent bien. Ses étudiants sont satisfaits. Et, parallèlement, il développe son blog, bientôt très suivi en France, où il commente l'actualité, notamment nord-américaine et internationale, et des sujets plus franco-français tels que la laïcité, la

1. Alain Juppé, *France, mon pays. Lettres d'un voyageur*, Paris, Robert Laffont, 2006.
2. *Ibid.*
3. *Ibid.*

place de l'islam, l'immigration et l'école. Mais, dans l'hiver québécois, Alain et sa famille cultivent, malgré leur enracinement local, une réelle nostalgie. Un soir de grand vent et de grand froid, bloqué par la tempête sur une station-service d'autoroute proche de Montréal, l'ancien Premier ministre confiera en privé avoir eu une révélation. Réflexion faite, même s'il apprécie la distance, le recul et le confort douillet de cet exil, il doit rentrer, reprendre ses activités politiques, assumer son retour et les risques qui l'accompagnent. Sa première grande épreuve se termine là, sur cette autoroute enneigée et lugubre. Aussitôt, il organise deux votes en « conseil de famille[1] ». Rester à Montréal ou revenir à Paris ? Score sans appel : Montréal, 4 voix ; Paris, 0. Rester à Montréal ou rentrer à Bordeaux ? Le résultat est « limpide » : Montréal, 0, Bordeaux, 4[2]. Juppé et sa famille rentrent donc à Bordeaux en juillet 2006. Et, dans la foulée, l'ancien maire retrouve son fauteuil avec plus de 56 % des voix. Peu à peu, les journées de spleen s'éloignent. Montréal, le Québec et la famille regroupée auront aidé Juppé à supporter cette traversée du désert.

2006-2016. Dix ans s'écoulent entre les deux grandes épreuves qu'Alain doit traverser. Cette fois, les jours d'après s'écoulent tranquillement à Bordeaux. Seuls quelques allers-retours à Paris viennent troubler cette semi-retraite. Le maire de Bordeaux s'amuse en privé à conter et à commenter, avec un soupçon d'autodérision, les moments clés de sa longue carrière : les deux défaites aux législatives et aux cantonales dans son département des Landes, les débuts auprès de Jacques Chirac, la mairie de Paris, l'implantation dans

1. *Ibid.*
2. *Ibid.*

le populaire 18e arrondissement, la députation, l'arrivée au gouvernement, en 1986, comme ministre du Budget et porte-parole, la conquête de Bordeaux pour succéder au légendaire Jacques Chaban-Delmas, le Quai d'Orsay en 1993, puis, en 1995, Matignon. Sans oublier le passage dans l'équipe Fillon, pendant un petit mois, de mai à juin 2007, comme n° 2 du gouvernement, ministre d'État chargé de l'Écologie, du Développement et de l'Aménagement durables, avant de démissionner à la suite de sa courte défaite aux législatives. Moins de 700 voix d'écart. Les Bordelais lui ont-ils fait payer ce jour-là sa promesse de se consacrer en priorité à sa ville ? A-t-il plutôt souffert des débuts laborieux et chaotiques du quinquennat Sarkozy et du gouvernement Fillon, avec notamment la polémique sur la TVA sociale ? Pour lui, cet échec est un souvenir très douloureux.

Nostalgique, l'ancien Premier ministre, en ce début de 2017, quelques semaines après sa défaite aux primaires de la droite et du centre ? Sans doute, mais bien décidé aussi à ne pas replonger dans le bain politique national, à ne pas se laisser instrumentaliser. Fin janvier 2017, quand il reçoit à Bordeaux le candidat Fillon, *Le Canard enchaîné* a publié quelques heures plus tôt les premières révélations sur Penelope et ses revenus élevés en tant qu'assistante parlementaire de son mari puis de son suppléant. Du coup, le déjeuner en tête à tête à Bordeaux entre les deux anciens Premiers ministres n'est pas l'événement politique prévu et espéré par François Fillon. Les médias et les entourages ne parlent que du « Penelopegate ». Quand, deux jours plus tard, il doit réagir après que Fillon a affirmé qu'il ne resterait pas candidat s'il était mis en examen avant la présidentielle, le maire de Bordeaux se montre catégorique. « Clairement et définitivement », il n'y aura pas de « solution de repêchage ». « Quoi qu'il arrive, je ne serai pas un plan B », ajoute-t-il le lendemain. Au fil des jours, l'enquête progresse. Deux enfants de François Fillon sont à leur tour pris dans la tourmente. Les rumeurs se multiplient. Chez les Républicains, le nom de Juppé circule avec insistance. Toutes les hypothèses sont sur la table. Certains affirment qu'il se laisserait convaincre si les dirigeants de la droite et du centre, unanimes, lui demandaient solennellement de reprendre le flambeau. D'autres, sous le manteau, pétris de vraies ou de fausses arrière-pensées tactiques et personnelles, affirment qu'il exclut totalement cette idée. Une certitude toutefois au cours de ces journées de confusion et d'extrême tension, fin janvier et début février 2017 : nombre de regards se tournent vers sa bonne ville de Bordeaux et son maire, considéré comme le recours le plus évident. L'un de ses partisans, le député Philippe Gosselin, lui demande même publiquement, et sans l'en avoir informé, de se tenir prêt. Mais Juppé reste « droit dans ses bottes ». Sa défaite aux primaires l'a profondément attristé. Quand a démarré le « Penelopegate », il commençait à relever la tête. Il a été heureux d'être ovationné au meeting de La Villette le 29 janvier. Mais son esprit est désormais vraiment ailleurs. Bien sûr, il regarde et écoute. Et il écrit. Le 21 février, il relève sur son blog-notes, titré « Un choix de raison », le « profond désarroi » dans l'électorat de la droite et du centre. Et il souhaite que François Fillon prenne « davantage en compte les attentes de tous ces électeurs, y compris, note-t-il, de ceux qui m'ont fait confiance à la primaire ». Traduction : le candidat doit se recentrer. Et le maire de Bordeaux y veillera. Il sera un spectateur-acteur attentif de la campagne.

Mais il confesse alors, en petit comité, avoir dans sa tête renoncé pour l'avenir à tout ce qui relève de la politique nationale.

Les ravages du Penelopegate, avec ses révélations successives, viennent pourtant bouleverser la campagne. Beaucoup de regards, de nouveau, se tournent vers lui. Il consulte, il entend. Quelques sarkozystes le considèrent même comme la seule hypothèse possible. Le 1er mars au matin, ayant appris qu'il serait mis en examen, Fillon évoque avec Juppé l'idée d'un passage de témoin et d'une déclaration commune pour officialiser cette décision. Que se passe-t-il dans les heures qui suivent ? Qui dit vrai ? Sarkozy, qui aurait exprimé de simples réserves sur ce scénario, ou Fillon, qui parlera d'un « *niet* » de l'ancien Président ? Les coups de téléphone se multiplient, jusqu'au week-end des 4 et 5 mars. Deux jours de folie et de confusion. Impressionné par l'ampleur des appels en sa faveur, Juppé fait donc savoir qu'il serait « prêt ». Mais un échange téléphonique très tendu le samedi 4 mars au soir avec Sarkozy le rend plus sceptique. L'ancien Président se présente en effet comme le décideur, celui qui tire les ficelles, ce que conteste un Juppé qui tient à garder les mains libres. Et le rassemblement du Trocadéro, très teinté de « Sens commun », avec la présence voyante de nombreux sarkozystes, vient confirmer ses craintes. Fort du soutien de Baroin, Chatel ou Jacob, présents sur la tribune avec le feu vert de l'ancien Président, Fillon tient bon. Juppé comprend que le candidat ne lâchera pas et que Sarkozy manœuvre et godille pour, finalement, éviter cet unique plan B possible. Seul, malgré les pressions amicales de ses amis et de certains de ses anciens adversaires, il décide « une fois pour toutes » de renoncer. Dans la nuit, une dernière tentative de deux proches, Boyer et Apparu, venus en pleine nuit de Paris en voiture, échoue. Le 6 mars, à 10 h 30, dans sa mairie de Bordeaux, en sept minutes intenses, graves, pudiques et presque poignantes, il rend public son refus d'aller plus loin.

« Quel gâchis », lance l'ancien Premier ministre de Jacques Chirac, plus juppéiste que jamais ce matin-là. Un mélange de sévérité et de force, de dignité et de colère rentrée, de hauteur et de lassitude. Triste par moments, presque crépusculaire. Mais en même temps clair, tranchant, direct, pugnace. « Jamais, sous la Vᵉ République, une élection présidentielle ne s'est présentée dans des conditions si confuses. [...] Le noyau dur des militants et des sympathisants de LR s'est radicalisé », et François Fillon s'est placé « dans une impasse ». Puis vient le chapitre personnel, courageux et authentique. Alain Juppé confesse ne pas incarner le renouvellement. Et il n'occulte pas le poids de sa condamnation de 2004, même si la justice l'a « exonéré de tout enrichissement personnel ». « Je ne veux pas livrer mon honneur et la paix de ma famille en pâture aux démolisseurs de réputation. » Plus tard, il annoncera sur Twitter son parrainage de maire à François Fillon, expliquant que « même simple passager », il ne « quitte pas le navire dans la tempête ». Quelques jours avant le premier tour, il accepte encore d'accompagner Fillon lors d'un déplacement de campagne. Photos, forêt de micros et de caméras. Sourires un peu crispés, sans complicité. Le lendemain du 23 avril noir pour Fillon et LR, Juppé commente sobrement les résultats du premier tour à Bordeaux, pointant deux raisons au grave échec de la droite : la personnalité du candidat et la ligne politique. Et il fixe le cap nécessaire pour « rebondir » : un mouvement « humaniste, libéral et européen ». Avant le second tour et dans la campagne législative, après la nomination de son ami Édouard Philippe à Matignon, il maintient sa ligne : une opposition constructive, une stratégie recentrée pour LR, à l'opposé de Nicolas Sarkozy et de Laurent Wauquiez. Il soutient d'ailleurs sur le terrain les candidats qui partagent cette vision, NKM notamment. Édouard Philippe à Matignon, c'est, d'une certaine manière, sur le terrain des idées, une forme de juppéisme au pouvoir. Le nouveau Premier ministre appelle d'ailleurs fréquemment son ami Juppé et continue de l'appeler « patron ». Le maire de Bordeaux en ressent un mélange de plaisir, de regret et de frustration. Ses amis se réunissent régulièrement, comme le dernier week-end d'août, à Bordeaux bien sûr. Et leur mentor en profite pour rappeler son socle idéologique, une droite réformatrice, européenne et modérée.

Ponctuellement, ici et là, Alain Juppé continuera donc de donner son sentiment et, en privé, de livrer quelques conseils. Il pèsera sur la ligne, l'orientation et l'avenir de la droite. Mais, le lundi 6 mars 2017, il est vraiment sorti du jeu. Par le haut. Après son renoncement définitif, il s'est éloigné et se consacre à sa ville, où il est omniprésent. On le voit même, apparemment heureux, à un concert géant de Céline Dion. « De temps en temps, j'ai des rêves de fuite[1] », écrivait Alain Juppé en 1993, il y a près de vingt-cinq ans. Sa longue page politique étant désormais tournée, aura-t-il encore envie d'assouvir ces rêves ?

1. Alain Juppé, *La Tentation de Venise*, *op. cit.*

Jean-Luc Mélenchon

Les douloureux avrils du Che

21 avril 2002-22 avril 2012-23 avril 2017. À quinze ans de distance, le leader de la France insoumise aura vécu à trois reprises les affres d'une très forte déception. En 2002, c'est l'élimination de Lionel Jospin. En 2012, c'est le recul dans la dernière ligne droite. Et en 2017, c'est le coup d'arrêt à quelques encablures de la qualification pour le second tour. À chaque fois, le Che, pour reprendre le surnom qui lui est donné jusque dans son entourage, a mal supporté le choc. Une sorte de dépression en 2002, une mauvaise surprise en 2012, un abattement passager en 2017. Mélenchon a mauvais caractère. Il n'accepte pas les revers de fortune politiques sans réagir vivement et fortement. Dans ces circonstances, le tribun se rebelle, le meilleur orateur français se raidit. Son orgueil l'emporte. La réaction est alors à la mesure de la désillusion.

« Ça va le faire. » La veille du scrutin, le samedi 22 avril 2017, c'est le SMS que reçoivent les proches du candidat de la France insoumise. Jusqu'au dimanche 23 avril 19 heures, il y a cru. Sincèrement. Il a espéré figurer en finale d'une présidentielle hors normes, profitant d'une bonne campagne menée tambour battant et de l'effondrement politique du candidat issu de la primaire de gauche. Un peu plus de sept millions de voix, près de 20 % des suffrages exprimés. Sur le papier, ce score est flatteur. Mais, il a manqué 600 000 voix à Jean-Luc Mélenchon pour atteindre le Graal du second tour. C'était son rêve. Emporté par sa fougue et le succès populaire de ses réunions publiques, excellent dans les débats télévisés d'avant le premier tour, il était convaincu, malgré des sondages qui le plaçaient déjà en quatrième position, de se qualifier et de priver Marine Le Pen d'un second tour annoncé. Il évoquait avec gourmandise, devant ses proches, le face-à-face télévisé avec Emmanuel Macron. Il se préparait à tenir entre les deux tours quelques meetings géants et à organiser une grande marche. Ce soir-là, quand les premières estimations lui sont communiquées, la déception est terrible. Il tombe vraiment de haut. Pendant de très longues minutes, c'est d'ailleurs le déni. Il ne veut pas commenter les chiffres. Il repousse le moment de son intervention. Il veut attendre des confirmations officielles du ministère de l'Intérieur qui, progressivement, vont crédibiliser les résultats fournis par les différents instituts. « Nous ne validons pas le score annoncé sur la base des sondages. J'appelle à la retenue et les commentateurs à la prudence », déclare-t-il sur Facebook peu après 20 heures. Avec ses troupes, réunies dans un bar du 10e arrondissement, près de la gare du Nord, il est cassant et irascible. Pendant la campagne, il a pourtant fait des efforts. Loin du « bruit et de la fureur », il avait notamment adouci ses critiques contre les médias. Le succès de ses meetings l'avait galvanisé. L'idée, très originale, de son hologramme l'avait amusé et transcendé. Sa campagne digitale et sa chaîne de télévision YouTube avaient fonctionné à plein. Par moments, il était presque euphorique. Sa désillusion est donc à la mesure de ses espoirs. Il se voyait déjà pourfendre Emmanuel Macron, tirer définitivement un trait sur le quinquennat de François Hollande, rassembler toute la gauche et devenir ainsi le chevalier blanc, le seul véritable opposant, le héraut de la prochaine alternance, le seul opposant au représentant de la mondialisation triomphante. Du coup, il réagit avec la fougue et l'emportement qu'on lui connaît. Par dépit, il se contente, juste avant 22 heures, d'une courte intervention publique de quatre minutes et douze secondes, lui qui, pendant la campagne, multipliait les discours-fleuves. Bien sûr, il donne le change. Devant ses partisans qui l'acclament, il fait scander « Résistance ». Il chante *La Marseillaise*. Et il lance avec entrain : « Nous sommes la France insoumise maintenant et pour toujours. » Mais, en privé, il se cabre, il se rebelle, il en veut à la Terre entière, y compris à lui-même. Les jours qui suivent sont un véritable calvaire. Pour lui, pour ses proches, et pour nombre de militants et d'électeurs de la France insoumise qui seront surpris par ses décisions. Les mois d'avril du Che sont décidément amers et douloureux.

Pour Jean-Luc Mélenchon, qui se présente lui-même comme un « polytraumatisé de la politique[1] », le 21 avril est un souvenir terrifiant. L'élimination de Lionel Jospin, son Premier ministre, son mentor, son ami, le laisse sans voix, sans ressort : « Je n'ai plus de sang dans le corps. Je suis couleur de craie. Livide[2] », se souviendra-t-il. L'ancien ministre délégué à l'Enseignement professionnel est sonné, totalement abattu.

1. Jean-Luc Mélenchon, *Le Choix de l'insoumission*, Paris, Seuil, 2016.

2. Marion Lagardère, *Il est comment Mélenchon, en vrai ?*, Paris, Grasset, 2017.

Il arrête immédiatement de fumer. « Il traîne pendant des heures au Louvre devant la statue du scribe dans le département des antiquités égyptiennes, ou sur le parvis de Notre-Dame, à contempler la façade pour méditer[1]. » « Je n'arrivais même pas à faire mon lit[2] », confie-t-il près de quinze ans plus tard à Mireille Dumas. Il écoute en boucle Carla Bruni chanter *Quelqu'un m'a dit*, une chanson « douce, tranquille[3] ». « Quand on est en dépression, on a envie qu'on vous chuchote à l'oreille, pas qu'on vous crie dessus[4] », explique-t-il. En réalité, il traverse une longue période de cauchemar et d'examen de conscience. Il remet tout en cause, son parcours, ses idées, ses priorités, ses analyses, son parti, certaines de ses amitiés politiques. Il ne quittera le Parti socialiste qu'en 2008, mais la rupture est dans son esprit dès le lendemain du 21 avril 2002.

La campagne de 2012 restera pour lui un souvenir mitigé qu'il s'efforcera d'oublier au plus vite pour rebondir aussitôt. Rien à voir avec le réel traumatisme de 2002. Avec près de 4 millions de voix et 11,1 % des suffrages, le résultat est très honorable. Mais le candidat espérait mieux. Pendant la campagne, déjà ponctuée de meetings populaires géants, à la Bastille ou sur la plage du Prado à Marseille, il avait longtemps fait figure de troisième homme, voire d'outsider. À l'arrivée, il n'est pourtant que quatrième, devant Bayrou mais derrière Hollande, Sarkozy et Marine Le Pen, qui le devance de 1 400 000 voix. Il est déçu, mais repart aussitôt à la bataille. Son objectif, c'est d'abattre le Président

1. *Ibid.*
2. France 3, 9 mai 2016.
3. *Ibid.*
4. *Ibid.*

élu, François Hollande, et de marginaliser le PS. Il y parviendra. Pour lui, ce quinquennat Hollande qui s'ouvre est donc fondateur. Il estime sincèrement que la victoire est à portée de main. Le réveil sera difficile.

Pendant quelques jours, après la déception du 23 avril 2017, on ne reconnaît pas le leader de la France insoumise. Après une campagne brillante et ébouriffante, il semble accumuler les erreurs et les provocations. Même avec ses proches, il apparaît mauvais perdant, hargneux, aigre et incontrôlable. Le talentueux tribun a laissé la place à un leader teigneux, oubliant des principes pour lesquels il avait toujours combattu. « Mettez des gants si vous voulez, mais il faut voter », disait-il en 2002, incitant les électeurs à se prononcer sans ambiguïté pour Jacques Chirac face à Jean-Marie Le Pen. En 2012, il avait soutenu, certes du bout des lèvres à l'issue d'une campagne très agressive, Hollande face à Sarkozy. Cette fois, cinq ans plus tard, il renâcle, il rechigne, il se bute. On ne le sent porté que par une détestation générale, en particulier vis-à-vis du candidat opposé à une Marie Le Pen qu'il a pourtant toujours clairement et fermement combattue. Il n'appelle donc pas à voter Macron, et organise une consultation de ses adhérents sur Internet. 36 % de bulletins blancs et nuls, 35 % pour Macron, 29 % d'abstentions : le résultat reflète l'embarras et le désarroi de ses troupes. En prime, il lancera même des attaques personnelles inédites, comme cette accusation d'une violence inouïe contre Bernard Cazeneuve à propos de l'« assassinat » de Rémi Fraisse lors des affrontements de Sivens, en octobre 2014, entre les manifestants et les forces de l'ordre. Mélenchon déroute. Il assiste en spectateur ronchon et désabusé à la large victoire et à la prise de fonctions du nouveau chef de l'État.

Il espère un vrai succès aux législatives qui suivent. Les résultats sont honorables. Mais ils ne correspondent pourtant pas à ses espérances.

Fort de ses 17 députés, Mélenchon forme un groupe tonitruant à l'Assemblée nationale. Les députés LR sont plus divisés que jamais et se répartissent en deux groupes. Marine Le Pen et le FN n'ont que 8 élus. La France insoumise espère donc, haut et fort, faire entendre sa voix au Palais-Bourbon. Les 17 élus, dont le réalisateur de *Merci patron*, le fulminant François Ruffin, font une entrée spectaculaire à l'Assemblée. Ils lèvent le poing. Ils ne parlent pas, ils vocifèrent. Ils ne s'expriment pas, ils provoquent. Ils brandissent à l'unisson le code du travail en séance. Ils contestent tout. Ils combattent tout, de l'anecdotique à l'essentiel : le port de la cravate, le drapeau européen dans l'hémicycle, toute la réforme du droit du travail, toute la réforme éducative, tous les projets du gouvernement, quels qu'ils soient. Ils refusent de se lever pour applaudir, conformément aux usages républicains, l'élection du nouveau président de l'Assemblée nationale. Ils ne se rendent pas au Congrès réuni à Versailles le 3 juillet. Bref, ils contestent en permanence, du matin au soir. Une stratégie payante à court terme, car le bruit de leurs colères est assourdissant. Entre deux attaques au vitriol contre le PS, « le seul zoo de France où les animaux se gardent entre eux[1] », le Che ira jusqu'à affirmer que si Benoît Hamon avait renoncé à sa candidature présidentielle, il serait Premier ministre et lui-même président. Cinq mois après le scrutin, Jean-Luc Mélenchon continue de ruminer son élimination au premier tour. Et il tire sur tout ce qui bouge. Mais lorsqu'il s'agira

1. *La Provence*, 14 septembre 2017.

d'incarner l'alternance, de proposer aux Français un projet cohérent, d'argumenter, de débattre sereinement, loin des micros et des caméras, dans le calme huis-clos des commissions parlementaires notamment, que feront Jean-Luc Mélenchon et ses députés ? Et le patron incontestable et incontesté de cette force politique qui a avalé, tel un boa, un PS vieux de plus de 40 ans, saura-t-il dominer ses excès et ses outrances ? D'avril 2002 à avril 2017, en passant par avril 2012, il a connu un traumatisme majeur et deux fortes déceptions. Pourra-t-il supporter politiquement de nouveaux jours d'après ? Aura-t-il la patience d'attendre encore, lui qui a fêté ses 66 ans en août 2017 ?

François Bayrou

L'obstination du Béarnais

Il a passé une nuit blanche. La veille, le 21 juin 2017, dans un Paris caniculaire, dans un ministère de la Justice chauffé à blanc, François Bayrou a tout pesé dans sa tête. Ses engagements, son parcours, ses valeurs, sa philosophie personnelle, le souhait du Président Macron de le voir quitter le gouvernement. Et il a tranché. Trente-six jours après son arrivée place Vendôme, six semaines après le triomphe de son candidat et de sa stratégie, trois jours après l'élection de 42 députés MoDem, il jette l'éponge. Confronté aux développements de l'affaire des assistants parlementaires européens, son renoncement et sa démission s'imposent. Situation inextricable, cruelle et imprévue. La veille, la ministre des Armées Sylvie Goulard a démissionné, préférant plaider sa bonne foi à l'extérieur du gouvernement face aux soupçons qui la menacent directement. Marielle de Sarnez, l'alter ego de François, penche aussi vers le départ du ministère des Affaires européennes. Le 20 juin au soir, il n'a plus vraiment le choix. Comment pourrait-il défendre dans ces conditions le projet de loi, qu'il a conçu, imaginé et porté, sur le retour à la confiance et la moralisation de la vie publique ? Comment rester alors que Sylvie Goulard et la fidèle Marielle s'en vont ? Comment être en ligne avec les fondamentaux et les engagements éthiques du nouveau Président ? François réfléchit, hésite des heures entières. Il est convaincu que son dossier juridique est solide, qu'il ne peut être condamné, que cette affaire judiciaire ne tient pas la route. Il est amer à l'idée de devoir quitter l'équipe gouvernementale à un moment où ses objectifs politiques, les « objectifs d'une vie », sont atteints et même dépassés. La passation de pouvoirs, le 22 juin au matin, est émouvante. Bayrou se défend de toute faute, dément toute idée d'emplois fictifs au MoDem et s'en prend vivement à la « cocotte-minute » des réseaux sociaux, de la justice et des médias. À la fin de cette cérémonie républicaine, qui constitue une douloureuse épreuve personnelle, François est au bord des larmes. Il pense avec nostalgie aux jours heureux du tout récent mois d'avril. C'était hier, et c'était jadis.

23 avril 2017. Il revit littéralement. Le premier tour de la présidentielle vient de lui donner raison. Le candidat qu'il avait rejoint deux mois plus tôt pour former une alliance durable et solide remporte nettement le premier tour de la présidentielle. Pour François Bayrou, c'est une sacrée revanche. Il y a quinze ans qu'il veut faire gagner une force centrale, ces « deux Français sur trois » chers à l'ancien Président Giscard d'Estaing. Grâce à son accord avec Emmanuel Macron, cette stratégie fonctionne enfin. Après trois défaites personnelles successives, le Béarnais connaît l'ivresse des soirs de victoire. Il est vraiment heureux, presque euphorique. Il n'exclut pas d'être nommé à Matignon et en profite pour revisiter son parcours, ses succès et ses déceptions. À trois reprises, en 2002, en 2007 et en 2012,

ce sont des lendemains d'échecs plus ou moins graves qu'il a dû affronter.

21 avril 2002. Son score modeste, 6,84 % des suffrages, passe plutôt inaperçu au regard du coup de théâtre que constituent l'élimination de Lionel Jospin et le duel inédit du second tour Chirac-Le Pen. Bayrou est déçu mais décidé à poursuivre son chemin sans trop s'arrêter à cette désillusion. Il a aimé faire campagne. La gifle qu'il a donnée au jeune garçon qui essayait de lui faire les poches a fait le tour de la France, avec des réactions plutôt positives sur cette manifestation spontanée d'autorité. Dès le lendemain du premier tour, après avoir appelé à voter Chirac, il reprend l'offensive. Pas question pour lui de s'aligner sur la droite. Pas question de rallier le nouveau rassemblement de la droite et du centre, l'UMP. Bayrou veut jouer sa partition franchement européenne et indépendante. Il a déjà en tête la prochaine échéance présidentielle, son futur et principal adversaire, Nicolas Sarkozy. Ils se connaissent sans s'apprécier, se jaugent sans rien partager, se défient et se combattent à distance. En 2002, Bayrou a les yeux rivés sur 2007. Peu importe le reste.

2 décembre 2006. Le leader centriste a choisi une date historique, celle du sacre de Napoléon Ier et du coup d'État de Louis-Napoléon Bonaparte pour lancer sa candidature. Cette fois, malgré la percée de Sarkozy et la cote de popularité en flèche de Ségolène Royal, il croit en son étoile. Sa campagne est réussie. Elle s'emballe même, au point d'inquiéter sérieusement Nicolas Sarkozy quand Bayrou progresse chaque jour dans les sondages et commence, avec 22 % des intentions de vote, à talonner Ségolène Royal. L'ancien ministre de l'Intérieur le sait parfaitement : si Bayrou arrache la seconde place et la qualification, il devient d'un coup

le grand favori, assuré de bénéficier au second tour des voix de la gauche. Pendant quelques jours, le candidat centriste y croit. Finalement, après un petit tassement en fin de campagne et le réflexe traditionnel du vote utile pour les deux principaux candidats, il obtient près de 7 millions de voix et 18,57 % des suffrages. Ce soir-là, il savoure un résultat qui le propulse dans la cour des grands. Devant son QG, l'affluence est impressionnante. Il est sur un nuage et profite de ces heures exaltantes et de ce score qui peut le placer dans une position d'arbitre du second tour, même si Sarkozy est largement favori. Il reçoit par des intermédiaires puis très directement des messages de Ségolène Royal. On connaît la suite : l'initiative de la candidate socialiste, qui tente de convaincre Bayrou de la soutenir en lui promettant Matignon si elle est élue et en lui proposant même de venir le rencontrer à son domicile personnel ; le face-à-face télévisé inédit qui les oppose sur RMC Info et BFMTV, provoquant la colère de Sarkozy ; sa décision de ne donner aucune consigne de vote (à titre personnel, il votera blanc) ; la nette victoire de Sarkozy. Comme en 2002, davantage encore qu'en 2002, Bayrou a tout de suite en tête la présidentielle suivante. Cap sur 2012. Il crée le Mouvement démocrate, le MoDem. Ces jours d'après, il les passe à se préparer pour les cinq années à venir.

Il est vraiment dépité, ce dimanche 22 avril 2012. Désappointé par son résultat, moins de 3 300 000 voix et 9,13 % des suffrages. Conscient de ne pas avoir pu trouver sa place entre un Sarkozy sur la défensive et un Hollande surfant sur le rejet de l'ancien Président. Attristé mais décidé à marquer de son empreinte l'entre-deux tours. En « homme libre », il va donc baliser la route et jouer le suspense avant de déterminer sa position pour le second tour. Son choix devient l'un des grands enjeux de cet entre-deux-tours intense. Il écrit aux deux candidats pour évaluer et comparer leurs réponses. Il ne cesse d'intervenir pour dramatiser le moment de sa décision. Et, au lendemain du débat Hollande-Sarkozy, le 3 mai à 19 h 20, c'est la surprise. Sans pour autant signer un chèque en blanc au candidat socialiste, Bayrou annonce qu'il votera à titre personnel pour François Hollande. Certes, il précise qu'il ne s'agit pas d'une consigne de vote. Mais la charge contre le Président sortant, accusé d'une « course-poursuite à l'extrême droite », est telle que personne ne s'y trompe. Hollande vainqueur, le leader centriste imagine déjà des lendemains heureux. Il comprend vite qu'il n'en sera rien. Le nouveau Président ne fait pas un geste pour lui faciliter la tâche face au PS dans la bataille législative qui suit. Bayrou est lâché. Accusé de trahison à droite, abandonné par nombre de ses amis politiques, combattu à gauche, défait dans sa circonscription des Pyrénées-Atlantiques, il se retrouve seul, ou presque. Seul à devoir digérer son échec. Seul à tenter de reconstruire sa famille politique. Seul, avec la fidèle Marielle de Sarnez, à affronter l'adversité. Il lui faut une ténacité et une obstination particulières pour relever la tête. Il passe de longs moments en famille dans son refuge de Bordères. Il avale des pages entières, se ressource, remonte sur son tracteur. Il regarde d'assez loin et d'un œil critique les débuts du mandat de Hollande et les soubresauts chaotiques de la droite. Il n'envisage pas de quitter la vie politique, mais on sent une grande lassitude, un vrai fatalisme, une immense fatigue. Il écrit, avec succès. Il voyage, un peu. Et il décide de partir en 2014 à l'assaut de sa bonne ville de Pau, non loin de l'endroit où il a grandi. Banco. Avec le soutien de son ami Alain Juppé, le grand voisin de Bordeaux, il l'emporte aisément. L'échec de 2012 est oublié. De nouveau, le Béarnais regarde l'horizon présidentiel. Avec appétit.

C'est une très longue poignée de main. Le 23 février 2017, à 59 jours du premier tour de la présidentielle, Macron et Bayrou scellent leur alliance dans le restaurant du Palais de Tokyo. Sourires, clins d'œil, caméras, flashes et micros. Au moment où la campagne de Fillon s'effondre, les deux hommes savourent ce moment. Le maire de Pau a sauté le pas. Pour lui, qui aime tant les chevauchées présidentielles, c'est un sacrifice personnel. 2012 aura sans doute été sa dernière campagne. Depuis le début de 2017, il a observé les rapports de force après l'échec de son ami Alain Juppé à la primaire de la droite. Il a analysé l'évolution des sondages, intégré la performance personnelle de Macron. Il comprend que sa candidature serait vraisemblablement vouée à l'échec et que cette nouvelle alliance peut largement contribuer à la victoire du jeune leader d'En marche. Le 22 février, il rompt le suspense et tend la main à l'ancien ministre de l'Économie qu'il a informé de sa décision définitive la veille au soir. Dès le lendemain, l'affaire est conclue. Quelques jours plus tard, Emmanuel Macron progresse de 4 à 5 points dans les sondages. Le duo semble robuste et cohérent. Les deux hommes se voient ou se parlent plusieurs fois par jour. En public comme en privé, Bayrou ne cache ni sa satisfaction ni son plaisir. Il est sûr de la victoire de son candidat. Il imagine déjà la suite. Sans savoir, malgré quelques alertes sur l'affaire des assistants parlementaires du MoDem, que, bientôt, le ciel va lui tomber sur la tête.

Sitôt terminée la passation de pouvoirs, le 22 juin 2017, François Bayrou quitte la place Vendôme. Il retrouve sa mairie de Pau. Il participe activement à la répartition des postes à l'Assemblée nationale, où le groupe du MoDem, avec ses 42 députés, veut jouer un rôle actif. Mais le cœur n'y est plus. « Je ne me suis jamais senti découragé[1] », écrivait-il quelques mois plus tôt. À l'issue de cette séquence pleine de très bonnes puis de très mauvaises surprises, il se pose pourtant de vraies questions sur son avenir. Jamais ses idées et ses combats n'ont triomphé avec autant d'évidence. Et jamais son image n'a été aussi abîmée. Lui qui n'a cessé, depuis des années, de vanter la nécessité de la morale, de l'éthique, de l'intégrité et de l'exemplarité se retrouve mis en cause sur ce terrain. Dans un premier réflexe, après le moment de sidération, il en veut à ceux qui l'ont attaqué, frontalement ou anonymement. Il cherche et condamne les dénonciateurs et les accusateurs, au Front national, à la mairie de Paris et ailleurs. Dans un second temps, il réfléchit à la façon dont il peut encore peser dans le débat politique. Son soutien au Président et au gouvernement est clair. Il cherchera à faire entendre sa voix. Il est secoué, affaibli, diminué. Il s'isole chez lui et ne communique plus, jusqu'à la mise en garde qu'il adresse fin août en s'inquiétant des méthodes gouvernementales et en regrettant l'absence de clarté sur le cap[2]. Il est encore prêt à rebondir. Et à revenir au premier plan. C'est la suite du feuilleton judiciaire qui lui apportera sans doute la réponse.

1. François Bayrou, *Résolution française*, Paris, L'Observatoire, 2017.
2. *Le Point*, 24 août 2017.

Le blues des fantassins

Ils ont une cinquantaine d'années, une solide ambition, des réseaux bien installés, des amis fidèles et, déjà, de vrais ennemis et des adversaires déterminés. Ils ont une implantation locale, une expérience, un CV fourni, souvent des diplômes avantageux. Ils se sont toujours choisi un mentor, un parrain, une référence. Ils se sont progressivement émancipés. Et puis, au hasard d'une élection perdue, d'un coup du sort, d'une affaire encombrante, d'un mauvais choix, d'un protecteur qui s'éloigne, ils doivent affronter l'adversité, voire la disgrâce. Et ils connaissent, parfois très jeunes, ces jours d'après qu'ils n'avaient ni imaginés, ni préparés, ni anticipés. Ils découvrent alors cette mélancolie, ce blues qui mine les plus résolus et affaiblit les plus audacieux d'entre eux.

« Le pouvoir, ça peut faire très mal[1] », se souvient François Léotard plus de quinze ans après avoir quitté la scène politique. Il se rappelle sa conquête du pouvoir, ses premiers succès, ses premières embûches, ses premières erreurs, ses premiers portefeuilles ministériels : la Culture et la Communication, de 1986 à 1988, avec Mitterrand à l'Élysée et Chirac à Matignon, puis la

1. France 2, *13 h 15 le dimanche*, 12 mars 2017.

Défense, dont il rêvait depuis longtemps, pendant la deuxième cohabitation, de 1993 à 1995. Il se rappelle aussi sa victoire pour la mairie de Fréjus, remportée à la hussarde à 35 ans, dans cette ville dont son père, André, fut un maire éphémère, au moment de la catastrophe du barrage de Malpasset, le 2 décembre 1959. Violemment critiqué, rendu responsable du drame qui fit 423 victimes, le père du futur ministre ne se remit jamais de ces accusations. Dix-huit ans plus tard, en mars 1977, son fils François s'engage dans cette bataille électorale pour sauver et laver l'honneur de son père et de sa famille. Après Fréjus, il y aura la députation, le Parti républicain et cette « bande à Léo », ambitieuse et prometteuse, qui se heurtera très vite aux réalités politiques et aux affaires. François Léotard rêvait d'être Président. Il restera comme l'un des grands espoirs des années 1980 et 1990. Usé par ses combats politiques, diminué par ses longs ennuis judiciaires, anéanti par la mort brutale de son frère aîné, le talentueux comédien Philippe Léotard, il se retire à 59 ans. Désabusé, conscient que son heure est passée, il se consacre à l'écriture. Sa plume est fluide, séduisante, cruelle aussi quand il utilise le vitriol pour combattre dès 2008[1] le mandat présidentiel de Nicolas Sarkozy. Ses jours d'après sont littéraires. Et marqués, des années durant, par une immense frustration.

De ces lendemains si difficiles, Jacques Toubon n'en a pas réellement connu. C'est le contre-exemple parfait. Il n'a jamais pu s'arrêter. Toujours désireux d'agir et de bouger. Il a pourtant connu des fortunes diverses et des moments franchement délicats, comme cette polémique, en 1996, lorsqu'il reconnaît, alors garde des Sceaux,

1. François Léotard, *Ça va mal finir*, Paris, Grasset, 2008.

avoir fait envoyer un hélicoptère dans l'Himalaya pour chercher le procureur de l'Essonne dans une affaire mettant en cause Xavière Tiberi, l'épouse du maire de Paris. Fidèle de Jacques Chirac, Toubon est resté jusqu'en 2007 au service de celui qu'il a rejoint en 1971. Il le suit pas à pas dans les cabinets de l'Agriculture, de l'Intérieur, à Matignon, au RPR, à l'Assemblée nationale. Il entre dans son premier gouvernement en 1995 et devient même son conseiller à l'Élysée après la dissolution ratée de 1997. En 2007, lorsque son ami Chirac quitte le palais présidentiel et toute fonction politique, Jacques Toubon a 66 ans. Il est député européen. Éclectique, boulimique, il est sur plusieurs fronts : la Cité nationale de l'histoire de l'immigration, le Fonds Eurimages du Conseil de l'Europe, le cinquantenaire des Indépendances africaines, le Haut Conseil à l'Intégration. Et, en 2014, sous le mandat de François Hollande, à plus de 73 ans, il succède à Dominique Baudis comme défenseur des droits. Dans son jardin secret, Toubon a des goûts tout aussi variés, de l'Opéra à la Formule 1. Il n'envisage pas une seconde de s'arrêter, de regarder derrière lui, de souffler. Question de caractère. Là où d'autres jeunes loups ont préféré prendre du champ, traîner leur spleen et ruminer leurs échecs, il avance. Et il le fera jusqu'au bout.

Après Habitat, ce sera la production de miel dans sa Bourgogne natale. Arnaud Montebourg est ainsi. Tête chercheuse, original, attachant dans sa quête permanente du rebond imprévu. Jusqu'au 22 janvier 2017, il a connu des succès, nombreux, et de solides déceptions, vite surmontées. Mais, au soir du premier tour des primaires citoyennes de la gauche, il comprend que, cette fois, son échec est grave. Son résultat n'est pas déshonorant. Cependant, avec 17,75 % des suffrages, il n'occupe que la troisième place, derrière Benoît Hamon et Manuel Valls. Sa stratégie et sa tactique ont fait long feu. Comme cinq ans plus tôt, en 2012, lorsque ses 17,19 % l'ont placé troisième derrière François Hollande et Martine Aubry. Cette année-là, il n'a pas hésité longtemps, même s'il l'a regretté plus tard, à soutenir Hollande face à la maire de Lille. En 2017, il est encore plus rapide pour rallier, quelques minutes après les résultats, la candidature de Hamon. Il le fait sans enthousiasme. Mais, après avoir condamné le quinquennat de Hollande, il veut contribuer à la défaite de Valls. En cette fin de janvier, il n'imagine pas une seconde le bouleversement politique qui va intervenir. Il souhaite une VIe République et une rénovation des institutions. Il sera englouti lui aussi par la vague « dégagiste » qui va vite devenir un tsunami. Du coup, il fait savoir qu'il veut créer dans sa région de Bourgogne une start-up spécialisée dans la production de miel « *made in France* ». Le temps d'attendre et de voir, avant de tenter une OPA sur ce qui reste du PS ? Montebourg est imprévisible. Il piaffe. Il remue en permanence des idées et des projets. Ses jours d'après seront inattendus.

Il a vu de près sa mort politique. Et il a pensé, l'espace de quelques jours, tout abandonner. Le 27 mai 2014 à 8 h 45, dans une salle chauffée à blanc du sous-sol de l'Assemblée nationale, Jean-François Copé fait face à la meute. Ayant réuni en urgence le bureau politique de l'UMP après des révélations explosives sur l'affaire Bygmalion, il doit s'expliquer devant tous les caciques du mouvement. Deux heures durant, dans une ambiance de haine et de règlement de comptes, Copé est mis en accusation. « Barre-toi », finit par lui lancer l'un des dirigeants du parti qui, ce matin-là, est déjà au bord de l'implosion. Devant ce naufrage collectif, Copé doit démissionner, suivi par toute la direction de l'UMP. Il partira définitivement le 10 juin suivant, dix-neuf mois après avoir remporté dans une confusion absolue, au milieu des invectives et des accusations réciproques de tricherie, son duel pour la tête du mouvement face à François Fillon. « On se nourrit de ses échecs et de ses victoires[1] », expliquera-t-il plus tard. En l'occurrence, Copé doit affronter des échecs retentissants. Et, s'il décide finalement de continuer, au lendemain de sa démission, c'est d'abord pour prendre sa revanche et défendre son honneur. Sa progression a été rapide. Député à 31 ans, maire de Meaux deux années plus tard, ministre délégué au Budget, porte-parole du gouvernement, patron des députés UMP : il dispose d'un noyau d'amis, dont certains ne tarderont pas à le trahir, et de vrais ennemis. Au premier rang de ces adversaires, il y a Sarkozy. Ils se détestent cordialement. En 2016, Copé ne se présentera aux primaires de la droite et du centre que pour batailler contre l'ancien Président. Entre-temps, l'affaire Bygmalion a totalement détruit ce qu'il y avait encore de commun entre les deux hommes. Copé a été blanchi. Et cette affaire est devenue celle des comptes de la campagne de 2012 de Sarkozy. Mais la candidature de Copé aux primaires tourne au fiasco. 0,30 % des suffrages, 12 787 petites voix : Copé est le dernier des sept candidats. Il est même devancé de 50 000 voix par l'obscur et très conservateur Jean-Frédéric Poisson. Du coup, ayant compris que les législatives confirmeraient les résultats de la présidentielle, il se replie sur sa ville de Meaux, choisit de conserver sa mairie et reprend ses activités d'avocat. Ses jours

1. France 2, *13 h 15 le dimanche*, 12 mars 2017.

d'après, il veut les consacrer à la refondation de cette « droite décomplexée » dont il s'est fait le théoricien. Toujours déterminé, encore ambitieux, mais conscient aussi que son image dans l'opinion reste gravement altérée. Et, pourtant, comme d'autres avant lui, il parie sur la possibilité d'un rebond.

Pierre Moscovici semble très à l'aise dans ses habits de vice-président de la Commission européenne. Il y a maintenant trois ans qu'il siège à Bruxelles dans cette instance utile, passionnante, ingrate, mal connue et peu appréciée des opinions publiques européennes. À tout juste 60 ans, Moscovici sait tout cela. Mais, depuis qu'il a rejoint le PS après un passage à la Ligue communiste révolutionnaire, il a toujours fait de la construction européenne son objectif politique prioritaire. Ses jours d'après, il les veut donc constructifs. C'est au lendemain de son départ du gouvernement, le 31 mars 2014, qu'il fait ce choix et confirme à son ami François Hollande, alors Président, qu'il aimerait quitter Paris pour Bruxelles. La promesse sera tenue. Moscovici lui en saura gré, même si son départ du gouvernement a eu un goût amer. Cette déception sera donc de courte durée. Plus brève qu'en 2002 après le 21 avril, qu'il a vécu en première ligne avec Lionel Jospin. Ce soir-là, Pierre Moscovici ne peut cacher sa tristesse et son émotion. Jusqu'à cette soirée noire, il n'a pratiquement pas connu d'échec. Son CV est brillant : des DEA de sciences économiques et de philosophie, Sciences Po, l'ENA dans la promotion Louise Michel, où il croise Guillaume Pepy, le patron de la SNCF, et François Villeroy de Galhau, futur directeur de cabinet de Dominique Strauss-Kahn et gouverneur de la Banque de France. Député à 40 ans, ministre dans la foulée, Moscovici est alors considéré comme l'un des grands espoirs de la gauche. Directeur de campagne de François Hollande en 2011, il est sérieusement concurrencé par Manuel Valls, qui a en charge la communication. Il héritera de Bercy, avant de rejoindre la Commission européenne. Un itinéraire plutôt linéaire. Avec le souvenir marquant du 21 avril 2002. C'est sans doute ce jour-là, peut-être sans le savoir lui-même, que Pierre Moscovici s'est éloigné de la scène politique nationale. Et a tourné une page.

2,38 % des suffrages. 102 168 voix. Ce dimanche 20 novembre 2016 au soir, Bruno Le Maire a la gueule de bois. Il avait bien démarré sa campagne, obtenu des sondages flatteurs, bénéficié d'une attention bienveillante des médias, quadrillé le territoire pendant des mois. À l'arrivée, c'est pourtant le fiasco. Trop arrogant avec son slogan « Le renouveau, c'est Bruno » moqué en permanence sur les réseaux sociaux ? Trop « marketé » avec cette arrivée remarquée au premier débat télévisé sans cravate, à contre-emploi et contre-image ? Trop pressé face aux trois ténors de la droite et du centre, Juppé, Fillon et Sarkozy ? Le soir du 20 novembre, à l'inverse de ce qu'il a affirmé durant toute sa campagne, Le Maire soutient très vite l'un des deux finalistes, Fillon. Il sera l'un des premiers à s'en éloigner quand l'affaire du Penelopegate éclatera. L'ancien ministre de l'Agriculture ne s'interroge pas vraiment sur la suite. Il cache à peine qu'il veut être un jour Président. Pas question de quitter la scène politique, de se consacrer par exemple à l'écriture, lui qui a pourtant déjà publié plusieurs livres à succès, *Le Ministre*, *Des hommes d'État* ou *Jours de pouvoir*. Face à l'envolée d'Emmanuel Macron, qui est de neuf ans son cadet, il est d'abord circonspect, puis admiratif. Son ralliement et sa nomination à Bercy ne surprennent personne. Ses jours d'après, il les a consacrés à préparer méticuleusement la suite. À prendre date. Et à briguer Matignon le jour où Édouard Philippe serait remplacé ? Bruno Le Maire est, lui aussi, un parfait contre-exemple. Trop jeune, et trop ambitieux, pour penser déjà aux lendemains amers...

Il a été battu et presque humilié à deux reprises. Au point de participer allégrement à l'explosion du PS. 6,36 % des suffrages au premier tour de la présidentielle. Puis, sept semaines plus tard, éliminé dès le premier tour dans sa circonscription des Yvelines. Il a manqué 80 voix à Benoît Hamon dans son ancien fief de Trappes. Mais la défaite est amère et l'échec cuisant. « Je me battrai après. Rien ne m'arrêtera », a-t-il déclaré au lendemain de son fiasco présidentiel. Et il est parti, comme il l'avait promis, faire une longue sieste. Dans les jours qui suivent, Hamon prend conscience de l'ampleur et des conséquences de cette bérézina électorale. Aucun signe ne lui vient de l'Élysée. Pas un appel de Hollande, qui renvoie ainsi la balle à celui qui a pris, aussitôt après son départ du gouvernement, la tête des frondeurs. Benoît Hamon appelle, du bout des lèvres, à voter Macron contre Marine Le Pen, tout en précisant que cela « ne vaut en rien soutien à son projet ». Il réunit ses troupes et annonce qu'il quitte le PS pour créer, le 1er juillet sur la pelouse de Reuilly, dans une certaine indifférence, un nouveau mouvement. Il essuie un camouflet de plus avec la publication du programme socialiste pour les législatives. Aux oubliettes, le projet présidentiel du large vainqueur des primaires de gauche avec son revenu universel et son 49.3 citoyen. Quoi qu'il en dise, Hamon est groggy ce 11 juin au soir, après sa sèche élimination dans sa circonscription, comme il l'était au lendemain du premier tour de la présidentielle. Et, deux jours plus tard, il appelle à voter pour la candidate de la France insoumise contre Valls dans l'Essonne. Il acte ainsi la rupture chez des socialistes désormais vraiment irréconciliables. Par un tweet, après sa défaite dans les Yvelines, Hamon envoie sur les réseaux sociaux une reproduction de Sisyphe poussant son rocher, un tableau peint au XVIe siècle par Titien. Tout un programme…

Elle aussi est sonnée par son score du 11 juin 2017. NKM s'est perdue. Elle a tendu la main à Emmanuel Macron et à ses proches un peu tard, au lendemain du premier tour de la présidentielle. Mais elle a dû affronter dans sa circonscription du 7e arrondissement de Paris un candidat d'En marche, un ancien journaliste, Gilles Legendre. Sans compter deux candidats de droite dissidents, dont Henri Guaino. Entre les deux tours, elle a été scandaleusement agressée sur un marché où elle faisait campagne. Tous les acteurs politiques dénoncent ce geste. Trois jours plus tard, elle est largement dominée et suit les résultats du second tour depuis son lieu de repos. Paie-t-elle, comme elle le pense, son soutien loyal, jusqu'au bout, à un François Fillon qui lui avait légué cette circonscription en or ? Peut-être. Mais également une indépendance trop marquée, une liberté de penser et d'agir trop visible pour une droite parisienne qui n'apprécie guère cette personnalité. NKM détonne au sein de LR. Porte-parole de Sarkozy en 2007 sans approuver nombre des positions du futur Président. Aux côtés de Fillon en 2017 malgré l'ampleur de leurs divergences. Ministre avec Borloo mais n'hésitant pas à le critiquer sèchement. Après cet échec cuisant dans une circonscription imperdable, NKM se met à chercher du travail. Elle assurera des cours d'écologie politique à l'X, son ancienne école. Cette polytechnicienne de 44 ans est pétrie de talent. Mais, elle se doit de clarifier sa stratégie politique, de préciser où elle se situe vraiment. Et de choisir aussi un point de chute électoral plus audacieux et plus risqué. Si elle veut continuer de peser, elle sait sans doute aussi qu'elle devra impérativement consacrer ses jours d'après à se remettre en question.

Dans ce saisissant jeu de massacre de 2017, nombre de fantassins, têtes de gondole ou plus modestes, ont connu des fortunes diverses. La plupart d'entre eux ont mordu la poussière. Violemment, dès le premier tour, à l'image de Cécile Duflot, de Jean-Christophe Cambadélis, de Rama Yade ou d'Henri Guaino. D'autres au second tour, comme Najat Vallaud-Belkacem, Marisol Touraine et Myriam El Khomri. À l'heure du grand chambardement, ces fantassins sont au pied du mur. Le choix paraît clair : continuer le combat politique, à condition de s'adapter à la nouvelle donne et aux nouvelles pratiques ; ou renoncer, quitter la scène, prendre le large, au moins provisoirement. Et s'enrichir d'une autre vie.

Nicolas Sarkozy

L'éternel retour

Il est littéralement K.-O. debout. Le dimanche 20 novembre 2016, au soir du premier tour de la primaire de la droite et du centre, vers 19 h 30, l'ancien Président est chancelant. Il a toujours cru en son étoile. En revenant dans l'arène politique, en 2014, il était sûr de lui, profondément convaincu qu'il ne ferait qu'une bouchée de ses concurrents puis de ses adversaires. Il imaginait l'ampleur de sa revanche contre François Hollande. Il se voyait déjà de retour à l'Élysée, le premier sous la Ve République à retrouver le palais après une défaite. Réussir là où Valéry Giscard d'Estaing avait échoué ! C'était son pari, et son défi. Pari perdu, défi envolé. Les jours d'après commencent, plus douloureux encore qu'en 1995 et 2012, quand il a connu l'échec et les lendemains cafardeux de la défaite. Mais c'était une autre époque. Et son ambition restait intacte.

Ce 20 novembre, le choc est terrible. Nicolas Sarkozy avait tout prévu, tout planifié, tout organisé, tout anticipé : le retour, tonitruant ; l'élection à la présidence de l'UMP, forcément triomphale ; la prise en main du parti, efficace ; le démarrage de la campagne, ce fameux « blast » qui écrase tout sur son passage, explosif ; le succès à la primaire, aussi large qu'évident. À l'arrivée, c'est l'échec, presque humiliant, et le camouflet sur toute la ligne. Le retour de 2014 s'est révélé poussif, l'élection à l'UMP laborieuse, la mise en place des « Républicains » efficace mais trop partisane, la campagne pour la primaire populiste, à droite toute, provocatrice avec parfois, de « nos ancêtres les Gaulois » à la « double ration de frites », des propos dignes de Trump et peu compatibles avec la posture d'un ancien président de la République. Bref, rien n'a vraiment fonctionné, à l'exception d'une toute relative pacification au sein des Républicains. Déni de réalité ou phénomène de cour ? Sarkozy n'a rien vu venir. Son entourage et ses conseillers l'ont conforté dans sa stratégie, sans oser lui dire ce qu'ils entendaient et observaient sur le terrain, sans lui expliquer à quel point le rejet de sa personnalité était massif. Explication de l'académicien Jean-Marie Rouart : « Les Français de droite ont voulu la politique de Sarkozy mais avec un autre visage[1]. » L'ancien Président a accumulé les erreurs et les mauvais pronostics. Il prévoyait ainsi un corps électoral largement dominé par le noyau dur des militants des Républicains, 2 à 2,5 millions de votants. Du coup, lorsqu'il apprend dès le matin du 20 novembre que les Français votent en masse, au-delà des frontières de la droite, il comprend immédiatement. Le piège de la primaire s'est refermé sur lui. Tout au long de cette journée *horribilis*, il vit un calvaire. Il commet même une erreur de débutant, grillant la politesse à tous ceux qui attendent depuis longtemps pour aller voter dans une école communale du 16e. Arrivé avec Carla, il fonce

1. Jean-Marie Rouart, *Le Psychodrame français*, Paris, Robert Laffont, 2017.

directement vers le bureau de vote, comme un chef de l'État en exercice, alors que Fillon et Juppé patientaient avec tous les électeurs, l'un à la mairie du 7e, l'autre à Bordeaux. Jusqu'aux premiers résultats partiels, vers 19 h 30, Nicolas Sarkozy espère encore, même avec un faible score, être présent au second tour. Et quand il mesure l'ampleur des dégâts, il s'efforce de faire bonne figure. Pourtant, il sait que sa carrière politique est finie, qu'elle se termine par un retentissant ratage. C'est la chute, soudaine et brutale, de la maison Sarkozy.

Pendant les heures qui suivent cette gifle politique, l'ancien Président va, selon la plupart des témoins directs, de la stupéfaction à l'accablement, de la surprise à la consternation. Rien à voir avec le 6 mai 2012, ce jour de défaite qui le montra, au-delà des mots qu'il prononcerait, déterminé et batailleur. Le 20 novembre 2016, dans ses bureaux du second étage du QG de la rue de l'Université, derrière le musée Chirac, petit clin d'œil de l'histoire, tous ses proches sont là, en rangs serrés. Carla, bien sûr, Louis, le fils qu'il a eu avec Cécilia et qui se passionne pour la politique, son amie Ingrid Betancourt, qui l'a soutenu dans cette campagne. Il y a ses deux plus proches conseillers, Sébastien Proto, un inspecteur des finances de 39 ans associé gérant de Rothschild Frères, et le sondeur Pierre Giacometti. Il y a ceux qui lui sont fidèles depuis longtemps, Brice Hortefeux, Pierre Charon, Rachida Dati ou Claude Guéant. Et il y a tous ceux, dont nombre d'opportunistes, qui avaient fait le pari hasardeux d'une victoire de leur ancien ou nouveau champion : François Baroin, Laurent Wauquiez, Éric Woerth, Éric Ciotti ou Gérald Darmanin. Dès qu'il connaît l'ampleur de la défaite, avec 20,7 % des voix, Nicolas Sarkozy s'isole pour rédiger son intervention télévisée. Carla, très affectée, est associée à l'élaboration du texte, ainsi que Proto et Giacometti. Il est un peu plus de 22 heures lorsque le candidat malheureux descend prononcer son allocution, peut-être la dernière de sa très longue vie politique.

« Il est temps maintenant pour moi d'aborder une vie avec plus de passions privées et moins de passions publiques [...]. Bonne chance à la France [...]. Au revoir », lance Sarkozy qui, sans avoir beaucoup hésité, apporte son soutien à François Fillon. Ému et émouvant. Humain, avec un certain panache. Fait inhabituel, le timbre de sa voix est blanc. Il réussit cette seconde sortie, comme il avait réussi son discours de la Mutualité le soir de sa défaite présidentielle, le 6 mai 2012. L'ex-Président affirme qu'il ne ressent « ni amertume ni tristesse ». En réalité, dans son cercle amical, loin des micros et des caméras, il n'est que tristesse et amertume. Presque mortifié. Une fin de parcours qu'il n'aurait jamais imaginée, même dans le pire de ses cauchemars. Quand, dans les heures qui suivent, il découvre le détail des résultats, il est littéralement effaré. Il n'est en tête de ce premier tour de la primaire qu'en Corse. Le Sud-Ouest est à Juppé, tout le reste de la France à Fillon. À Neuilly, son fief historique, comme à Levallois-Perret, chez ses amis Balkany, Sarkozy est devancé par son ancien Premier ministre. Dans le département des Hauts-de-Seine, où il faisait la loi, où il était chez lui, il fait moins de 15 % ! Autant de chiffres, autant de catastrophes, autant de déconvenues. Ses proches s'efforcent de le réconforter. « Quelquefois, les meilleurs perdent. Bravo, mon amour, je suis fière de toi », écrit publiquement Carla Bruni sur son compte Facebook. L'ambiance est sinistre. Les militants s'en prennent aux journalistes et aux médias. Une soirée abominable...

Le lendemain matin, c'est la gueule de bois. Nicolas Sarkozy n'est pas dupe. Il sait que sa vie politique nationale est terminée. Les hommages sur son allocution de la veille au soir ne l'émeuvent guère. Il a plutôt apprécié que François Fillon lui téléphone pour le remercier de son soutien et tienne à avoir « une pensée particulière » pour lui. Mais il n'a pas oublié leurs différends, leurs accrochages, leurs divergences. Pendant cette campagne, il n'a pas ménagé ses coups contre ce « Mister Nobody », ce « Courage Fillon » qu'il considérait comme un « collaborateur » entre 2007 et 2012. Mais il n'imaginait pas une seconde que son ancien Premier ministre aurait plus de vingt points d'avance sur lui et terminerait en trombe ce premier tour. Il a compris que sa stratégie offensive contre le « danger » du duo Juppé-Bayrou avait finalement et paradoxalement fonctionné... mais au profit d'un Fillon qui, dans la dernière ligne droite, avait récupéré en masse l'armée des électeurs anti-sarkozystes. Ce matin-là, donc, Sarko a du vague à l'âme. Il sourit quand même sur la photo qui le montre au bras de Carla[1] lorsqu'ils quittent leur domicile pour aller chercher leur fille Giulia à l'école. Puis il rejoint son bureau d'ancien Président, rue de Miromesnil, à deux pas de l'Élysée, y déjeune avec ses plus proches collaborateurs avant de partir, en début d'après-midi, faire son jogging et terminer la journée en famille. Il apprend sans surprise que ses partisans, de Baroin à Darmanin, de Wauquiez à Ciotti, de Hortefeux à Woerth, de Rachida Dati à Pierre Charon, se rallient au vainqueur de la première

1. *VSD*, 24 novembre 2016.

manche, suivant tout naturellement le choix qu'il a exprimé la veille au soir. Dans l'immédiat, il refuse de faire son autocritique, de regarder en arrière. Il pointe du doigt les pièges qui lui ont été tendus, le livre de Buisson notamment, et les révélations en cascade qu'il a dû affronter dans les derniers jours sur ses relations avec Takkiedine et Djouhri. Son entourage politique, ses proches ne l'ont-ils pas suffisamment alerté sur l'ampleur du rejet dont il faisait l'objet et qu'il a lui-même traité par la dénégation et le mépris, renvoyant la responsabilité de ce phénomène sur les « élites », les médias et les journalistes ? S'est-il laissé emporter et aveugler par la foule présente dans ses meetings et par le nombre et la chaleur des milliers de militants inconditionnels venus lui faire dédicacer ses livres dans des librairies à travers la France ? Maintenant, au lendemain du désastre, il ouvre les yeux. Et mesure les dégâts provoqués par ses transgressions et ses excès en apprenant que, dans de nombreux bureaux de vote, des bulletins à son nom étaient rageusement déchirés. Mais en ce 21 novembre, il considère qu'il est trop tôt pour évaluer et reconnaître ses erreurs stratégiques et tactiques et regretter ses dérapages et ses outrances. Ce sera pour plus tard, quand les plaies seront vraiment refermées. Pour l'instant, en ce lendemain de défaite, il donne le change à ses visiteurs et organise ses prochaines vacances familiales.

Mercredi 23 novembre. Trois jours après le premier tour, Sarkozy reçoit une petite cinquantaine de ses amis politiques dans ses locaux d'ancien Président pour un déjeuner buffet. Le QG électoral va être vidé. Le bail signé courait jusqu'en mai 2017, au lendemain du second tour de la présidentielle. Il sera immédiatement dénoncé. Devant ses proches, passés avec armes et bagages chez Fillon, il apparaît détendu et va jusqu'à affirmer qu'il n'a « jamais été aussi heureux en politique que pendant cette campagne ». Quelques sourires dans l'assistance, où l'on peine à le croire. Il parle un peu de la suite, prévoit déjà de reprendre le cycle des conférences rémunérées, imagine des responsabilités internationales, envisage également des activités de conseil stratégique ou d'animation de fonds d'investissement. Sait-il déjà qu'il entrera en février 2017 au conseil d'administration du groupe hôtelier Accor dirigé par son ami Sébastien Bazin ? Il explique aussi, ce 23 novembre, qu'après le vote du second tour il partira pour des vacances en Thaïlande avec Carla et leur fille Giulia. Puis ce sera le cap Nègre pour les fêtes de fin d'année. Quelques jours plus tard, il affirmera ne pas avoir voulu regarder le face-à-face Fillon-Juppé du 24 novembre, préférant un dîner amical. Mais on ne saura pas s'il a visionné le duel de ses deux vainqueurs en replay. Difficile d'imaginer le contraire. Le jour du second tour, le 27 novembre, il va voter très tôt, plutôt discrètement. Et après les résultats, il se contente d'un tweet de félicitations à Fillon puis appelle au rassemblement derrière son ancien Premier ministre. Autour de lui, et même si Carla affirme en privé être soulagée de voir son mari passer à autre chose, c'est la nostalgie qui domine. Ses amis ont tous compris que la page du sarkozysme se tournait et tentent de se consoler en faisant vivre les souvenirs, ces moments où Nicolas Sarkozy repartait très vite au combat, énergique et volontaire, entretenant la flamme au lendemain d'un échec.

Dimanche 23 avril 1995, plus de vingt et un ans en arrière. Depuis quelques jours, les sondages sont unanimes. Chirac devance Balladur à l'issue de ce premier tour en forme de primaire. 700 000 voix les séparent. En arithmétique électorale, une goutte d'eau sur plus de 31 millions d'électeurs. Mais, en politique, c'est un océan. Sarkozy est du mauvais côté. Il a soutenu activement Balladur contre Chirac, un geste considéré par les partisans du maire de Paris comme une trahison. Le jour où Nicolas vient annoncer à Jacques qu'il choisira Édouard, le maire de Paris réagit avec une froideur extrême : « Je ne cherche pas à l'en dissuader, écrira Chirac, lui recommandant tout au plus de ne rien précipiter, de ne pas mettre "tous les œufs dans le même panier"[...]. Cette première défection ne me laisse pas indifférent[1]. » Après, jusqu'au premier tour, entre décembre 1994 et avril 1995, Sarkozy multipliera les attaques contre celui qui l'a mis sur orbite vingt ans plus tôt. « L'encéphalogramme chiraquien est plat. Ce n'est plus l'Hôtel de Ville, c'est l'antichambre de la mort [...]. Chirac est mort, il manque juste les trois dernières pelletées de terre[2] », lancera-t-il à un moment où il imagine que son candidat, Édouard Balladur, pourrait être élu au premier tour. Et puis c'est le croisement des courbes des sondages. Isolé avec un petit carré de fidèles, menant une campagne dynamique sur le thème de la fracture sociale, le maire de Paris l'emportera au premier et au second tour. Pour Sarkozy, c'est le début d'un purgatoire qui va durer plus de deux ans. Les premiers jours d'après...

Sifflé dans des réunions du RPR, rejeté par les militants chiraquiens, Sarkozy prend son mal en patience. Il s'ennuie dans sa mairie de Neuilly, où le temps lui

1. Jacques Chirac, *Chaque pas doit être un but*, *op. cit.*

2. Nicolas Domenach et Maurice Szafran, *Le Roman d'un Président*, t. 2, *Le miraculé*, Paris, Plon, 2000.

paraît bien long. Il refait le monde avec ses amis Hortefeux, Charon ou Balkany. Sa vie privée le console de sa traversée du désert politique. Le 23 octobre 1996, il épouse Cécilia. L'ambition élyséenne sera l'histoire et le Graal du couple. À l'Élysée, et même si Claude et Bernadette, dont l'opinion changera rapidement, lui restent très hostiles, Villepin, actif et influent secrétaire général de la présidence, commence à comprendre que la majorité aura sans doute besoin de nouveaux renforts, dont celui de Sarkozy. Le rapprochement s'effectue doucement. Surviennent la dissolution en boomerang de 1997, la victoire de l'opposition aux législatives et l'arrivée de Lionel Jospin à la tête du nouveau gouvernement. Philippe Séguin prend la présidence du RPR et choisit Nicolas Sarkozy pour le seconder au secrétariat général du mouvement. Les élections européennes de juin 1999 se profilent. Séguin s'y prépare, mais la confusion règne avec la constitution d'une liste Pasqua-de Villiers. Les chiraquiens se déchirent, l'Élysée hésite à trancher et à arbitrer. Du coup, exaspéré, Séguin renonce. Sarkozy prend immédiatement le relais. Mais le souffle n'est pas là, les électeurs de droite commencent à tourner le dos à l'Europe, la campagne piétine et s'embourbe. Le résultat dépassera les pires prévisions. La liste Sarkozy est largement distancée par la liste socialiste emmenée par François Hollande. Elle est même devancée par le duo Pasqua-de Villiers : 41 000 voix les séparent. Un écart certes réduit, mais un échec politique cuisant. Quatre ans après la défaite de Balladur, cette déconvenue est, d'une certaine manière, plus grave encore, car plus personnelle. Cette fois, après le renoncement de Séguin, c'est bien Nicolas Sarkozy qui était en première ligne.

Il a parié, il s'est lancé, il a perdu. De nouveau, les lendemains de défaite sont amers.

1999-2002. Nicolas mettra à profit ces trois années pour travailler, plutôt discrètement, voyager et renforcer des réseaux qui lui seront si utiles pour la campagne de 2007. Avec l'Élysée, il fait des efforts pour jouer la carte de la loyauté et de la réconciliation. Avec Bernadette, les relations se sont apaisées au point que la Première dame ne tarit pas d'éloges sur son nouveau poulain. Elle déteste tellement Dominique de Villepin et, dans une moindre mesure, Alain Juppé que Nicolas Sarkozy lui apparaît désormais, malgré le lourd contentieux de 1995, comme l'un des meilleurs espoirs de la droite. Le maire de Neuilly multiplie les rencontres et les contacts réguliers avec les élus, et davantage encore avec les journalistes de terrain et les patrons de médias. Dans un premier temps, confiant sur la victoire de Chirac à la présidentielle de 2002, et bénéficiant donc du renfort appréciable de Bernadette, il tisse sa toile. Son objectif : devenir, au lendemain de l'élection, le nouveau chef du gouvernement. Il y croit vraiment, ne mesurant pas le degré de détestation de Chirac à son égard. Arrive le 21 avril 2002, ce séisme politique de l'élimination de Jospin et, en conséquence, l'assurance d'une large réélection du Président sortant. Sarkozy s'engage à fond dans la mêlée de l'entre-deux tours. Jusqu'au soir de la victoire de Chirac, il pense être nommé à Matignon. Dès le lendemain matin, il déchante. C'est Jean-Pierre Raffarin qui est choisi. Bernadette n'a finalement rien pu faire. Comprenant que son mari ne nommerait jamais Sarkozy, elle a même conseillé la nomination du sénateur de la Vienne. Nicolas a la gueule de bois. Elle ne durera que quelques heures. Il devient ministre de l'Intérieur. Puis, cinq ans plus tard, le nouveau chef de l'État. Jusque-là, ses échecs ont été réels. Mais il a su les dépasser et repartir de l'avant.

6 mai 2012. Cette fois, la défaite est sans appel. Lorsqu'il prend connaissance des premiers chiffres, vers 18 h 30, dans son bureau présidentiel le jour de ce second tour, Sarkozy n'est pas franchement étonné. Lui qui adore les sondages et en a tant commandé savait que les dernières études ne lui étaient pas favorables, malgré une remontée significative dans les derniers jours. Secrètement, il espérait quand même, comme Giscard en 1981, un ultime sursaut, le fameux « réflexe de l'isoloir ». Mais l'anti-sarkozysme était trop répandu dans tout le territoire et toute la société française. Dans le Salon doré, puis dans le Salon vert où se réunissent ses principaux collaborateurs et où Carla fait quelques courtes apparitions, le Président battu apparaît pourtant serein. Les témoignages concordent. Dans un premier temps, assez sûr de lui, il explique, bravache, qu'il doit, comme Lionel Jospin le 21 avril 2002, assumer toutes les responsabilités et quitter la vie politique active. Plus précisément, il ajoute qu'il ne pourra plus être candidat aux mêmes fonctions. N'a-t-il pas déjà annoncé, pendant la campagne, au micro de Jean-Jacques Bourdin sur RMC, qu'il arrêterait la vie politique s'il perdait ? Les conseillers, sous le coup de la défaite, sont divisés. Nicolas fait des allers-retours dans son bureau pour prendre conseil auprès de quelques amis personnels ou politiques, dont Édouard Balladur, qui lui téléphonent ou passent le voir. Finalement, ses propos publics seront plus prudents : « Je m'apprête à redevenir un Français parmi les Français [...]. Vous pouvez compter sur moi, mais ma place ne pourra plus être la même [...]. Jamais je ne pourrai vous rendre ce que vous m'avez donné », lance-t-il à la Mutualité,

devant ses partisans, dans un excellent discours, digne et grave. Bref, il laisse ouverts quelques scénarios à venir. Qui l'a convaincu de ne pas être catégorique et définitif ? Ses conseillers Emmanuel Mignon, Henri Guaino et Claude Guéant, bien sûr, mais aussi Alain Juppé, Édouard Balladur et surtout Carla. Dans le documentaire « Campagne intime »[1] réalisé par l'une des grandes amies de Carla Bruni, Farida Khelfa, on mesure combien l'influence de sa femme s'est révélée décisive, sur ce point comme sur bien d'autres. Les jours d'après, pour Sarkozy, se dérouleront au plus près de son épouse, en accord permanent avec elle. Jamais sans doute, depuis leur mariage, son rôle n'aura été si essentiel.

« Tu as vu comme je suis remonté ? Dix jours de plus, et je pulvérisais Hollande ! » Ils sont assurément très nombreux, des dizaines sans doute, les dirigeants politiques français et étrangers, ou encore les journalistes qui reçoivent un tel coup de fil du Président battu dans les heures et les jours qui suivent ce 6 mai de défaite. À peine l'échec est-il enregistré que Sarkozy semble redémarrer. En réalité, la situation est sensiblement plus complexe. D'abord, il veut marquer les esprits en jouant à fond sur deux tableaux : la dignité du candidat battu et l'attitude républicaine. Ainsi, au surlendemain de son discours de la Mutualité, Sarkozy invite le Président élu, François Hollande, à participer à ses côtés aux cérémonies du 8 Mai. Tout le monde applaudit. Et, trois jours plus tard, l'Élysée fait filtrer des confidences sur le moment amical qui a réuni dans le Jardin d'hiver du palais Nicolas et ses principaux collaborateurs. « Avec de la tristesse, on peut faire de

1. D8, 5 novembre 2013.

très belles choses », a-t-il confié, ajoutant qu'il « interdi[sai]t l'amertume ». Et Nicolas, apprend-on, a beaucoup apprécié le cadeau qui lui a été offert, une lettre autographe de Barbey d'Aurevilly. La journée d'investiture, le mardi 15 mai, sera en revanche plus tendue, moins œcuménique. La poignée de main à l'arrivée de Hollande est plutôt fraîche, la passation de pouvoirs rugueuse. Et chacun observera que le nouveau chef de l'État ne raccompagne pas à sa voiture le couple qui va quitter le palais. Ambiance... Sarkozy est furieux, Carla aussi. Pendant longtemps, ils vont ruminer cet affront.

Quelques jours plus tard, le couple quitte Paris pour le riad de leur ami Mohammed VI, roi du Maroc, à Marrakech. Jogging, tennis, lecture, famille, films classiques, séries télévisées américaines et françaises. Tout se prête, dit l'entourage parisien de Sarkozy, à un séjour paisible et reposant. Mais ces deux mots ne font pas partie du vocabulaire de Nicolas. En réalité, l'ancien Président va mal. Très mal même, selon les amis qui lui rendent visite et qui le voient amer, susceptible, hargneux parfois, nerveux à l'extrême. Déprimé ? Par moments, évidemment. Et tourné vers la revanche. Comme Giscard en 1981, il se rendra ensuite dans les grands espaces canadiens. Chez son ami, le milliardaire Paul Desmarais, il va essayer de prendre du recul, de se ressourcer. Mais pas un jour ne passe sans qu'il reçoive ou prenne des nouvelles de Paris et des premiers pas de son successeur. Il enrage. Il ira aussi à Mollégès, dans les Alpilles, chez le publicitaire Jean-Michel Goudard, où il croise le voisin Michel Drucker, qui partage avec lui la passion du vélo. Puis, comme chaque année depuis son mariage, en août 2008, ce sera le cap Nègre, chez les Bruni-Tedeschi. C'est là qu'il replonge, malgré ses bonnes dispositions, dans le bain politique. Il reçoit à tour de bras, parle politique du matin au soir, suit l'actualité en permanence. Et, le 8 août, après un échange téléphonique avec le chef de l'opposition syrienne, il publie avec ce leader du CNS, le Conseil national syrien, un communiqué adressé à toutes les agences de presse. Les deux hommes soulignent la « gravité de la crise et la nécessité d'une action rapide de la communauté internationale pour éviter les massacres ». Ce texte évoque aussi « de grandes similitudes » avec la crise libyenne. Traduction immédiate des milieux politiques et médiatiques au cœur de l'été : Sarkozy piaffe. Il s'est réveillé et envoie un message aux Français. Il défie François Hollande. Son silence n'aura pas duré cent jours. De retour à Paris, il prépare ses premières conférences à l'étranger, en commençant par New York. L'anglais Tony Blair et l'espagnol José María Aznar ont contribué à le convaincre de s'engager dans cette activité très lucrative qui lui impose, d'abord, de reprendre des cours d'anglais. Officiellement, la rentrée politique 2012 s'ouvre donc avec un ancien Président en retrait. Il se rend au Conseil constitutionnel, dont il est membre de droit. Et, quand Jean-Louis Debré, qu'il déteste et qui le lui rend bien, lui demande s'il envisage d'écrire ses Mémoires, il répond que « ce n'est pas son intention, et en tout cas qu'il "ne fera pas comme Chirac qui les a donnés à rédiger"[1] ». Mais, en tout petit comité déjà, et dans le plus grand secret, les sarkozystes commencent à réfléchir aux conditions de son retour. À quand le rebond après la défaite ? Près de cinq ans plus tard, ce sera la désillusion.

Fin novembre 2016. Après les vacances qui ont suivi son échec à la primaire, l'ancien Président se

1. Jean-Louis Debré, *op. cit.*

concentre sur le traitement accordé à ses proches par François Fillon et son équipe. Il s'émeut devant ses amis d'avoir quelques difficultés à joindre son ex-« collaborateur ». Il s'inquiète des premières décisions de Fillon sur l'organisation de son staff de campagne. Il n'ignore pas que ses « amis », Wauquiez le premier, se disputent déjà son héritage politique. Il invite à déjeuner et à dîner, en compagnie de Carla, quelques-uns de ses anciens lieutenants. Et il prépare le déjeuner en tête à tête organisé le 13 janvier avec le candidat Fillon. C'est dans ses bureaux de la rue Miromesnil, près de l'Élysée, que ce rendez-vous a lieu. Officiellement, de part et d'autre, on évoque un « excellent climat ». En réalité, le début de ce déjeuner est plutôt rugueux, avant de se détendre. Sarkozy pointe l'approche churchillienne du programme filloniste, en particulier sur la Sécurité sociale. Il suggère à son ancien Premier ministre d'arrondir les angles, de donner « du grain à moudre » aux salariés en reprenant par exemple sa mesure symbolique de défiscalisation des heures supplémentaires. L'ancien Président veut continuer à peser. Il a compris que son rôle risquait désormais d'être marginal. Mais il n'entend pas disparaître complètement et le fait savoir.

Le mardi 24 janvier 2017, le microclimat politique change radicalement. Bien sûr, Sarkozy sait parfaitement qu'il ne peut pas être lui-même le recours si le Penelopegate impose à Fillon de renoncer. Depuis sa défaite aux primaires, les sondages de popularité se sont littéralement effondrés. Pour les Français, il fait partie du passé. Mais il supporte mal l'idée de ne plus influencer. Il va donc tenter de devenir le faiseur de rois. Il est « chaud comme les braises », confie l'un de ses proches qui a reçu jusqu'à une dizaine de coups de fil dans la journée. Le 28 janvier, pour son

62ᵉ anniversaire, le dîner amical est plus politique que jamais. Le 7 février, il est en vacances aux Maldives quand est annoncé son renvoi en correctionnelle dans l'affaire du dépassement des comptes de la campagne présidentielle de 2012. Mais l'épisode ne fait pas trop de bruit, largement occulté par les différents rebondissements du Penelopegate. À son retour, les petites et grandes manœuvres reprennent et s'accélèrent. Ce sera la séquence surréaliste du plan B. Il reçoit du matin au soir, téléphone à Juppé et tente de lui faire croire qu'il va le soutenir après avoir « débranché » Fillon. Au cœur de la crise, il déjeune avec le vainqueur de la primaire et lui conseille d'élargir son équipe… aux sarkozystes évidemment. Ce sera fait, et vite. Baroin, Chatel et Jacob sont promus. L'ancien Président est partout, dans la coulisse. Est-il redevenu le maître à bord de la droite ? Fillon est-il désormais sous tutelle ? Sarkozy jubile. Il s'amuse. Il donne le change en envoyant des « cartes postales » de retraité, comme à Barcelone pour le fameux match Barça/PSG. Mais, en réalité, et chacun le confirme, il est bien à la manœuvre. Il semble préférer une très probable défaite de Fillon à une possible victoire de Juppé. Il prépare même en coulisse l'après-présidentielle, quel qu'en soit le résultat final. Il pronostique l'échec de Fillon. Il ne le soutient dans la dernière ligne droite que du bout des lèvres. Un message sur Facebook, une vidéo sur Twitter, un petit-déjeuner à son domicile : c'est le service minimum. Il veut déjà placer deux de ses poulains, Baroin, qu'il apprécie vraiment, et Wauquiez, qu'il n'estime pourtant pas mais qui est le plus proche idéologiquement. Au lendemain du premier tour, il tente encore une fois de reprendre la main, réunissant ses amis, téléphonant en permanence, faisant et défaisant les stratégies face au duel Macron-Le Pen. Le 8 mai, au lendemain du second tour, il félicite Emmanuel Macron pour sa « belle victoire » à l'occasion de la cérémonie de l'Arc de triomphe. « Bienvenue au club », glisse-t-il à François Hollande, en référence à la situation des anciens Présidents. Après, c'est le silence radio. Durant la campagne des législatives, on relève un tweet pour dénoncer la profanation de la tombe du général de Gaulle et un déplacement aux côtés de Baroin, à l'occasion du match aller de barrage entre l'équipe de football de Troyes et celle de Lorient. En privé, conscient que le renouvellement est « en marche », observant avec bienveillance les débuts réussis d'Emmanuel Macron, Sarkozy assiste avec impuissance à la division de son camp, nettement battu aux législatives, et à la création de deux groupes parlementaires antagonistes. Il tente d'organiser la suite, de placer, avec ses proches, Wauquiez sur orbite. Par défaut. L'idée de Sarkozy, au moment où le centre macronien émerge, c'est de positionner LR à la droite de l'ex-UMP, en désaccord avec la plupart des gaullistes et des chiraquiens. En germe apparaît ainsi un vrai éclatement en deux de son parti. Pour mieux tenir la partie la plus conservatrice ?

Vraiment retraité de la politique, Nicolas Sarkozy, à l'issue de ce film électoral inattendu ? Pas si simple. Sa vie, c'est la politique, et rien d'autre. Il y a la famille, bien sûr. Mais, au-delà, il craint le vide, l'ennui, ces journées sans le rythme trépidant qu'il a longtemps connu et dont il a toujours eu besoin. Comme chaque année, il suit en passionné une étape du Tour de France. Il fait toujours des conférences rémunérées à travers le monde, mais à un rythme moins soutenu. Il a compris que l'élection de Macron renvoyait aux oubliettes les deux derniers quinquennats. On le dit « bluffé » par les débuts du nouveau Président, même s'il observe un peu plus tard avec amusement les premières difficultés d'Emmanuel Macron et sa baisse de popularité. Les deux couples dînent à l'Élysée dans une ambiance franchement sympathique. L'ancien Président s'ennuie. Il passe des heures à regarder en boucle les chaînes d'information. Il participe aux côtés du nouveau chef de l'État à l'hommage rendu à Helmut Kohl au Parlement européen, à la cérémonie solennelle des Invalides à la mémoire de Simone Veil, à la commémoration de l'attentat du 14 juillet 2016 à Nice et à la fête organisée à l'Élysée après la désignation de Paris pour les Jeux Olympiques de 2024. De temps à autre, il lâche une petite phrase qui sonne comme un proverbe à usage personnel. « Ça passe beaucoup plus vite que vous ne le croyez... Vous vous direz : comment ça se fait que c'est passé si vite[1]. » « L'échec n'est jamais décevant, le succès l'est souvent... Il n'y a pas de noblesse si on ne sait pas perdre... Je suis comme le héros de Dostoïevski dans *Crime et Châtiment* : "La renaissance lente mais certaine"[2] ». Et à bientôt 63 ans, il continue de réfléchir à la suite de sa vie publique, loin d'avoir choisi. À court terme, laissant les dirigeants de LR s'écharper, il semble résolu à respecter une longue abstinence médiatique, à profiter de sa nouvelle vie. Mais il cherche déjà à rebondir. Vraiment là où on ne l'attend pas ?

1. Devant des jeunes footballeurs rémois à l'occasion d'un hommage à Raymond Kopa, le 29 août 2017.

2. *Émile*, le magazine de Sciences Po, le 27 août 2017.

Marine Le Pen

Après le K.-O.

Mercredi 3 mai 2017, 23 h 30. Devant les micros et les caméras, elle se dit satisfaite. Mais après les congratulations d'usage en public, un seul regard de ses proches lui suffira. Elle comprend aussitôt que son face-à-face télévisé contre Emmanuel Macron est un échec. On apprendra plus tard[1] qu'elle aurait souffert dans la journée d'une migraine ophtalmique. Quelle qu'en soit la raison, elle a perdu pied pendant ce débat. Les téléspectateurs ont été surpris, voire stupéfaits par son impréparation et sa méconnaissance des dossiers. Même les militants sont dépités, et furieux pour certains. Dans la loge, pendant l'émission, les échanges traduisent l'inquiétude, voire l'incrédulité. Avec Florian Philippot et Louis Aliot notamment, elle avait fixé une stratégie : tenter de déstabiliser Macron d'entrée, essayer de le prendre à la gorge, le harceler en espérant le faire plier. Ses équipes avaient visionné à plusieurs reprises les trois débats télévisés qui, avant le premier tour, avaient précédé ce face-à-face. Marine Le Pen pensait avoir décelé quelques

1. *M, le magazine du* Monde, 15 juillet 2017.

failles. Après deux heures trente d'émission, le verdict est sans appel : la stratégie a échoué. Le constatant très vite, après quelques minutes de débat, la patronne du Front national n'a pas pu ou pas su changer d'attitude. Emmanuel Macron l'a emporté sur toute la ligne. En la laissant, parfois goguenard, s'empêtrer dans ses contradictions et en restant pédagogue, calme, presque zen, face une candidate qui s'enfonçait progressivement jusqu'à s'écrouler dans les dernières minutes, avec cet étonnant ballet, ce curieux mouvement ondulatoire des mains, des bras et des épaules. La responsable d'extrême droite n'a eu besoin de personne pour constater le naufrage. Elle sait que la première participation du FN à un tel face-à-face télévisé se solde par un échec proche de l'humiliation. Une sorte de cauchemar politique. Elle s'en veut. D'autant qu'elle a également compris que son objectif électoral, atteindre 40 % au second tour, ne sera pas atteint. Contrairement à son père, qui va bien sûr l'enfoncer dès le lendemain, Marine Le Pen a l'ambition de gouverner. Après le débat, cet objectif s'éloigne. Et son image semble durablement atteinte. Un fiasco absolu. Les retours des militants confirment dès le lendemain ce sentiment. Même si elle ne réalise pas immédiatement l'ampleur des dégâts politiques collatéraux, la présidente du FN comprend qu'elle a beaucoup perdu ce jour-là. Et, pour la première fois peut-être, elle doute vraiment. Un événement peu courant dans la famille Le Pen.

Dix jours plus tôt, au soir du premier tour, le 23 avril 2017, dès qu'elle prend connaissance des premiers chiffres elle sait que son pari est déjà perdu. Bien sûr, elle est qualifiée pour le second tour. Et son score, environ 7 700 000 voix et 21,3 % des suffrages, est le meilleur jamais enregistré par l'extrême droite au premier tour d'une présidentielle. Mais son ambition affichée était plus forte : terminer en tête au soir du 23 avril avec 30 % des voix et envisager ainsi, sinon la victoire, du moins un chiffre nettement supérieur à 40 % au second tour. Sa campagne électorale a été active mais laborieuse, dynamique mais confuse, énergique mais désordonnée. Ses allers-retours sur la sortie de l'euro ont décontenancé ses militants. Les premiers débats télévisés ont été pour le moins contrastés. Les dirigeants frontistes ont étalé leurs divergences. Philippot est contesté. Marion Maréchal-Le Pen apparaît comme un électron libre, jouant sa propre carte. Et le vieux patriarche, Jean-Marie Le Pen, envoie déjà des scuds presque quotidiennement contre cette fille rebelle qui l'a exclu des instances du parti qu'il avait fondé en 1972, il y a plus de quarante-cinq ans. Le 24 avril au matin, la candidate décide d'accélérer son tempo, de surprendre. Mais, en petit comité, elle confesse ne plus y croire. Son rêve s'éloigne.

Dès la période du 4 au 7 mai, entre le lendemain du face-à-face télévisé et le soir du premier tour, Marine Le Pen se projette dans les jours d'après. Les sondages la créditent de 35 % des voix environ. Sa campagne patine. Au FN, les couteaux s'aiguisent, les règlements de comptes se préparent dans la coulisse puis de plus en plus ouvertement. La présidente du parti a cru marquer des points avant le débat télévisé, notamment dans cette journée surréaliste du 26 avril, où l'on a vu se succéder les deux candidats chez Whirpool, l'entreprise amiénoise occupée par ses salariés, dans une ambiance électrique. Elle a pensé aussi créer un choc positif en passant cette alliance tactique du 29 avril avec Nicolas Dupont-Aignan. Mais ce « coup » politique s'est retourné contre elle en raison des explications en zigzag sur la sortie de l'euro. Et, décidément, le face-à-face télévisé a tout détraqué. Jour après jour, les mauvaises nouvelles s'accumulent. Sur le terrain, les militants ne se cachent pas pour critiquer leur candidate. Les dirigeants s'éparpillent sur les plateaux et dans les studios dans un climat de grand désordre. Les courants incarnés par Philippot d'un côté, Marion Maréchal-Le Pen de l'autre, s'affrontent ouvertement. Les cadres sont pris en otage dans cette guerre des chefs et des ego. Jusque dans l'entourage de Marine Le Pen, on parle d'amateurisme. Les lendemains de la lourde défaite prévisible s'annoncent périlleux.

Elle danse frénétiquement, elle semble s'amuser. En réalité, la soirée du 7 mai est un calvaire personnel pour Marine Le Pen. Devant les médias, elle s'efforce de sourire, de plaisanter, de se féliciter de son résultat. Elle met en avant son score, ses 10 600 000 voix recueillies. Mais l'écart avec le vainqueur, plus de 30 % des suffrages et plus de 10 millions de voix, est considérable. Du sommet à la base, la crise ouverte du FN s'annonce violente et cruelle. Le 9 mai, sa nièce Marion ajoute à la confusion en annonçant qu'elle renonce à sa circonscription du Vaucluse. Chacun comprend qu'elle se prépare pour d'autres combats et d'autres échéances. Florian Philippot, battu aux législatives et contesté de toutes parts, crée un nouveau courant, les Patriotes. Huit députés FN rejoignent l'Assemblée nationale, ce qui interdit la création d'un groupe parlementaire. Pour Marine Le Pen, les jours d'après sont inquiétants. Elle regrette ses erreurs et s'interroge sur ses échecs. Elle vit très mal cette période de doute général et d'interrogation. Elle a été traumatisée, pendant la campagne des législatives, par les nombreux reproches qui lui ont été adressés sur son débat télévisé. Certains militants lui ont même parlé de « honte ». Elle affirme désormais vouloir engager une refondation et tout changer dans son parti. Mais, même devant ses proches, elle n'ose pas poser la question qui s'impose et qui la taraude : est-elle à la hauteur ?

François Hollande
L'abdication

« Tu ne gagneras pas », affirme l'un. « Tout est possible », répond l'autre. Cet étrange dialogue, aussitôt répété et déformé dans les allées du pouvoir, a lieu le mardi 30 août 2016 en début d'après-midi dans le Salon doré, le bureau présidentiel. Face-à-face, François Hollande et son jeune ministre Emmanuel Macron, qui vient de lui annoncer sa démission et sa volonté irrévocable de se présenter à la présidentielle. Macron a été assez clair. Sa candidature n'est plus négociable. Ce jour-là, la rupture s'amorce entre les deux hommes. Jusqu'à cette minute, le chef de l'État refusait de croire à l'émancipation de son poulain. Cette fois, il est à la fois surpris et amer. « Il m'a trahi avec méthode », glissera-t-il quelques jours plus tard. Le 30 août 2016 à 15 heures, la porte s'est sans doute définitivement fermée pour François Hollande. Quatre mois plus tard, ce sera le renoncement.

« J'ai décidé de ne pas être candidat à l'élection présidentielle. » Il est 20 h 08, ce jeudi 1er décembre 2016. C'est à cette minute précise que commencent réellement les jours d'après pour François Hollande. Dans le petit studio de télévision installé rue de l'Élysée, à quelques pas du palais, où il prononce en direct cette allocution, le septième président de la Ve République vient de jeter l'éponge. Il a longuement réfléchi, pesé comme il aime le faire le pour et le contre, évalué les arguments. Il a écouté les conseils. Il a lu, décortiqué et analysé tous les sondages. Il a consulté ses amis proches et sa famille. Bien sûr, il sait à cet instant que la situation est inédite. Jamais, depuis 1958, un Président en mesure de le faire n'a renoncé à se représenter. De Gaulle, Giscard, Mitterrand, Chirac et Sarkozy ont tous brigué un second mandat. Il sera donc le premier à renoncer ainsi. Le choix définitif, il l'a fait la veille, le mercredi 30 novembre au matin. Deux jours plus tôt, le lundi 28 novembre, il a partagé avec Manuel Valls ce déjeuner qui a été tant commenté. Ce jour-là, au lendemain de la large victoire de François Fillon aux primaires de la droite et du centre, les médias continuent de disséquer les propos tenus la veille par Valls dans *Le Journal du dimanche*. « Je me prépare, je suis prêt », a dit en substance le Premier ministre. De quoi enflammer la scène politique et les rédactions à l'affût de tout signe venant de l'exécutif. À l'issue de ce déjeuner, Valls quitte la France pour la Tunisie. Là-bas, il calme le jeu, exclut toute idée de primaire l'opposant au Président. A-t-il changé d'avis en quelques heures ? Le chef de l'État l'a-t-il recadré ? Ont-ils décidé ensemble, et artificiellement, d'apaiser une situation qui donne le sentiment de leur échapper ? La réalité est différente. On le saura ensuite, quand les langues se délieront. Quand on apprendra que l'affrontement est vraiment rude entre les deux hommes. « Prendre ma place, c'est prendre la place du mort » glissera ainsi plus tard le Président à son Premier ministre[1]. À ce moment particulier, pendant

1. *M, le magazine du Monde*, 26 août 2017.

ce déjeuner en tête-à-tête du 28 novembre, face à son Premier ministre, François Hollande a déjà avancé dans sa réflexion. Il le laisse entendre à un Manuel Valls glacial, sans toutefois le lui certifier. Il va tourner la page.

C'est donc le 30 novembre, en fin de matinée, que le Président prend sa décision définitive. Seul, comme doivent le faire les hôtes de l'Élysée quand ils sont confrontés à une situation à la fois délicate et particulière. Dans l'après-midi, il révèle son choix à son ancienne compagne, Ségolène Royal, et à leurs quatre enfants. Cette famille si présente, si influente, lui avait, à plusieurs reprises et à l'unanimité, conseillé de se retirer, de ne pas engager le combat de trop. Le risque était trop grand d'être battu aux primaires ou d'être éliminé au premier tour de l'élection. Humiliant pour un Président sortant. Et désastreux pour l'image, pour la trace qu'il espère toujours laisser dans l'histoire. Julie Gayet est elle aussi mise dans la confidence. Jusqu'au jeudi 20 heures, le secret absolu sera respecté. Au palais, le temps est suspendu. L'ambiance est lourde. Jeudi matin, quand il décore de la Légion d'honneur les médaillés olympiques et paralympiques aux JO de Rio, personne ne décèle le moindre signe, malgré ce clin d'œil : « Pour être un grand champion, il faut être entouré et aimé », relève un chef de l'État souriant et impassible. Quelques heures avant sa déclaration télévisée, dans l'après-midi, Hollande informe ses proches : Valls, Le Drian, Cazeneuve, Le Foll, Dray, Cambadélis, Le Roux, la sénatrice Frédérique Espagnac et Jean-Pierre Jouyet, ami intime et secrétaire général de l'Élysée. Au même instant, peu après 15 heures, Gaspard Gantzer, le *spin doctor* du palais, déclenche auprès de TF1, la chaîne chargée ce jour-là de la production technique, le compte à rebours confidentiel pour l'intervention télévisée de 20 heures. L'annonce officielle de l'allocution sera faite à 19 heures, pour que les médias puissent s'y préparer. Enfermé seul dans son bureau, François Hollande commence à rédiger son texte. En fin d'après-midi, il descend dans la salle des fêtes pour décorer une brochette de personnalités, dont Pierre-René Lemas, le premier secrétaire général de son quinquennat, et Raymond Depardon, le photographe et cinéaste qui a notamment réalisé la photo officielle du Président en mai 2012. Les invités ne se doutent de rien, sauf peut-être ceux qui remarquent que François Hollande se contente de lire les textes préparés par son cabinet. À 19 h 30, il quitte la cérémonie pour mettre un point final à sa déclaration. Il se rend tranquillement, à pied, dans le petit studio de télévision de la rue de l'Élysée où il va prononcer son allocution. Autour de lui, c'est le silence. L'Élysée retient son souffle jusqu'à 20 h 08.

Il a la voix blanche, cassée, presque éteinte. Il est tout à la fois tendu, atteint, émouvant et assez mal à l'aise dans cet exercice inédit. Près de 15 millions de Français le regardent. Que retiennent-ils à cet instant où ils vivent, en même temps que leur Président, l'un de ces moments exceptionnels où chacun voit que la vie politique bascule ? La lucidité de l'homme blessé, seul ou presque, isolé, abandonné par nombre de ses anciens soutiens ? L'élégance du Président qui assume et accepte de se retirer ? Le courage de celui qui, réaliste, prend conscience « des risques que ferait courir une démarche qui ne rassemblerait pas largement autour d'elle » ? Le mea-culpa sur la déchéance de nationalité ? La défense testamentaire d'un bilan controversé ? Le geste sacrificiel d'un responsable politique qui, à entendre ses plus proches amis, n'a jamais été obsédé par le pouvoir ? Le coup de griffe contre François Fillon sur la suppression de 500 000 postes de fonctionnaires ? Le refus de désigner, dans l'immédiat, son choix personnel pour la primaire de gauche ? Pour l'intéressé, c'est la fin d'un véritable chemin de croix. Les derniers mois ont été calamiteux. Et le « livre qui tue », ces étonnantes confidences faites aux journalistes Davet et Lhomme, s'est avéré l'erreur de trop. Valls, Bartolone et quelques autres ont saisi l'occasion pour prendre leurs distances et pousser le Président vers cette sortie en direct. Échec et mat. C'est l'épilogue d'un psychodrame dont la gauche a le secret, d'une séquence douloureuse marquée, dans les derniers jours, par la forte pression exercée par Manuel Valls, ce bras de fer, ce jeu de dupes, cette guerre des nerfs avec son Premier ministre. François Hollande avait été profondément marqué par le 21 avril 2002. L'élimination de Lionel Jospin au premier tour de la présidentielle avait constitué pour lui un réel traumatisme. Son obsession, à l'heure où il doit prendre sa décision, est de ne pas risquer un 23 avril 2017. Les derniers sondages le lui prédisent. C'est sans doute ce qui a, au final, emporté sa décision.

Le silence, avant. Le silence, pendant. Le silence, après. Le palais n'a jamais connu une telle situation. Un mélange de sidération, de stupéfaction et d'émotion est palpable et visible dans les couloirs feutrés de l'Élysée après ce coup de tonnerre, ce grand renoncement présidentiel. Les plus jeunes sont saisis d'étonnement et parfois émus aux larmes. Les plus anciens et les historiens politiques se souviennent de la démission du général de Gaulle, des souffrances de Georges Pompidou, des adieux télévisés de Valéry Giscard d'Estaing, de l'agonie de François Mitterrand, du pénible crépuscule de Jacques Chirac, de l'amère défaite de Nicolas Sarkozy.

Cette fois, au milieu d'un jeu de massacre général, la Ve République invente un épisode hors normes. Car les jours d'après, le président de la République va les vivre au palais, en fonction, et pendant cinq mois. Une fin de quinquennat anormale pour le Président normal de 2012. La marque, aussi, d'une incroyable séquence politique qui a vu, en onze petites et grandes journées, entre le 20 novembre et le 1er décembre, disparaître Sarkozy, Juppé et Hollande. Et, pourtant, le chef de l'État va poursuivre sa tâche comme si de rien n'était. Son allocution terminée, il retrouve quelques-uns de ses collaborateurs dans le bureau de Jean-Pierre Jouyet et rejoint ensuite le salon des Fougères, où l'attendent ses enfants pour le dîner. C'est le seul vrai moment de détente et de tendresse après une journée éprouvante. Le soir même, après quelques coups de téléphone amicaux, le lendemain et les jours qui suivent, ses proches le décrivent comme libéré, soulagé et serein. Mais ils savent parfaitement que les mois à venir vont être difficiles à vivre. Un Président sur le départ, un Président affaibli, un Président en sursis qui fera pourtant tout ce qu'il peut pour ne pas se contenter d'inaugurer les chrysanthèmes : ce sera le quotidien de François Hollande jusqu'à la passation de pouvoirs du 14 mai 2017. Des jours d'après studieux et douloureux.

Dès le lendemain, d'ailleurs, le chef de l'État reprend sa vie de Président. Bientôt, il remplacera un Valls démissionnaire par son fidèle ami Bernard Cazeneuve. Mais il est déjà différent. En voyage officiel à Abu Dhabi, il semble en apparence très détendu. Mais il est aussi lointain. Dans les cinq mois qui suivront, il multipliera les déplacements en France et à l'étranger. Avec des symboles forts et visibles : l'Irak auprès des troupes françaises ; près du front, à Mossoul ; la lointaine Amérique latine, avec le désert chilien d'Atacama au moment du premier tour de la primaire de gauche ; le Mali, où, parlant de son quinquennat, il évoque « un goût d'inachevé » ; des conseils européens pour travailler sur le Brexit et le dossier syrien ; une visite sur le porte-avions *Charles-de-Gaulle* en Méditerranée, et enfin l'Asie du Sud-Est. En France, ce sera au milieu d'un véritable tourbillon de manifestations, l'inauguration de Lascaux 4, un passage au Salon de l'agriculture, un autre à Disneyland, une visite au Grand Orient de France, l'inauguration de la liaison TGV Paris-Bordeaux, un aller-retour à Saint-Denis pour la rénovation de la basilique, un autre au Mémorial du débarquement et de la Libération au Mont-Faron, un voyage nostalgique en Corse pour déposer, aux côtés de la veuve de l'ancien Premier ministre, les cendres de Michel Rocard sous un olivier, face à la mer. Le rythme est trépidant, avec presque trois déplacements par semaine. Et, chaque fois, il commente la campagne électorale dans tous ses épisodes. Il observe, il jauge, il juge, il distribue de bons et de mauvais points. Moqué pendant son quinquennat pour s'être montré trop souvent observateur, il devient cette fois quasiment éditorialiste.

Durant cette très longue période, qui n'en finit pas de se terminer, le chef de l'État s'attache d'abord à prendre d'ultimes décisions et des initiatives marquantes. Il accorde à Jacqueline Sauvage, devenue le symbole des femmes battues, une grâce totale. Il déclenche la procédure de fermeture de la centrale de Fessenheim. Il se rend à Aulnay-sous-Bois au chevet de Théo, ce jeune homme victime de graves violences policières. Il reçoit au palais de l'Élysée Kate et William. Il invite à déjeuner des intellectuels pour dialoguer sur la montée des populismes. Après les bombardements à l'arme chimique de l'armée syrienne qui ont fait 90 victimes,

suit la campagne présidentielle avec un mélange de passion, de regret et de cruauté. Sévère avec Valls, grinçant avec Hamon, plutôt bienveillant avec Macron. Déçu par la primaire de la gauche, il s'affiche publiquement au spectacle de Michel Drucker le soir du second débat télévisé entre les candidats. À partir de mars, il prend clairement, presque ouvertement, le parti de soutenir Macron. Mais son ancien ministre s'éloigne de lui. Peu de contacts, de rares hommages, une évidente émancipation. Hollande multiplie les discours-bilans, les confidences calculées et les déclarations publiques. « Le PS a une histoire dont vous êtes dépositaires [...]. La gauche ne doit pas être une nostalgie », dit-il ainsi devant une centaine de militants socialistes. Il s'emporte contre le « danger populiste et nationaliste », visant aussi bien le FN que les Insoumis de Mélenchon. Après en avoir admis le principe à l'automne 2016, il s'emporte contre la primaire, « totalement antinomique de la fonction présidentielle[1] ». Il reçoit, conseille et réconforte les ministres qui ne savent pas qui soutenir, de Macron ou d'Hamon. Au palais, le calme et le silence sont impressionnants. Le cabinet se vide. Le départ approche.

7 mai 2017, 19 heures. Depuis quelques minutes, François Hollande connaît le rapport de forces : 66/34 en faveur de Macron. Il est dans son bureau en compagnie de ses proches, dont Jean-Pierre Jouyet. Une petite heure plus tard, il rejoint toute son équipe dans le Jardin d'hiver, où un buffet est organisé. À 20 heures, quand le visage de son successeur apparaît sur les écrans, il applaudit. Satisfait, mais aussi mélancolique, car il ne lui reste qu'une petite semaine avant de quitter le palais. Entre les deux tours, il a

1. *Le Point*, interview de Franz-Olivier Giesbert, 13 avril 2017.

presque quotidiennement insisté sur la nécessité pour Macron d'avoir un score le plus élevé possible face à Marine Le Pen. Le 23 avril, après avoir voté pour le premier tour, il avait confié avoir pensé à sa mère, qu'il adorait, et qui aurait été « si fière » de suivre le quinquennat de son fils préféré. Le 24 avril, au lendemain du premier tour, le Président est grave, les traits tirés, quand il prend la parole vers 16 heures, dans le salon Napoléon-III. Cinq petites minutes pour stigmatiser Marine Le Pen, les risques de « division profonde du pays [...], de mise en cause des libertés et des principes qui fondent la République ». Ce message, il ne cessera de le répéter, en boucle, jour après jour, jusqu'à la fin de la campagne. Une façon pour lui de rester présent, d'essayer de peser, d'influencer. Jusqu'au dernier jour.

14 mai, quelques minutes avant 10 heures. De loin, à travers le regard des caméras de télévision qui couvrent la cérémonie d'investiture, on devine François Hollande affairé dans son bureau. À deux reprises, il sort même sur le balcon du Salon doré pour admirer une dernière fois le parc du palais, ses fleurs, ses arbres et le potager qu'il a fait installer durant son mandat. Comme s'il n'arrivait pas à partir, comme s'il n'intégrait pas l'idée de quitter ce lieu de pouvoir. L'accueil qu'il fait à son successeur est chaleureux, moins paternel pourtant qu'à la cérémonie du 8 mai, où ses gestes répétés avaient étonné par leur insistance. La passation de pouvoirs est particulièrement longue. Soixante-sept minutes durant lesquelles Hollande transmet à son successeur un certain nombre d'informations, notamment en matière terroriste. Les deux hommes commentent également le face-à-face présidentiel et l'étonnante faiblesse de Marine Le Pen. Toute la semaine qui a précédé, Hollande a parlé, beaucoup

parlé, passant de son bilan à des conseils adressés à son jeune successeur. Il a aussi multiplié les rencontres et les gestes amicaux : un dîner avec sa garde rapprochée au Récamier, chez l'ami Gérard Idoux, un délicieux restaurant réputé pour ses soufflés ; une remise de Légion d'honneur au domicile d'une vieille amie, une militante socialiste ; un pot avec tous les conseillers et les personnels de l'Élysée, dans la grande salle des Fêtes ; un couscous-boulettes à La Boule rouge avec ses amis ministres, le jour de la passation de pouvoirs. Et puis ce Conseil des ministres du 10 mai, à l'issue duquel tous les ministres et secrétaires d'État l'applaudiront longuement, debout. Hollande est sincèrement ému. Un long adieu, comme Mitterrand les appréciait. Comme un acteur qui ne se résout pas à quitter la scène.

« Bon courage. » Au moment de s'engouffrer dans sa voiture, l'ancien Président adresse ces deux mots à un Emmanuel Macron qui le salue de la main. Hollande est applaudi par les personnels de l'Élysée, qui ont apprécié cinq ans durant sa gentillesse et son humour. Et, comme l'avait fait François Mitterrand le 17 mai 1995, il se rend directement au siège du PS, rue de Solférino. Mais pourquoi ce besoin de refaire un discours-bilan au moment où Emmanuel Macron prononce dans la salle des Fêtes de l'Élysée sa première allocution officielle ? L'auditoire est clairsemé, alors que Mitterrand était arrivé en 1995 dans une indescriptible cohue populaire. La plupart des dirigeants socialistes sont absents. Du coup, la petite fête aura des allures de pot de départ maussade et sans entrain. Et là où le cadeau choisi vingt-deux ans plus tôt pour Mitterrand, une Twingo verte aussitôt offerte par son père à sa fille Mazarine, avait un goût festif, le tableau destiné à Hollande, *La Bonne Étoile*, une toile de l'artiste Catherine Duchêne, relève plutôt de la mélancolie crépusculaire.

François Hollande a hésité. Il aurait pu s'installer au 119 de la rue de Lille, près de l'Assemblée nationale, où Chirac avait travaillé après son départ de l'Élysée, en 2007. Finalement, il choisit un vaste appartement, lumineux et fonctionnel au quatrième étage, face au jardin des Tuileries, 242, rue de Rivoli. Sa chienne Philae l'accompagne. Avant de partir, il a égrené quelques phrases permettant d'ouvrir toutes les perspectives : « Il ne faut jamais dire jamais, jamais annoncer son départ de la vie politique » ; « Je vais m'occuper de moi, réfléchir, faire ce que je n'ai pas pu faire, lire, voyager dans le pays, plus sobrement. » Contrairement à Giscard et à Chirac, il choisit de ne pas siéger au Conseil constitutionnel. Et, contrairement à Sarkozy, sans surprise, il ne fera aucune conférence rémunérée. ll a tout de suite fait chercher une maison en Corrèze, près de Tulle. Il en a lui-même visité quelques-unes. Il va présider une fondation, La France s'engage, qui devra notamment promouvoir et favoriser l'innovation sociale, et dont il a précisé les objectifs fin juillet à l'occasion d'une conférence à Arles. Il a fait dire par un proche, Bernard Poignant, qu'il avait voté pour Macron dès le premier tour de la présidentielle. Il goûte particulièrement les chiffres économiques et sociaux plutôt positifs publiés par l'Insee au début de l'été et se félicitera le 13 septembre de la désignation officielle de Paris pour organiser les Jeux Olympiques de 2024. Assistant impuissant au déchirement des troupes socialistes pendant la campagne législative, consterné mais pas surpris par la bérézina électorale de juin, conscient que sa responsabilité n'est pas absente de ce naufrage politique, attristé par la quasi-disparition de la « génération Hollande » et par la défaite de son ami Bernard Combes à Tulle, il laisse entendre qu'il surveillera la reconstruction d'un PS à la dérive. Il sait qu'il aura beaucoup de mal à ne pas prodiguer de conseils à son successeur, qui n'en attend pas vraiment. Et il part. Avec, dès les premiers vrais jours d'après, un drame personnel, une blessure affective profonde, la disparition de son frère aîné, Philippe, âgé de 64 ans seulement. Pour les obsèques, François s'est occupé de tout. Julie est là, effacée comme toujours. Quelques jours plus tard, l'ancien Président assiste au mariage posthume de Xavier Jugelé, ce policier abattu par un terroriste sur les Champs-Élysées le 20 avril, avec son compagnon. Malgré sa promesse de silence, il ne peut s'empêcher d'intervenir publiquement, par Twitter interposé, sur la décision de Trump de se retirer des accords de Paris sur le climat ou sur les tragiques attentats de Londres. Loin du pouvoir désormais, en deuil de son seul frère, François Hollande s'éloigne peu à peu. Triste, si triste.

Après un quinquennat controversé et, dans les dernières semaines de son mandat, après une longue période d'intense communication, il prend fin mai des vacances sur la Côte d'Azur, chez ses amis Jouyet, dans le joli village provençal de La Croix-Valmer. Bernard Cazeneuve l'y rejoint quelques jours. Étonnant spectacle, ces longs dialogues sur la plage de Gigaro entre un ancien président en maillot de bain et son dernier Premier ministre, fidèle à son image, costume de ville malgré la chaleur et chapeau pour se protéger du soleil.

Julie Gayet, sa compagne, est sans doute la seule à se montrer réellement satisfaite de cette situation d'ancien Président. Le 9 juin, comme il avait l'habitude de le faire chaque année, François Hollande participe à la cérémonie d'hommage aux 99 victimes des nazis à Tulle et précise aux quelques journalistes présents qu'il continuera à « dire ce qu'il pense ». Aux soirs des deux tours des élections législatives, il console les innombrables perdants et félicite les rares vainqueurs. Même s'il n'est pas affecté par un ego surdimensionné, il se félicite du « Vive Hollande ! » lancé par Franz-Olivier Giesbert dans les colonnes du *Point*. Il s'étonne, et le fait savoir à son successeur avec lequel il s'entretient fréquemment au téléphone, de la manière dont le gouvernement utilise politiquement le sévère audit budgétaire de la Cour des comptes qui pointe l'« insincérité » de certains chiffres. Soucieux de voir son quinquennat réhabilité, il estime que « le temps de la récolte arrive ». Il participe aux côtés de son successeur Macron et de son prédécesseur Sarkozy à la cérémonie des Invalides à la mémoire de Simone Veil et à la commémoration, le 14 juillet à Nice, de l'attentat de la promenade des Anglais. Il revient à l'Élysée pour fêter la désignation de Paris comme ville organisatrice des Jeux Olympiques de 2024. Il réfléchit à l'écriture d'un livre, qu'il n'est pas pressé de voir sortir. À l'occasion de son 63ème anniversaire, on le voit dîner en Provence, à Eygalières, avec Julie, le couple Drucker et Charles Aznavour. Traditionnelle photo de vacances. Et il semble se retirer discrètement. Presque sur la pointe des pieds, pour respecter les cent premiers jours d'Emmanuel Macron, observer une période de réserve et laisser le temps faire son œuvre. Sa réapparition soudaine, à l'occasion du Festival de cinéma d'Angoulême, surprend d'autant plus. Avant même la rentrée politique, il adresse un coup de griffe à son successeur en souhaitant qu'il ne demande pas aux Français « des sacrifices qui ne sont pas utiles ». Il insiste dès le lendemain en indiquant sur TV5Monde qu'il ne quitte pas la vie politique. « Pour l'instant, ce que je pense je ne le dis pas » ajoute-t-il, énigmatique, quelques jours plus tard. Stratégie volontariste face à l'absence des socialistes dans cette période estivale ? Agacement après les critiques sur son bilan ? Coup de semonce qui en annonce d'autres ? Bien sûr, en politique expérimenté, il affirme qu'il n'entend « ni contrarier ni compliquer la tâche de son successeur, ni empêcher le redressement du pays ». Mais il est clairement revenu sur scène. Dans quel rôle ? Un simple sage ? Un spectateur remuant ? Un commentateur engagé ? Un acteur à la manœuvre pour reconstruire la gauche ? François Hollande piaffait donc d'impatience. Mais ce retour n'est-il pas prématuré ? Est-il déjà audible dans cet électorat de gauche qu'il a déçu ? Et ne devrait-il pas, d'abord, engager un vrai devoir d'inventaire sur son quinquennat ? Selon certains amis proches, Hollande envisagerait de se présenter en septembre 2020 aux élections sénatoriales dans son fief de Corrèze. Un mandat qui correspondrait au profil politique d'un ancien président rond et consensuel et qui expliquerait son intention de chercher une maison à Tulle. Un autre président est aussi passé après la fin de son mandat de l'Élysée au palais du Luxembourg : Raymond Poincaré, en 1920. Dans l'immédiat, pour François Hollande, les jours d'après seront tout à la fois actifs et mélancoliques, surprenants et maussades, amers et décapants. Il sera sans doute présent à l'avant-scène. Pour persuader l'opinion que son heure n'est pas passée. Qu'il faudra encore, malgré son abdication, compter avec lui.

François Fillon

La descente aux enfers

Il a parié. Il a défié. Il a perdu. Il a perdu une élection jugée imperdable. Il a voulu tenir contre vents et marées, contre toute évidence, contre ses adversaires et nombre de ses amis, les plus proches et les plus fidèles. Il a pensé renverser la tendance, faire oublier des erreurs de débutant, passer entre les gouttes. Comme si une campagne présidentielle n'était pas un miroir grossissant. Comme si les acteurs de ce psychodrame, les candidats, les médias et les électeurs français pouvaient mettre de côté de tels reniements, de telles fautes politiques et morales. Inconscience ? Vanité ? Le 27 novembre 2016, au soir de la primaire, François Fillon avait tout gagné. Cinq mois plus tard, le 23 avril 2017, au soir du premier tour de la présidentielle, au terme de cinq longs mois de descente aux enfers, tout s'effondre. Son rêve présidentiel, bien sûr, mais aussi sa réputation d'homme d'État. C'est un échec politique retentissant, pour lui et pour sa famille politique. C'est aussi un drame humain, une épreuve personnelle majeure. Fillon avait imaginé résister seul contre tous, avec un petit noyau de partisans irréductibles. À l'arrivée, il est en effet plus seul que jamais. Seul à assumer, seul à ruminer ses erreurs, seul à pouvoir défendre sa femme et ses enfants, une famille sidérée par la violence d'une séquence sans précédent sous la Ve République.

En l'espace de cinq mois, les jours d'après se sont accumulés pour l'ancien Premier ministre. Ils remontent au mardi 24 janvier 2017. À 18 heures précises, à la veille de sa sortie en kiosque, *Le Canard enchaîné* arrive dans les rédactions et les états-majors politiques. À cet instant, la campagne présidentielle bascule. Depuis plusieurs semaines, les journalistes de l'hebdomadaire appellent régulièrement le candidat et lui demandent des réponses, des explications et des précisions sur l'emploi d'assistante parlementaire de sa femme Penelope près de dix ans durant. Fillon n'en dit rien, ou très peu. Pas un mot à son entourage politique, à sa communicante Anne Méaux. Pas un mot à ses amis. Il est mutique, y compris avec son premier cercle. En privé, après ce 24 janvier, il balaie les questions et s'exaspère face aux reproches. Il refuse d'évoquer le sujet et s'oppose violemment à ceux qui, peu à peu, prennent leurs distances. Depuis les premiers appels du *Canard*, il vit un calvaire, avec des périodes d'angoisse et des moments d'absence. Il passe par des hauts et des bas. Comment expliquer ce silence avant les révélations du *Canard* ? Pour certains, il était dans le déni, ne croyant pas vraiment à l'impact électoral de l'affaire. D'autres affirmeront anonymement des mois plus tard qu'il était tombé dans une sorte de schizophrénie, semblant occulter la réalité, obsédé par l'identité des « coupables », les auteurs des fuites. Ces révélations provoquent une onde de choc. Pas seulement dans le monde politique, les médias et l'opinion, mais aussi dans la propre équipe de Fillon. Du coup, les réactions de son camp vont apparaître contradictoires et décousues. Fillon lui-même flotte. Il dont de nombreux enfants, il soutient les frappes aériennes décidées par Trump contre le régime d'Assad, que par ailleurs il ne ménage pas. Accompagné du Canadien Justin Trudeau, il se rend au centième anniversaire de la bataille de Vimy. Il naturalise à l'Élysée 28 anciens tirailleurs sénégalais. Il va au Chemin des Dames. Il décore Philippe Sollers, Pierre Arditi, Jean-Paul Belmondo et Gilbert Mitterrand. Et, le 25 avril, au surlendemain du premier tour de la présidentielle, il préside une émouvante cérémonie d'hommage à Xavier Jugelé, le policier abattu par un terroriste sur les Champs-Élysées cinq jours plus tôt. Jusqu'au bout, jusqu'à la dernière minute, jusqu'à l'ultime seconde, il sera Président.

Mélancolie crépusculaire ? Dépit ? Regret sincère de ne pas être candidat, d'avoir fait le mauvais choix fin novembre 2016 ? Pendant ces cent cinquante jours, jusqu'à la passation de pouvoirs, François Hollande traverse des hauts et des bas. Parfois gai, presque guilleret, comme dans quelques dîners privés : un soir avec des journalistes qu'il connaît depuis longtemps et qui ont suivi ses premières campagnes électorales ; un autre pour l'anniversaire du producteur Dominique Besnehard ; ou encore pour les 70 ans de son conseiller et ami, le grand neurologue Olivier Lyon-Caen. Ce soir-là, en petit comité, dans un restaurant près de l'Odéon, il déclenche un fou rire général en improvisant un discours irrésistible de drôlerie. Un mélange d'ironie et d'autodérision. Lionel Jospin, et bien d'autres, rient aux larmes en écoutant Hollande, débridé et spontané, virevolter de longues minutes autour des félicitations unanimes adressées au nouveau septuagénaire. Un monologue tendre et comique digne de Luchini. Parfois, à l'inverse, il sombre dans la morosité et le spleen. Il ne mesure pas l'ampleur des conséquences politiques. Il parle d'abord de misogynie puis, le lendemain, sur TF1, cherchant à désamorcer et à minimiser l'affaire, il révèle que deux de ses enfants, Marie et Charles, ont eux aussi été un temps assistants parlementaires. Et il s'engage à ne pas être candidat « si son honneur était atteint », s'il était mis en examen. En quelques heures, Fillon, large et brillant vainqueur de la primaire de la droite et du centre deux mois plus tôt, perd la main et s'enferre. Depuis le début de sa vie publique, c'est la première fois qu'il doit affronter une telle tempête.

4 juin 2005. Jusque-là, il a fait un sans-faute. Un parcours exemplaire de jeune provincial d'abord discret, puis progressivement affirmé et ambitieux : conseiller général et député de la Sarthe à 27 ans, après la mort de son premier mentor, le gaulliste Joël Le Theule, puis président du conseil général et patron de la région du Pays de Loire après l'emblématique Olivier Guichard. En parallèle, le jeune et prometteur Fillon accumule les portefeuilles ministériels : l'Enseignement supérieur et la Recherche, les Technologies de l'information et la Poste, les Affaires sociales et l'Éducation nationale. C'est cette fonction qu'il doit quitter début juin 2005, après le remaniement et l'arrivée de Dominique de Villepin à Matignon en remplacement de Jean-Pierre Raffarin. « De Chirac, on ne se souviendra de rien sauf de mes réformes », commente-t-il, amer, au moment de son départ. Sa déclaration, aigre et arrogante, surprend. On connaissait jusque-là le Fillon travailleur mais effacé, loyal derrière la grande figure de Philippe Séguin, dont il a partagé tous les combats. On découvre un Fillon ombrageux et hargneux. Il est vrai qu'il n'a appris son éviction du gouvernement qu'au tout dernier moment, et qu'il n'apprécie personnellement ni le

Président Chirac ni le Premier ministre Villepin. Mais son commentaire étonne et détonne d'autant plus que son passage à l'Éducation nationale n'avait pas impressionné par l'ampleur de ses réformes. En cette fin de printemps 2005, Fillon est vraiment furieux. Il quitte Paris immédiatement pour rejoindre son manoir familial de Solesmes avec sa femme Penelope. Et il se met, dans la foulée, au service de Nicolas Sarkozy, le grand ennemi du duo Chirac-Villepin. Une réaction d'humeur et une riposte politique qui lui ouvriront la route de Matignon. Fillon va tenir sa revanche.

Le 16 mai 2012, quand il quitte l'hôtel Matignon après la passation de pouvoirs avec son successeur, Jean-Marc Ayrault, Fillon est vraiment soulagé. Rarement l'expression inventée par la journaliste Raphaëlle Bacqué, l'« enfer de Matignon », n'aura été si justifiée. Cinq années de souffrances, parfois d'humiliations pour ce Premier ministre très vite qualifié de « collaborateur » par le chef de l'État. Combien de fois Fillon est-il revenu exaspéré, presque mortifié, du Conseil des ministres après avoir subi les remontrances, voire les humiliations de Sarkozy devant tout le gouvernement ? Combien de fois a-t-il menacé de démissionner, en commençant par ce 21 septembre 2007, quatre mois après sa nomination, lorsqu'il reçoit les foudres du Président pour avoir déclaré qu'il dirigeait un « État en faillite » ? Pourquoi, dès lors, s'est-il accroché comme il l'a fait, demandant même ouvertement, presque publiquement, le soutien des parlementaires UMP lorsque Sarkozy envisage de le remplacer par Borloo ? Par orgueil sans doute, persuadé qu'il était de marquer des points pour la suite en restant jusqu'au bout à Matignon. Comme la plupart de ses prédécesseurs, François Fillon a pensé à l'Élysée dès qu'il a monté, pour la première fois, en 2007, les marches de Matignon. Dans les jours qui suivent son départ, il s'organise secrètement pour atteindre cet objectif. Conquérir l'Élysée : cette ambition devient vite obsessionnelle. Mais il doit d'abord tenir l'UMP.

Au soir du dimanche 18 novembre 2012, à l'issue de la bataille pour la tête de son parti, Fillon connaît un sérieux revers. Certes, personne ne saura jamais qui, de Copé, vainqueur officiel, ou de l'ancien Premier ministre, a réellement remporté la présidence de l'UMP. Et le spectacle donné ce soir-là et les jours suivants par la formation fondée en 2002 par Chirac et Juppé est détestable, voire pathétique. Tricheries, tromperies, bidouilles et magouilles, noms d'oiseaux et insultes : les deux camps s'invectivent et proclament leur victoire. Fillon n'a peut-être pas perdu. Mais il n'a pas non plus gagné. Affaibli, vilipendé en privé par un Sarkozy regonflé à bloc qui se prépare à revenir, Fillon n'hésite pourtant pas. Pas un instant il ne songe à renoncer à la bataille. Il replonge sans attendre dans la préparation de la mère des campagnes, la présidentielle.

C'est donc le mardi 24 janvier à 18 heures que commence la descente aux enfers de cet ancien gaulliste social converti au libéralisme économique et social, et proche, sur certains sujets de société, des ultraconservateurs de Sens commun. Cet amoureux des courses automobiles, pilote lui-même à ses heures, n'était pourtant pas connu pour ses embardées et ses sorties de route. Après Joël Le Theule, un gaulliste proche de Giscard, Fillon s'était rangé derrière la bannière de Philippe Séguin. Peut-être parce qu'ils sont vraiment différents l'un de l'autre. Séguin est volcanique, parfois brutal, déterminé, direct, franc et chaleureux. Fillon est réservé, tacticien, souple et calculateur. Successivement rénovateur à la fin des années 1980 contre les « anciens », Giscard et

Chirac, balladurien en 1995, repêché par Chirac à la demande pressante de Séguin, sarkozyste puis décidé à jouer sa propre carte. En prenant, lui, le tranquille Sarthois, des risques personnels imprévisibles. Car ce 24 janvier 2017, lorsque l'édition hebdomadaire du *Canard enchaîné* arrive dans les rédactions, c'est la sidération. Personne ne pouvait imaginer ce que les médias, dans la foulée du *Canard*, vont révéler jour après jour. Penelope la discrète, assistante parlementaire de son mari généreusement rémunérée des années durant ? Deux enfants de Fillon bénéficiant eux aussi, à une époque où ils étaient encore étudiants, d'un traitement de l'Assemblée nationale ? Penelope salariée de la *Revue des deux mondes* ? Des costumes Arnys hors de prix offerts par Raymond Bourgi, un avocat spécialiste de la Françafrique ? La fille du couple Fillon remboursant à ses parents sa robe de mariée ? Cette avalanche de coups de théâtre provoque évidemment l'implosion en plein vol de la campagne du favori, celui dont chacun pensait, fin novembre 2016, au lendemain de sa brillante victoire aux primaires de la droite et du centre qu'il était déjà quasiment élu. Ces journées stupéfiantes, François Fillon va les vivre étrangement, avec un curieux mélange de sérénité et de colère. Sérénité car il reste convaincu de sa prochaine élection et écarte toute idée de renoncement, à l'exception de la séquence à rebondissements du mercredi 1er mars au matin, quand il apprend sa mise en examen, au rassemblement du Trocadéro le dimanche 5. Colère contre ses ennemis, contre ceux de ses amis qui vont légitimement proposer un plan B, contre les médias, et peut-être aussi contre lui-même. « Tu as vraiment déconné », lui dit une personnalité parmi les plus proches après l'incroyable révélation sur les costumes d'Arnys. « Oui. Tu as raison », lui répond un candidat penaud, comme pris en faute. Sans arguments, la contre-attaque filloniste flotte et prend l'eau. « Il n'y a qu'une chose qui m'empêcherait d'être candidat, c'est si mon honneur était atteint, si j'étais mis en examen », déclare sur TF1 l'ancien Premier ministre avant de se dédire à l'annonce de sa mise en examen. Son fameux « Qui imagine un seul instant le général de Gaulle mis en examen ? » se retourne violemment contre lui, comme un boomerang. Pris dans la lumière des phares, portant beau en public, effondré en privé, il semble tétanisé face à l'avalanche d'attaques. Et la pire d'entre elles, la révélation de ses relations pour le moins curieuses à l'argent, est dévastatrice.

Mardi 28 février, 20 heures. Le candidat sait depuis quelques minutes que, sauf miracle, sa campagne va exploser. Informé par ses avocats qu'il est convoqué pour être mis en examen, il réunit à son QG sa garde rapprochée. Il y a là son directeur de campagne, Patrick Stefanini, son bras droit Bruno Retaillau, son ami François Sureau, ses avocats, son attachée de presse Myriam Lévy. Sa conseillère en communication Anne Méaux les rejoindra vers 22 heures. Toutes les hypothèses sont envisagées, y compris son retrait. Le lendemain matin, après l'annonce surprise de l'annulation de sa visite au Salon de l'agriculture, Fillon consulte et téléphone. Il propose sérieusement à Alain Juppé un passage de témoin. Puis, après une conversation téléphonique avec Sarkozy, il affirme au maire de Bordeaux que l'ancien Président semble s'opposer à ce schéma, préférant le plan B comme Baroin. Déjà presque moribond, Fillon va jouer sur les ambiguïtés de ce poker menteur à trois joueurs pour s'accrocher. Et pour composer un personnage à deux facettes. Devant ses proches, il s'emporte, s'en prend violemment aux faux amis et répète en boucle, obsessionnel, qu'il va trouver les coupables. Publiquement, il s'excuse de nouveau. Il regrette, il se défend, il argumente, il évoque un très hypothétique cabinet noir installé à l'Élysée, il confie à Sens commun l'organisation d'un rassemblement très droitier au Trocadéro, il fustige ceux qui l'abandonnent en chemin. Et il rend les fameux costumes. Mais le mal est fait. La campagne tourne au cauchemar. Patrick Stefanini, partisan d'un retrait, démissionne. Fillon en est surpris et meurtri. Il se murmure à son QG qu'à la veille du rassemblement du Trocadéro, le 4 mars, jour de son 63e anniversaire, au bout du rouleau, il aurait sincèrement évoqué en famille l'hypothèse d'un renoncement. Mais, contre toute évidence, il a voulu continuer. Feignant de ne pas croire aux sondages qui prévoient tous son élimination au premier tour, Fillon termine cet éprouvant parcours du combattant avec un quarteron de barons à la fois loyaux, incrédules et fatalistes. Pour eux aussi, Larcher, Accoyer, Retailleau ou Ciotti, qui s'époumoneront dans le désert pendant la campagne des législatives, incapables de mesurer l'ampleur et les effets du tsunami politique qui les foudroie, les jours d'après ont déjà commencé.

23 avril, premier tour de l'élection présidentielle, 19 heures. Quand il arrive à son QG, Fillon sait qu'il a perdu. Il a analysé dès le matin, vers 10 heures, les résultats définitifs des DOM-TOM et des Français de l'étranger. Il y est nettement distancé par Emmanuel Macron et Marine Le Pen. Entouré de sa famille, de ses intimes, de ses conseillers les plus proches, il rédige une intervention courte et sobre. Sa tête est déjà ailleurs. Rentré chez lui, il prépare ses adieux définitifs à la politique. Ce sera fait très vite, dès le lendemain

après-midi, devant le bureau politique de LR : « Je n'ai plus la légitimité pour livrer le combat des législatives [...]. Je vais redevenir un militant de cœur parmi les autres. Je vais devoir penser ma vie autrement, panser aussi les plaies de ma famille. » Son intervention est brève. Il ne reste que quelques instants et devine que, la porte franchie, les coups vont pleuvoir et les langues se délier. Quelques barons de LR affirmeront l'avoir vu pleurer. C'est la fin d'une descente aux enfers. Rentré chez lui, il téléphone à quelques rares amis. Il cherche du réconfort. Il est à terre.

Pour Fillon, la suite importe peu. Il part d'abord quelques jours dans la famille de sa femme au pays de Galles. Quand il rentre en France, il partage son temps entre sa propriété de Solesmes et son nouveau domicile du 7e arrondissement de la capitale, dans le même immeuble que Bernard Cazeneuve. À Paris, il déjeune et dîne avec des proches. Certains amis, traumatisés et choqués par les révélations successives, la campagne ratée, l'échec, et surtout son obstination, préfèrent ne pas le voir. Il le vit franchement mal. Ses week-ends sont familiaux. Il tente de se reconstruire. Il doit continuer à préparer avec ses avocats les convocations chez les juges. Il suit de loin la campagne des législatives, soutient sans succès NKM dans son ancienne circonscription parisienne, observe sans surprise l'explosion et le recul historique de sa famille politique. Il passe quelques jours au Kazakhstan pour un forum économique. Il marche, court, enfourche parfois son vélo pour sillonner les petites routes de la Sarthe. Amateur de randonnées en haute montagne, il envisage même d'aller escalader l'Annapurna. Il consulte plusieurs éditeurs avant de commencer à écrire un livre. Et il est seul, désespérément seul. À l'exception d'un Bruno Retailleau affaibli et d'un Jérôme Chartier défait aux législatives, ses anciens amis l'ont abandonné en rase campagne. Quoi qu'il en dise, il est vraiment déprimé, soucieux notamment de voir son projet politique réhabilité. De ce point de vue, il a très mal réagi, le 9 mai, deux jours après l'élection d'Emmanuel Macron, à la mise au rancart de son programme présidentiel par les dirigeants de LR pour la campagne des législatives. Une nouvelle et humiliante défaite posthume.

Début juillet, il réapparaît discrètement, à l'occasion d'un buffet amical à Paris avec quelques militants : « Je m'occupe de mes enfants et de ma femme qui ont beaucoup souffert de cette campagne », glisse-t-il avant d'évoquer une « cure de silence[1] » à Solesmes. « Mon silence ne sera pas éternel[2] », ajoute-t-il. Il profite de cette période pour améliorer son anglais avant de rejoindre, grâce à son ancienne communicante Anne Méaux, le groupe français Tikehau Capital spécialisé dans la gestion d'actifs et d'investissements financiers. Il réfléchit à la manière dont il pourrait continuer d'aider les chrétiens d'Orient. Il passe des vacances paisibles et familiales, en Islande et en Toscane. Ces jours d'après sont ceux d'un retraité de la politique. Sa priorité presque obsédante, à court terme, reste de découvrir ceux qui auraient fourni et alimenté les révélations qui ont tué sa campagne. Il est trop tôt, pense-t-il, pour reconnaître ses erreurs. Il semble préférer attendre le verdict judiciaire. L'heure n'est donc pas encore au mea-culpa ou à un examen de conscience. Les plaies sont encore trop béantes.

1. *Le Parisien*, 5 juillet 2017.
2. *Ibid.*

Manuel Valls

Le parcours du combattant

Il se force à sourire, le dimanche 29 janvier au soir, sur le perron du Parti socialiste, rue de Solférino. Il lève le bras, ouvre largement la main droite, comme un vainqueur. Et, pourtant, il est largement battu au second tour de la primaire avec un petit score, 41,3 %, face à un Benoît Hamon qui a largement bénéficié d'un « tout sauf Valls » sûrement excessif, sans doute injuste, mais efficace et dévastateur. En réalité, l'ancien Premier ministre est en plein désarroi. Il n'a pas mesuré l'ampleur du rejet dont, à l'initiative de ces frondeurs qu'il exècre, il a fait l'objet. À cet instant, il se console en imaginant alors qu'il lui suffit de prendre date, d'attendre patiemment quelques années pour conquérir le pouvoir.

Un quinquennat à passer. Un quinquennat à durer et à endurer. Un quinquennat à souffrir. Cinq ans pour reconstruire une image abîmée par son passage controversé à Matignon, son bras de fer avec le Président Hollande et une campagne primaire ratée. Après cette défaite sévère et cuisante, il va prendre du champ, s'isoler quelques semaines. Et préparer son retour sur scène après une courte parenthèse. À cet instant, il espère encore revenir assez vite au premier plan. Il a juste, dans ses calculs, son analyse et ses prévisions politiques occulté une réalité qui, peu à peu, va s'imposer : la naissance, l'éclosion puis l'écrasante victoire du macronisme, qui va faire vieillir d'un coup tous les quinquas, l'ancien Premier ministre en particulier. Son grand rival depuis quelques mois, celui qui a préempté son image de réformateur, son parler-vrai et son fonds de commerce au centre gauche, celui qu'il a vainement tenté de contenir à l'intérieur du gouvernement, est le grand triomphateur d'une incroyable séquence électorale. Pour Manuel Valls, c'est peut-être le plus difficile à supporter. Car il risque désormais d'être marginalisé. À l'heure des comptes, trois mois plus tard, il l'aura parfaitement compris.

C'est une porte discrète, au n° 40 de la très chic rue du Bac, au cœur du 7e arrondissement de Paris. Le mardi 28 février 2017, Manuel Valls y retrouve ses proches après une absence de près d'un mois. Laurence Rossignol, la ministre des Familles, de l'Enfance et des Droits des femmes, les a tous conviés à un déjeuner amical. Au menu, le choix entre Macron et Hamon pour le premier tour de la présidentielle, la recomposition politique, l'avenir de la gauche en général et du PS en particulier. Valls est très remonté contre l'accord passé entre Hamon et les écologistes d'EELV. Pour la suite, il se montre prudent et laisse ses amis prendre leur décision sans évoquer la sienne. Le soir, dans la salle Colbert de l'Assemblée nationale, il réunit une grosse centaine de parlementaires. Mêmes thèmes, mêmes réponses. Déjà, le 8 février, le candidat malheureux à la primaire de la gauche avait déjeuné avec une vingtaine d'élus chez l'ancien président de l'Assemblée, Claude Bartolone. Dans chacune de ces occasions, le message de l'ancien Premier ministre est clair : l'unité de son courant, la cohérence et la clarté. Bientôt, plus tard, viendront le temps des arbitrages et, pour lui, le choix de Macron. C'est le début des grandes manœuvres. Après sa cuisante et large défaite face à Hamon, Valls entretient la flamme.

Février et mars 2017. L'ancien Premier ministre est souvent en Espagne, dans ce pays natal qu'il adore et où il se sent si bien, loin des calculs et des remous politiciens de Paris, où Hamon bat la campagne. Il ne fuit pas. Mais il est meurtri par l'ampleur de son échec. Il essaie de se ressourcer. On le verra en famille à Madrid, où il visite une galerie d'art qui expose des tableaux de son père Xavier. On le croisera à Séville, à Tolède, à Malaga, à Cordoue. Il fait quelques allers-retours à Paris, où il reste discret. On le retrouve au Camp Nou de Barcelone où il assiste, le 8 mars, à l'incroyable *remontada* du Barça contre le PSG. Il se détend, il tente de penser à autre chose, sans pour autant couper avec la politique française. Il repense fréquemment à cette primaire ratée, à ces erreurs commises qu'il reconnaîtra plus tard, notamment cette étonnante proposition de supprimer l'article 49.3 de la Constitution après en avoir fait un large usage contre les frondeurs. Il cherche aussi à comprendre, à décrypter le film, à dérouler cette séquence qui l'a vu, favori au départ, perdre pied et s'enfoncer jour après jour. Déjà, le 30 janvier, au lendemain de son échec au second tour de la primaire, il a réuni quelques amis dans un restaurant espagnol pour débriefer ces semaines douloureuses. Ensemble, ils ont pointé des fautes et des maladresses, comme ce changement de slogan pendant la campagne : au « Faire gagner tout ce qui nous rassemble » peu mobilisateur a succédé « Une République forte, une France juste » plus proche de l'image de Valls mais tardif et somme toute assez banal. L'ancien Premier ministre confiera plus tard, après les législatives, qu'il aurait arrêté la politique en cas d'échec dans sa circonscription d'Évry. Y a-t-il réellement pensé ? L'aurait-il vraiment fait ? Peut-être, car il a bien mesuré la gravité de sa situation. Mais ses amis l'ont convaincu de ne pas abandonner. « Valls n'a pas l'intention d'ouvrir une fromagerie sur le plateau du Larzac[1] », explique avec le sourire l'ancien député vallsiste Philippe Doucet. Mais les lendemains seront longs et difficiles. Valls avait sous-estimé l'aigreur et l'hostilité à son endroit au sein du PS, et pas seulement chez les frondeurs. En quittant ses fonctions de Premier ministre, il se déclarait « heureux », ne regrettait rien et récusait le théorème de l'« enfer de Matignon ». Et, pourtant, il en sort affaibli, accusé d'avoir trahi Hollande, de s'être éloigné des valeurs socialistes et d'avoir mis le doigt sur ces « deux gauches irréconciliables ». Pendant son périple espagnol, Manuel Valls se souvient de tous ces moments qui ont marqué les cinq années au fer rouge au ministère de l'Intérieur puis comme Premier ministre : la vague d'attentats, la montée de Macron, les départs de Hamon et de Montebourg, les désaccords factuels et parfois plus profonds avec François Hollande. Question de style, de sensibilité. Question de stratégie politique aussi. Valls est un social-républicain pur et dur, l'ancien Président un vrai social-démocrate plus souple, disposé aux compromis. Tout cela, Valls l'a vite compris. Il va jouer désormais sous ses propres couleurs. Et, pour commencer, il va tenter de reconquérir son fief aux législatives. Dans les circonstances de juin 2017, c'est une sorte de quitte ou double.

1. *Paris match*, 2 février 2017.

Sa campagne des primaires avait été rude, ponctuée par quelques incidents, ici une grosse gifle, là un jet de farine. Celle des législatives sera plus éprouvante encore. Plus largement, les trois derniers mois ont été douloureux. Le 29 mars, Valls a rendu public son soutien à Macron. Du coup, à sa gauche, ses adversaires se déchaînent : « Quelle est donc cette trahison qui consiste à rester fidèle à ses idées et cohérent avec ses engagements[1] ? » avait, par avance, répondu l'ancien Premier ministre à ses détracteurs. À Évry et sur la scène nationale, il est violemment mis en cause. Le PS, qu'il quittera un peu plus tard, le rejette. Mélenchon l'attaque à sa manière, cruellement et sans ménagement. Même chez ses amis, il est critiqué. L'un de ses anciens lieutenants, le sénateur Luc Carvounas, le lâche sans état d'âme. Valls le vit très mal. D'autant plus que l'accueil d'En marche n'est pas enthousiaste, loin de là. Face à ce tohu-bohu médiatique, il se rebiffe. Il rentre dans sa coquille et bat la campagne à Évry, seul ou presque, loin des journalistes. Il fuit littéralement les médias, joue à cache-cache avec la presse, n'accorde aucune interview, ne fournit même pas l'agenda de ses déplacements et de ses réunions. Il ne répond plus aux appels téléphoniques ni aux SMS. Face à lui, et malgré la décision d'En marche de ne pas présenter de candidat, il a de solides ennemis bien disposés à le faire tomber : parmi eux, une candidate mélenchoniste, un représentant de LR et même Dieudonné, le multicondamné pour antisémitisme ou apologie d'actes terroristes, que Valls avait courageusement affronté lorsqu'il était ministre de l'Intérieur. À Évry, l'ambiance est fiévreuse. À l'extérieur, chez ses anciens amis, c'est une

1. *Le Journal du dimanche*, 19 mars 2017.

sorte de curée. Benoît Hamon ira, entre les deux tours, jusqu'à annoncer son soutien à la représentante de la France insoumise opposée à Valls. À l'arrivée, l'ancien Premier ministre l'emporte de 139 petites voix. Au soir de sa victoire, il n'a pas le temps de savourer. Des incidents musclés se multiplient jusque sur les marches de l'hôtel de ville d'Évry. Et le nouveau député ne peut réunir les 15 députés nécessaires à la formation d'un groupe. Il rejoint donc, comme apparenté, les rangs de la République en marche qui l'accueille du bout des lèvres. Valls est-il réellement soulagé ? Sans doute. Pendant une longue semaine, entre les deux tours, il a réellement envisagé la défaite. Mais, surtout, il est profondément marqué par cette succession d'épisodes pénibles et les attaques répétées dont il a fait l'objet. Il confie en privé avoir envie de se faire oublier pendant quelque temps. Car ce succès étroit, immédiatement contesté et suivi d'un recours, ne résout pas tout, loin de là. Les jours d'après risquent d'être interminables.

« Je n'ai ni regrets ni amertume […]. L'heure des petits calculs est révolue[1] », notait l'ancien Premier ministre fin mars. « Je ne me suis jamais senti une victime[2] », expliquera-t-il trois mois plus tard. « Ni blasé ni cynique, j'ai une force incroyable en moi », ajoutera-t-il fin août[3]. Et, pourtant, Manuel Valls semble aujourd'hui un homme seul. On est bien loin de l'hommage quasi unanime qui avait suivi, le 13 janvier 2015, le discours de très haute tenue prononcé à la tribune de l'Assemblée après les dramatiques attentats de Paris. Manuel Valls incarne toujours un style volontariste et

1. *L'Obs*, 30 mars 2017.
2. *Libération*, 27 juin 2017.
3. *M, le magazine du Monde*, 26 août 2017.

le courant social-républicain. Mais où sont ses troupes ? Et comment, rejeté par une partie significative de la gauche, pourra-t-il participer activement à l'entreprise de recomposition de l'échiquier politique ? La majorité présidentielle, qu'il a rejointe, paraît l'ignorer. Mélenchon ne pense qu'à le balayer. La plupart des « hollandistes » ne lui reconnaissent aucune légitimité de leader ou de successeur de l'ancien Président. « Ma vie politique est encore devant moi » glisse-t-il, confiant malgré tout, en son étoile. Dans un premier temps, ses lendemains seront solitaires et dépeuplés. À la rentrée de septembre, il change de look, se convertit à la mode ambiante et réapparaît légèrement barbu, avec un bouc soigneusement taillé. Pour bien montrer qu'il n'est plus tout à fait le même ? Lui qui n'a jamais caché son impatience d'avancer et d'en découdre, à l'image de son maître, Georges Clemenceau, aura-t-il la patience d'attendre ? Il a pris en août, et pour la première fois depuis longtemps, de vraies vacances. La Grèce, les Baléares. On l'a vu aussi dans des manifestations culturelles et artistiques avec sa femme, la violoniste Anne Gravoin. Pourra-t-il reconstituer autour de lui une équipe solide et fidèle ? Saura-t-il trouver sa place sur le nouvel échiquier politique ? Jusque-là, Valls avait tout réussi, ou presque. Aujourd'hui, c'est une longue traversée du désert qui se profile.

Remerciements

Les auteurs tiennent à remercier, pour la confiance et l'attention qu'elle leur accorde, leur éditrice Muriel Beyer, ainsi que l'équipe des Éditions de l'Observatoire, en particulier Emmanuel Clerc, Lize Veyrard, et Nolwenn Lavigne.

Ils expriment également leur gratitude à celles et ceux qui ont, à un titre ou à un autre, participé à la réalisation de ce livre, et notamment Élisabeth Grange et Benjamin Duhamel.

Bibliographie

Amar, Cécile, *L'homme qui ne voulait pas être roi. Conversations avec Jacques Delors*, Paris, Grasset, 2016.

Attali, Jacques, *Verbatim*, t. 1, 2, 3, Paris, Fayard, 1993, 1995.

Attali, Jacques, *C'était François Mitterrand*, Paris, Fayard, 2005.

Bacqué, Raphaëlle, *L'Enfer de Matignon. Ce sont eux qui en parlent le mieux*, Paris, Albin Michel, 2008.

Balladur, Édouard, *La Tragédie du pouvoir. Le courage de Georges Pompidou*, Paris, Fayard, 2013.

Bayrou, François, *Résolution française*, Paris, L'Observatoire, 2017.

Boissieu, Alain (de), *Pour servir le Général*, Paris, Plon, 1982.

Boyer, Gilles, *Rase campagne*, Paris, JC Lattès, 2017.

Briand, Sarah, *Simone, éternelle rebelle*, Paris, Fayard, 2015.

Cabana, Anna, *Un fantasme nommé Juppé*, Paris, Stock, 2016.

Chaban-Delmas, Jacques, *L'Ardeur*, Paris, Stock, 1975.

Chirac, Jacques, *Chaque pas doit être un but. Mémoires*, t. 1, Paris, Nil, 2009.

Chirac, Jacques, *Le Temps présidentiel. Mémoires*, t. 2, Paris, Nil, 2011.

Danchin, Sebastian ; Jenny, François, *De Gaulle à Colombey. Refuge d'un romantique*, Nancy/Metz, Presses universitaires de Nancy/Éditions Serpenoise, 1990.

Debré, Jean-Louis, *Ce que je ne pouvais pas dire*, Paris, Robert Laffont, 2016.

Domenach, Nicolas ; Szafran, Maurice, *Le Roman d'un président*, t. 2, *Le miraculé*, Paris, Plon, 2000.

Droit, Michel, *Les Feux du crépuscule*, Paris, Plon, 1977.

Duhamel, Alain, *François Mitterrand. Portrait d'un artiste*, Paris, Flammarion, 1997.

Duhamel, Alain, *Portraits souvenirs. 50 ans de vie politique*, Paris, Plon, 2012.

Duhamel, Patrice ; Santamaria, Jacques, *Les Flingueurs. Anthologie des cruautés politiques*, Paris, Plon, 2014.

Escrienne, Jean (d'), *Le Général m'a dit... 1966-1970*, Paris, Plon, 1973.

Escrienne, Jean (d'), *De Gaulle de loin et de près*, Paris, Plon, 1978.

Favier, Pierre ; Martin-Roland, Michel, *La Décennie Mitterrand*, t. 4, *Les déchirements*, Paris, Seuil, 1999.

Flohic, François, *Souvenirs d'outre-Gaulle*, Paris, Plon, 1979.

Gallo, Max, *De Gaulle*, t. 4, *La statue du commandeur*, Paris, Robert Laffont, 1998.

Gaulle, Charles (de), *Mémoires de guerre*, t. 1, *L'appel*, Paris, Plon, 1954.

Gaulle, Charles (de), *Mémoires de guerre*, t. 2, *L'unité*, Paris, Plon, 1956.

Gaulle, Charles (de), *Mémoires de guerre*, t. 3, *Le salut*, Paris, Plon, 1959.

Gaulle, Charles (de), *Mémoires d'espoir*, t. 1, *Le renouveau, 1958-1962*, Paris, Plon, 1970.

Gaulle, Charles (de), *Mémoires d'espoir*, t. 2, *L'effort, 1962*, Paris, Plon, 1971.

Gaulle, Charles (de), *Lettres, notes et carnets*, Paris, Plon, 1983.

Gaulle, Yves (de), *Un autre regard sur mon grand-père Charles de Gaulle*, Paris, Plon, 2016.

Giesbert, Franz-Olivier, *Derniers carnets. Scènes de la vie politique en 2012 (et avant)*, Paris, Flammarion, 2012.

Giesbert, Franz-Olivier, *François Mitterrand ou La tentation de l'histoire*, Paris, Seuil, 1977.

Giesbert, Franz-Olivier, *Monsieur le Président. Scènes de la vie politique, 2005-2011*, Paris, Flammarion, 2011.

Giesbert, Franz-Olivier, *Le Président*, Paris, Seuil, 1990.

Girard, Patrick, *Petits meurtres en famille*, Paris, L'Archipel, 2003.

Giscard d'Estaing, Valéry, *Le Pouvoir et la Vie*, Paris, Compagnie 12, 1994.

Giscard d'Estaing, Valéry, *Entretien*, Paris, Flammarion, 2001.

Huchon, Jean-Paul, *C'était Rocard*, Paris, L'Archipel, 2017.

Juppé, Alain, *France, mon pays. Lettres d'un voyageur*, Paris, Robert Laffont, 2006.

Juppé, Alain, *La Tentation de Venise*, Paris, Grasset, 1993.

Lacouture, Jean, *De Gaulle*, t. 3, *Le souverain*, Paris, Seuil, 1986.

Lacouture, Jean, *Mitterrand. Une histoire de Français*, t. 1, *Les risques de l'escalade*, Paris, Seuil, 1998.

Lagardère, Marion, *Il est comment Mélenchon, en vrai ?*, Paris, Grasset, 2017.

Léotard, François, *Ça va mal finir*, Paris, Grasset, 2008.

Malouines, Marie-Ève, *Seul en son palais. Pourquoi nos présidents s'enferment à l'Élysée*, Paris, Stock, 2016.

Malraux, André, *Les chênes qu'on abat...*, Paris, Gallimard, 1971.

Massu, Jacques, *Baden 68. Souvenirs d'une fidélité gaulliste*, Paris, Plon, 1983.

Mauriac, Claude, *Le Temps immobile*, t. 2, *Les espaces imaginaires*, Paris, Grasset, 1975.

Mélenchon, Jean-Luc, *Le Choix de l'insoumission*, Paris, Seuil, 2016.

Mitterrand, François, *Les Forces de l'esprit. Messages pour demain*, derniers textes réunis par Roland Dumas, Paris, Fayard, 1998.

Mitterrand, François, *L'Abeille et l'Architecte*, Paris, Flammarion, 1978.

Neau-Dufour, Frédérique, *Yvonne de Gaulle*, Paris, Fayard, 2010.

Ormesson, Jean (d'), *Le Rapport Gabriel*, Paris, Gallimard, 1999.
Parturier, Françoise, *La Lettre d'Irlande*, Paris, Albin Michel, 1979.
Peyrefitte, Alain, *C'était de Gaulle*, t. 3, Paris, de Fallois/ Fayard, 2000.
Pingeot, Mazarine, *Bouche cousue*, Paris, Julliard, 2005.
Pompidou, Alain, *Claude*, Paris, Flammarion, 2016.
Pompidou, Georges, *Le Nœud gordien*, Paris, Plon, 1974.
Pompidou, Georges, *Pour rétablir une vérité*, Paris, Flammarion, 1982.
Raffarin, Jean-Pierre, *Je marcherai toujours à l'affectif*, Paris, Flammarion, 2012.
Revel, Renaud, *Les Cardinaux de la République*, Paris, First, 2016.
Rimbaud, Christiane, *Raymond Barre*, Paris, Perrin, 2015.
Rouanet, Pierre, *Pompidou*, Paris, Grasset, 1969.
Rouanet, Pierre ; Rouanet, Anne, *L'Inquiétude outre-mort du général de Gaulle*, Paris, Grasset, 1985.
Rouart, Jean-Marie, *Le Psychodrame français*, Paris, Robert Laffont, 2017.
Rousselet, André, avec Chamard, Marie-Ève ; Kieffer, Philippe, *À mi-parcours. Mémoires*, Paris, Kero, 2015.
Séguin, Philippe, *Itinéraire dans la France d'en bas, d'en haut et d'ailleurs*, Paris, Seuil, 2003.
Tournoux, Jean-Raymond, *Le Feu et la Cendre*, Paris, Plon, 1979.
Veil, Antoine ; Galiero, Emmanuel, *Salut*, Paris, Alphée, 2010.
Veil, Simone, *Une vie*, Paris, Stock, 2007.
Veil, Simone, *Mes combats. Les discours d'une vie*, Paris, Bayard, 2016.
Vendroux, Jacques, *Cette chance que j'ai eue*, Paris, Plon, 1974.
Winock, Michel, *François Mitterrand*, Paris, Gallimard, 2015.

« Simone Veil, un destin français », *Marianne*, hors série, mars 2016.

Table des matières

Composition et mise en pages
Nord Compo à Villeneuve-d'Ascq

Achevé d'imprimer en octobre 2017
sur les presses de Normandie Roto Impression s.a.s.
61250 Lonrai
N° d'impression : 1704168

Imprimé en France